Im London der Jahrhundertwende führt der erfolgreiche Börsenmakler Charles Strickland ein anscheinend harmonisches Familienleben. Doch eines Tages bricht er ohne jede Erklärung aus seinem gutbürgerlichen Milieu aus und zieht nach Paris. Ganz London ist sich sicher: Dahinter steckt eine Frau. Verzweifelt bittet Mrs. Strickland einen befreundeten Schriftsteller, ihrem Mann nachzureisen und ihn an seine Pflichten zu erinnern. Aber Strickland hat keine Affäre, sondern einen Traum. Er will Maler werden, unbedingt, und sollten die Umstände sich als noch so schwierig erweisen. Nach sieben entbehrungsreichen Jahren in Paris, verschlägt es ihn nach Tahiti. Und hier geht sein Traum endlich in Erfüllung: Er schafft betörend und zugleich beunruhigend schöne Bilder.
Somerset Maugham empfand diese fiktive Biographie eines Künstlerlebens dem Leben Paul Gauguins nach – und traf damit den Nerv seiner Zeit: seine außergewöhnliche Biographie eines Genies beherrschte bald die vorderen Plätze der Bestsellerlisten.

William Somerset Maugham (1874–1965) gelang bereits mit seinem ersten Roman ›Liza von Lambeth‹ der literarische Durchbruch. Mit seinen Romanen, Kurzgeschichten und Theaterstücken beherrschte er die literarische Welt zu Beginn dieses Jahrhunderts.

Unsere Adresse im Internet: www.fischer-tb.de

William Somerset Maugham

Silbermond und Kupfermünze

Roman

Aus dem Englischen von
Susanne Feigl

Fischer Taschenbuch Verlag

Limitierte Sonderausgabe
Veröffentlicht im Fischer Taschenbuch Verlag GmbH,
Frankfurt am Main, November 1999

Lizenzausgabe mit freundlicher Genehmigung
der Diognes Verlag AG, Zürich
Titel der 1919 erschienenen Originalausgabe
›The Moon and Sixpence‹

Deutsche Übersetzung von Susanne Feigl
Für die deutsche Ausgabe:

Druck und Bindung: Clausen & Bosse, Leck
Printed in Germany
ISBN 3-596-50333-7

Silbermond und Kupfermünze

I

Ich gestehe, als ich zum erstenmal die Bekanntschaft von Charles Strickland machte, kam ich nicht einmal einen Augenblick lang auf die Idee, daß an ihm etwas Außergewöhnliches war. Doch jetzt wird man kaum noch jemanden finden, der seine Größe leugnet. Ich spreche nicht von der Größe, die der vom Glück begünstigte Politiker oder der siegreiche Soldat erreichen; diese ist eine Eigenschaft, die eher zur Stellung gehört, die der Betreffende einnimmt, als zu dem Mann selbst; und eine Änderung der Verhältnisse reduziert sie auf ein sehr bescheidenes Maß. Der Premierminister a. D. ist oft nur noch ein Schwätzer, und der General ohne Armee nur der zahme Held seiner Kleinstadt. Charles Stricklands Größe war echt. Mag sein, daß man seine Kunst nicht schätzt, aber man wird ihr auf alle Fälle Interesse entgegenbringen. Er beunruhigt und nimmt gefangen. Die Zeit, da er ein Gegenstand des Gelächters war, ist vorbei; und es ist nicht länger ein Zeichen von Überspanntheit, ihn zu verteidigen, oder von Eigensinn, ihn zu loben. Seine Fehler gelten als notwendige Ergänzung seiner Verdienste. Es ist noch möglich, über seinen Platz in der Kunst zu streiten, und die Lobhudelei seiner Bewunderer ist vielleicht genauso unbeständig wie die Verachtung seiner Gegner; aber eines steht außer Zweifel: er besaß Genie. Mich interessiert in der Kunst am meisten die Persönlichkeit des Künstlers, und wenn diese einzigartig ist, bin ich gewillt, tausend Fehler zu verzeihen. Vermutlich war Velasquez ein besserer Maler als El Greco, aber Gewohnheit hat unsere Bewunderung für ihn abgestumpft; der Kreter, sinnlich und tragisch, bringt das Geheimnis seiner Seele wie ein dauerndes Opfer dar. Der Künstler – Maler, Dichter oder Musiker – befriedigt unseren ästhetischen Sinn mit seinen erhabenen und schönen Zeichen; aber das ist dem Sexualtrieb verwandt und hat teil an dessen Grausamkeit: er breitet sein innerstes Wesen vor uns aus. Seinem Geheimnis nachzuspüren hat etwas von der Faszination einer Detektivgeschichte. Es ist ein Rätsel, das mit dem Weltall den Vorzug teilt, unlösbar zu sein. Auch das unbedeutendste von Stricklands Werken weist auf eine ungewöhnliche, gequälte und komplizierte Persönlichkeit hin; und sicherlich ist es gerade dieser Eindruck, der selbst jene, die seine Bilder nicht mögen, daran hindert, ihnen gleichgültig gegenüberzustehen, und der ein solch besonderes Interesse an seinem Leben und seinem Charakter hervorgerufen hat.

Erst vier Jahre nach Stricklands Tod schrieb Maurice Huret jenen Artikel im *Mercure de France*, der den unbekannten Maler der Vergessenheit entriß und den Weg bahnte, dem die späteren Autoren mit mehr oder weniger Fügsamkeit folgten. Lange Zeit hatte in Frankreich kein Kritiker eine unbestrittenere Autorität besessen, und es war ausgeschlossen, von seinen Behauptungen nicht beeindruckt zu sein; sie schienen damals übertrieben, aber seine Beurteilung wurde später bestätigt, und heute gründet sich das Ansehen von Charles Strickland noch immer auf die von ihm vertretenen Auffassungen. Das Steigen dieses Ansehens ist eine der romantischsten Episoden in der Geschichte der Kunst. Aber ich habe hier nicht die Absicht, mich mit Charles Stricklands Werk zu befassen, es sei denn, soweit es mit seinem Charakter in Verbindung steht. Ich kann mich der Meinung jener Maler nicht anschließen, die hochmütig behaupten, daß der Laie von Malerei nichts verstehe und die Würdigung ihrer Werke am besten durch Schweigen und das Ziehen eines Scheckbuchs beweisen kann. Hier liegt ein seltsames Mißverständnis vor, das in der Kunst nicht mehr als ein Handwerk sieht, das nur dem Handwerker allein zugänglich ist. Kunst ist eine Gefühlsäußerung, und Gefühl spricht eine Sprache, die jedermann verstehen kann. Aber ich will zugeben, daß der Kritiker, der nicht über ein großes technisches Wissen verfügt, selten imstande ist, irgend etwas wirklich Maßgebendes über dies Thema zu sagen, und meine Unwissenheit in bezug auf Malerei ist sehr groß. Zum Glück brauche ich mich nicht in ein solches Abenteuer zu stürzen, da mein Freund Mr. Edward Leggatt, ein ebenso begabter Schriftsteller wie hervorragender Maler, das Werk von Charles Strickland in einem kleinen Buch[1] erschöpfend behandelt hat, ein bezauberndes Beispiel für einen Stil, der in England zumeist mit weniger Erfolg gepflegt wird als in Frankreich.

Maurice Huret gab in seinem berühmten Artikel einen Überblick über Charles Stricklands Leben, der sehr geschickt dar-

[1] Leggatt, Edward: *A Modern Artist.* Notes on the Work of Charles Strickland. – Martin Stecker 1917.

auf zugeschnitten war, den Appetit auf weitere Untersuchungen anzuregen. Aufgrund seiner uneigennützigen Leidenschaft für die Kunst war es sein aufrichtiger Wunsch, die Aufmerksamkeit der Kritiker auf ein im höchsten Grad originelles Talent zu lenken; doch war er ein zu guter Journalist, um nicht zu wissen, daß das ›menschliche Interesse‹ es ihm erleichterte, sein Ziel zu erreichen. Und als jene, die früher einmal mit Strickland in Berührung gekommen waren, z. B. Schriftsteller, die ihn in London gekannt, Maler, die ihn in den Cafés am Montmartre getroffen hatten, zu ihrem Erstaunen entdeckten, daß dort, wo sie nur einen erfolglosen Künstler wie so viele andere gesehen hatten, ein wirkliches Genie mit ihnen verkehrt hatte, erschienen in französischen und amerikanischen Zeitschriften eine Reihe von Artikeln, Erinnerungen des einen, Lobeshymnen eines anderen, die Strickland bekannt machten und zugleich die Neugier der Öffentlichkeit – wenn auch nicht ausreichend – befriedigten. Das Thema war sehr ergiebig, und der fleißige Weitbrecht-Rotholz war in seiner imposanten Monographie[1] in der Lage, ein bemerkenswertes Verzeichnis von Quellen vorzulegen.

Die Fähigkeit, Mythen zu bilden, ist dem Menschen angeboren. Gierig greift er alle überraschenden oder geheimnisvollen Ereignisse in der Laufbahn jener auf, die sich von ihren Mitmenschen irgendwie unterscheiden, und erfindet eine Legende, an die er dann fanatisch glaubt. Es ist ein Protest des romantischen Geistes gegen die Nüchternheit des täglichen Lebens. Die Ereignisse der Legende verhelfen dem Helden zur Unsterblichkeit. Der ironische Philosoph überlegt lächelnd, daß Sir Walter Raleigh sich dem Gedächtnis der Menschheit fester einprägte, weil er vor Königin Elisabeth I. seinen Mantel ausbreitete, damit sie darauf schreiten konnte, als dadurch, daß er den Namen Englands in unentdeckte Länder trug. Charles Strickland war zu seinen Lebzeiten unbekannt. Er machte sich mehr Feinde als Freunde. Es ist daher nicht verwunderlich, daß jene, die über ihn schrieben, ihre spärlichen Erinnerungen mit lebhafter Phantasie ergänzten, und es ist klar, daß unter dem Wenigen, was man von ihm wußte, genug war, was den romantischen Schreiber inspirierte; in seinem Leben gab es viel Selt-

[1] Weitbrecht-Rotholz, Hugo: *Karl Strickland.* Sein Leben und seine Kunst. – Leipzig: Schwingel und Hanisch 1914.

sames und Schreckliches, in seinem Charakter manches Zügellose und in seinem Schicksal nicht wenig, was ergreifend war. Gerade zur richtigen Zeit entstand eine Legende mit so vielen Einzelheiten, daß ein erfahrener Historiker zögern würde, sie anzugreifen.

Aber ein erfahrener Historiker war Rev. Robert Strickland gewiß nicht. Er schrieb seine Biographie[1] eingestandenermaßen, um ›gewisse falsche Vorstellungen (hinsichtlich des späteren Lebensabschnittes seines Vaters) zu beseitigen, die in Umlauf gekommen waren und noch lebenden Personen beträchtlichen Kummer verursachten‹. Es leuchtet ein, daß die allgemein bekannte Darstellung von Stricklands Leben viel enthielt, was eine ehrbare Familie in Verlegenheit bringen konnte. Ich habe dieses Werk mit viel Vergnügen gelesen, ich gratuliere mir dazu, denn es ist farblos und langweilig. Mr. Strickland hat das Porträt eines vortrefflichen Ehemannes und Vaters gezeichnet, eines liebenswürdigen, fleißigen und tugendhaften Mannes. Der moderne Geistliche erlangte in seinem Studium der Wissenschaft, die man, glaube ich, Exegese nennt, eine erstaunliche Gewandtheit, Tatsachen durch Erklären zu beseitigen. Aber die Spitzfindigkeit, mit welcher der Rev. Robert Strickland alle Tatsachen im Leben seines Vaters, deren sich zu erinnern ein ehrerbietiger Sohn für unpassend halten mag, ›interpretierte‹, wird ihm mit Sicherheit zur rechten Zeit zu den höchsten kirchlichen Würden verhelfen. Ich sehe seine muskulösen Waden bereits von bischöflichen Gamaschen umhüllt. Es war eine gefährliche, wenn auch vielleicht eine ritterliche Tat, da die allgemein bekannte Legende keinen geringen Anteil am Wachsen von Stricklands Ruhm gehabt hatte; denn viele waren durch ihren Abscheu vor seinem Charakter oder durch das Mitleid wegen seines Todes zu seiner Kunst hingezogen; und die wohlmeinenden Anstrengungen des Sohnes waren für die Bewunderer des Vaters eine kalte Dusche. So ist es kein Zufall, daß eines seiner bedeutendsten Werke, *Die Samariterin*[2], kurz nach der Diskussion,

[1] Strickland, Robert: *Strickland.* The Man and His Work. – Heinemann, 1913.
[2] Es wurde in Christies Katalog folgendermaßen beschrieben: Eine nackte Frau, eine Eingeborene der Gesellschaftsinseln, liegt neben einem Bach auf der Erde. Dahinter befindet sich eine Tropenlandschaft mit Palmen, Bananen usw., 60 x 48 Zoll.

die auf die Veröffentlichung von Mr. Stricklands Biographie folgte, bei Christie 235 Pfund Sterling weniger erzielte als neun Monate zuvor, als es von einem berühmten Sammler gekauft worden war, dessen plötzlicher Tod es neuerlich unter den Hammer brachte. Vielleicht hätten Charles Stricklands Kraft und Originalität kaum ausgereicht, den Ausschlag zu geben, hätte nicht die mythenbildende Fähigkeit der Menschheit unwillig eine Geschichte beiseite geschoben, die ihrer Sehnsucht nach dem Außergewöhnlichen zuwiderlief. Und kurz darauf legte Dr. Weitbrecht-Rotholz das Werk vor, das die Zweifel aller Kunstfreunde endgültig beseitigte.

Dr. Weitbrecht-Rotholz gehört jener Schule von Historikern an, die glaubt, daß die menschliche Natur nicht nur annähernd so schlecht ist, wie sie nur sein kann, sondern noch sehr viel schlechter; und gewiß ist der Leser in ihren Händen der Unterhaltung sicherer als in jenen von Schriftstellern, die ein boshaftes Vergnügen daran haben, die großen romantischen Figuren als Muster häuslicher Tugenden darzustellen. Ich für meinen Teil würde mir ungern vorstellen, daß zwischen Antonius und Kleopatra nur eine Interessengemeinschaft bestand; und es würde sehr viel mehr Beweise erfordern, als wahrscheinlich jemals zur Verfügung stehen werden, um mich zu überzeugen, daß Tiberius ein ebenso untadeliger Monarch war wie König Georg V. Dr. Weitbrecht-Rotholz hat die harmlose Biographie von Rev. Robert Strickland derartig auseinandergenommen, daß es schwerfällt, für den unglücklichen Pfarrer nicht eine gewisse Sympathie zu empfinden. Seine bescheidene Zurückhaltung wird als Heuchelei gebrandmarkt, seine Umschreibungen werden rundweg Lügen genannt, und sein Schweigen wird als Verrat ausgelegt. Und aufgrund dieser Sünden, die bei einem Autor zu tadeln, bei einem Sohn aber zu entschuldigen sind, wird die angelsächsische Rasse der Prüderie, des Schwindels, der Anmaßung, des Betrugs, der Arglist und der schlechten Gewohnheiten bezichtigt. Ich persönlich glaube, es war unbesonnen von Mr. Strickland, daß er, um die allgemein für wahr gehaltene Erzählung von einem gewissen ›Mißverständnis‹ zwischen seinem Vater und seiner Mutter zu widerlegen, behauptete, Charles Strickland hätte sie in einem Brief aus Paris als ›eine vortreffliche Frau‹ bezeichnet; denn leider war Dr. Weitbrecht-Rotholz in der

Lage, den Brief in Faksimile zu drucken, und es stellte sich heraus, daß die betreffende Stelle in Wirklichkeit folgendermaßen lautete: *Gott verdamme meine Gattin. Sie ist eine vortreffliche Frau. Ich wünsche, sie wäre in der Hölle.* In ihren großen Tagen verfuhr die Kirche mit unwillkommenen Beweisen nicht so.

Dr. Weitbrecht-Rotholz war ein enthusiastischer Bewunderer von Charles Strickland, und es bestand keine Gefahr, daß er ihn reinwaschen würde. Er hatte einen untrüglichen Blick für das verächtliche Motiv von Handlungen, die allen Anschein von Unschuld erweckten. Er war sowohl ein Psycho-Pathologe als auch ein Kunstgelehrter, und das Unterbewußte hatte wenige Geheimnisse vor ihm. Kein Mystiker sah je tiefere Bedeutung in gewöhnlichen Dingen. Der Mystiker sieht das Unaussprechliche und der Psycho-Pathologe das Entsetzliche. Es ist ungewöhnlich faszinierend, zu beobachten, mit welchem Eifer der gelehrte Autor jeden Umstand auskundschaftet, durch den sein Held zweifelhaft erscheint. Sein Herz erwärmt sich für ihn, wenn er irgendein Beispiel für Grausamkeit oder Gemeinheit bringen kann, und er triumphiert wie ein Inquisitor beim Autodafé eines Ketzers, wenn er mit irgendeiner vergessenen Geschichte die kindliche Liebe von Rev. Robert Strickland unglaubwürdig machen kann. Sein Fleiß war verblüffend. Nichts entging ihm – war es noch so geringfügig –, und man kann sicher sein, hätte Charles Strickland eine unbeglichene Wäschereirechnung hinterlassen, er hätte sie *in extenso* abgedruckt, und hätte er vergessen, ein geborgtes Halbkronenstück zurückzugeben, wäre keine Einzelheit der Transaktion übergangen worden.

2

Da über Charles Strickland schon so viel geschrieben worden ist, mag es überflüssig scheinen, daß ich noch mehr über ihn schreibe. Das Denkmal eines Malers ist sein Werk. Allerdings kannte ich ihn näher als die meisten anderen: ich begegnete ihm zum erstenmal, bevor er noch ein Maler war, und ich sah ihn nicht selten während der schwierigen Jahre, die er in Paris verbrachte; aber vermutlich hätte ich meine Erinnerungen nicht niedergeschrieben, wenn mich die Kriegswirren nicht nach Tahiti verschlagen hätten. Dort verbrachte er, wie allgemein bekannt, die letzten Jahre seines Lebens; und dort traf ich zufällig Personen, die ihn gekannt hatten. Ich bin in der Lage, gerade jenen Teil seiner tragischen Laufbahn zu erhellen, der am meisten im Dunkel geblieben ist. Wenn jene, die an Stricklands Größe glauben, recht haben, können die persönlichen Berichte derer, die ihn zu Lebzeiten gekannt haben, kaum überflüssig sein. Was gäben wir nicht für die Erinnerungen eines Menschen, der El Greco so gut gekannt hätte wie ich Strickland?

Aber ich will nicht in solchen Rechtfertigungen Zuflucht suchen. Irgend jemand, ich weiß nicht mehr wer, hat den Menschen zum Heile ihrer Seelen geraten, jeden Tag zwei Dinge zu tun, die ihnen zuwider sind: Das war ein weiser Mann, und ich habe seinen Rat gewissenhaft befolgt; denn jeden Tag bin ich aufgestanden und zu Bett gegangen. Aber in meiner Natur liegt ein Hang zur Askese, und ich habe meinen Körper jede Woche einer härteren Kasteiung unterzogen. Niemals habe ich es versäumt, die literarische Beilage der *Times* zu lesen. Es ist eine heilsame Erziehung, über die Unzahl der Bücher, die geschrieben werden, nachzudenken, über die frohen Hoffnungen, mit denen ihre Verfasser sie in die Öffentlichkeit bringen, und über das Schicksal, das sie erwartet. Welche Aussicht besteht, daß irgendein Buch aus dieser Vielzahl seinen Weg machen wird? Und die erfolgreichen Bücher sind nur die Erfolge einer Saison. Der Himmel weiß, welche Qual der Autor auf sich genommen, welch bittere Erfahrungen er gemacht, welchen Kummer er erlitten hat, um einem Zufallsleser einige Stunden Entspannung zu schenken oder die Langeweile einer Reise zu vertreiben. Und wenn ich nach den Zeitschriften urteilen darf, sind viele dieser Bücher gut und mit Sorgfalt geschrieben; viel Denkarbeit war für ihren Aufbau nötig; einigen wurde sogar die angestrengte Arbeit eines ganzen Lebens geweiht. Die Lehre, die ich daraus zog, ist, daß der Schriftsteller seinen Lohn in dem Vergnügen an seiner Arbeit und in der Befreiung von der Last seiner Gedanken suchen soll: gleichgültig gegenüber allem anderen, unbekümmert um Lob oder Tadel, Fehlschlag oder Erfolg.

Dann kam der Krieg und mit ihm eine neue Haltung. Die Jugend hat sich Göttern zugewandt, die wir nicht kannten, und schon ist es möglich, die Richtung zu erkennen, welche die, die nach uns kommen, einschlagen werden. Die jüngere Generation, im Bewußtsein ihrer Kraft und stürmisch, glaubte nicht mehr anklopfen zu müssen; sie platzte herein und setzte sich auf unsere Stühle. Die Luft hallt wieder von ihrem Geschrei. Von den Älteren versuchen einige, sich einzureden, indem sie die Possen der Jugend nachahmen, daß ihre Zeit noch nicht vorüber ist; sie schreien mit den Jüngsten, aber der Kriegsruf in ihrem Munde klingt hohl; sie sind wie arme Buhlerinnen, die sich bemühen, mit Lippenstift, Schminke, Puder und schriller Heiterkeit die Illusion ihres Frühlings wieder hervorzuzaubern. Die Klügeren gehen ihren Weg mit angemessenem Anstand. In ihrem abgeklärten Lächeln liegt nachsichtiger Spott. Sie erinnern sich, daß auch sie eine satte Generation niedergetreten haben, mit ebensolchem Lärm und mit ebensolcher Verachtung; und sie sehen voraus, daß diese mutigen Fackelträger bald ihren Platz werden räumen müssen. Es gibt kein letztes Wort. Das neue Evangelium war alt, als Ninive sich in seiner Größe zum Himmel erhob. Diese schönen Worte, die denen, die sie sprechen, so neuartig scheinen, wurden in fast unverändertem Ton schon hundertmal vorher gesagt. Das Pendel schwingt vor und zurück. Der Kreis wird immer von neuem beschrieben.

Bisweilen lebt ein Mensch von der Zeit, in der er seinen Platz hatte, noch bis in eine, die ihm fremd ist; und dann wird den Neugierigen eines der seltsamsten Schauspiele in der menschlichen Komödie geboten. Wer denkt zum Beispiel heute noch an George Crabbe? Zu seiner Zeit war er ein berühmter Dichter, und die Welt hat sein Genie mit einer Einmütigkeit anerkannt, die infolge der größeren Verzweigtheit des modernen Lebens selten geworden ist. Er lernte seine Kunst in der Schule von Alexander Pope und schrieb erbauliche Geschichten in gereimten Verspaaren. Dann kamen die Französische Revolution und die Napoleonischen Kriege, und die Dichter sangen neue Lieder. Crabbe fuhr fort, erbauliche Geschichten in gereimten Verspaaren zu schreiben. Ich glaube, daß er die Verse jener jungen Männer las, die in der Welt so großes Aufsehen erregten, und vermute, daß er sie für armseliges Zeug hielt. Gewiß, vieles davon war armselig. Aber die Oden von Keats und Wordsworth, ein oder zwei Gedichte von Coleridge und einige mehr von Shelley enthüllten ausgedehnte Bereiche des Geistes, die keiner zuvor erforscht hatte. Crabbe war mausetot, aber Crabbe fuhr fort, erbauliche Geschichten in gereimten Verspaaren zu schreiben. Ich habe die Werke der jüngeren Generation flüchtig gelesen. Es mag sein, daß unter ihnen ein noch glühenderer Keats, ein noch ätherischerer Shelley bereits einiges veröffentlicht haben, an das sich die Welt gern erinnern wird. Ich kann es nicht sagen. Ich bewundere ihre Vollkommenheit – diese Jugend ist bereits so vollendet, daß es unsinnig scheint, von Hoffnung zu sprechen –, ich staune über die Beschwingtheit ihres Stils; aber trotz ihrer Meisterschaft (ihr Wortschatz legt die Vermutung nahe, daß sie schon in der Wiege in Rogets *Thesaurus* geblättert haben) sagen sie mir nichts: für meinen Geschmack wissen sie zu viel und fühlen zu deutlich; ich kann die Herzlichkeit, mit der sie mir auf den Rücken klopfen, oder die Erregung, mit der sie sich an meine Brust werfen, nicht vertragen; ihre Leidenschaft scheint mir ein wenig anämisch und ihre Träume scheinen mir ein bißchen langweilig zu sein. Ich mag sie nicht. Ich bin ausrangiert. Ich werde fortfahren, moralische Erzählungen in gereimten Verspaaren zu schreiben. Aber ich wäre ein dreifacher Narr, wenn ich es zu etwas anderem als meinem eigenen Vergnügen täte.

3

Doch all dies nur nebenbei.

Ich war sehr jung, als ich mein erstes Buch schrieb. Durch einen glücklichen Zufall erregte es Aufmerksamkeit, und verschiedene Personen suchten meine Bekanntschaft.

Nicht ohne Schwermut erinnere ich mich daran, wie ich damals schüchtern, aber begierig in die literarischen Kreise Londons eingeführt wurde. Lang ist es her, daß ich in dieser Welt verkehrte, und falls die Romane, die ihre gegenwärtigen Eigenheiten beschreiben, die Wahrheit wiedergeben, hat sich vieles geändert. Der Treffpunkt ist ein anderer. Chelsea und Bloomsbury sind an die Stelle von Hampstead, Notting Hill Gate und High Street, Kensington, getreten. Damals galt es als Vorzug, jünger als vierzig zu sein, heute hingegen wird es für absurd gehalten, älter als fünfundzwanzig zu sein. Ich glaube, daß wir in jener Zeit Scheu davor hatten, unsere Gefühle zu zeigen, und die Angst, uns lächerlich zu machen, ließ uns nicht allzu anmaßend werden. Ich glaube nicht, daß in jener eleganten Bohème die Tugend der Keuschheit besonders gepflegt wurde, aber ich erinnere mich nicht an solch geschmacklose Promiskuität, wie sie heute gang und gäbe zu sein scheint.

Wir hielten es nicht für heuchlerisch, über unsere Eskapaden den Vorhang der Diskretion zu ziehen. Die Dinge wurden noch beim richtigen Namen genannt. Die Frau war noch nicht ganz zu ihrem Recht gekommen.

Ich wohnte nahe Victoria Station, und ich erinnere mich an lange Ausflüge per Bus zu den gastlichen Häusern der Literaten. Ängstlich, wie ich war, wanderte ich die Straße hinauf und hinunter, bis ich all meinen Mut zusammennahm und auf die Klingel drückte; dann wurde ich, krank vor Furcht, in ein stickiges Zimmer voller Menschen geführt. Einer gefeierten Persönlichkeit nach der anderen wurde ich vorgestellt, und die freundlichen Worte, die sie über mein Buch sagten, erweckten in mir großes Unbehagen. Ich hatte das Gefühl, daß sie von mir geistreiche Bemerkungen erwarteten, aber die fielen mir immer erst ein, wenn die Gesellschaft vorüber war. Ich versuchte, meine Verlegenheit zu verbergen, indem ich Tassen mit Tee und ziemlich schlecht geschnittene Butterbrote herumreichte. Ich wollte von niemandem beachtet werden, um ungeniert diese berühmten Geschöpfe beobachten und ihren geistreichen Bemerkungen lauschen zu können.

Ich erinnere mich an mächtige, entschlossene Frauen mit großen Nasen und gierigen Blicken, die ihre Kleider wie eine Rüstung trugen, und an kleine alte Jungfern mit sanften Stimmen und scharfen Augen, die wie Mäuse aussahen. Immer wieder faszinierte mich ihre Beharrlichkeit, den mit Butter bestrichenen Toast mit Handschuhen zu essen, und ich bewunderte die Unbekümmertheit, mit der sie, wenn sie sich unbeobachtet glaubten, ihre Finger an ihrem Sessel abwischten. Den Möbeln hat das sicher nicht gutgetan, aber ich vermute, daß sich die Gastgeberin bei einem Gegenbesuch an den Möbeln ihrer Freunde rächte. Manche von ihnen waren elegant gekleidet und sagten, sie sähen durchaus nicht ein, warum sie schlampig sein sollten, bloß weil sie einen Roman geschrieben hätten; wenn man eine gute Figur habe, sollte man sie ruhig zur Geltung bringen, und ein modischer Schuh an einem zierlichen Fuß habe noch nie einen Redakteur davon abgehalten, ihr ›Geschreibsel‹ zu drucken. Andere hielten das für frivol und trugen ›Künstlerkleidung‹ und seltsamen Schmuck. Die Männer waren, was ihr Äußeres betraf, selten exzentrisch. Sie wollten für Männer von Welt gehalten werden und hätten überall als leitende Angestellte einer Firma in der City auftreten können. Sie wirkten immer ein bißchen müde. Ich hatte nie zuvor einen Schriftsteller gekannt, und ich hielt sie für sehr sonderbar, und ich glaube, sie kamen mir nie ganz wirklich vor.

Ich erinnere mich, daß ich ihre Unterhaltung für genial hielt und mit Staunen den beißenden Spott vernahm, mit dem sie einen Kollegen zerlegten, sobald ihnen dieser den Rücken zukehrte. Der Künstler hat gegenüber allen anderen Menschen den Vorteil, daß seine Freunde ihm für seinen Spott nicht nur ihre äußere Erscheinung und ihren Charakter, sondern auch ihr Werk darbieten. Ich hatte keine Hoffnung, mich jemals so gewandt ausdrücken zu können. In jenen Tagen wurde das Gespräch noch als Kunst gepflegt; eine treffende Entgegnung wurde höher geschätzt als die geballte Faust in der Tasche, und das Epigramm, damals noch kein mechanisches Mittel, durch das sich der Dumme den Anschein von Witzigkeit geben kann, verlieh dem Geplauder des Weltmannes Munterkeit. Es ist schade, daß ich mich heute an keinen von all diesen Geistesblitzen erinnern kann. Aber am behaglichsten gestaltete sich das Gespräch, so glaube ich, wenn es sich den geschäftlichen Dingen zuwandte, welche die andere Seite unserer Kunst bildeten. Nachdem wir die Vorzüge und Fehler eines jüngst erschienenen Buches diskutiert hatten, war es nur natürlich, daß wir uns fragten, wie viele Exemplare verkauft worden waren, wieviel Vorschuß der Autor erhalten hatte und wieviel er aller Wahrscheinlichkeit nach aus dem Buch herausholen würde. Dann sprachen wir von verschiedenen Verlegern, stellten die Großmut des einen der Knickerigkeit eines anderen gegenüber, erwogen, ob es besser sei, zu einem zu gehen, der anständige Tantiemen zahlte, oder zu einem, der sich für das Buch, entsprechend seinem tatsächlichen Wert, einsetzte. Manche machten eine schlechte Werbung, manche eine gute. Einige waren modern, andere altmodisch. Dann sprachen wir über Agenten und über die Angebote, die sie für uns bekommen hatten; wir sprachen über Redakteure und über die Art der Beiträge, die sie gern annahmen, wieviel sie bezahlten und ob pünktlich oder nicht. Für mich war das alles sehr romantisch. Es vermittelte mir das Gefühl, Mitglied einer mystischen Bruderschaft zu sein.

4

Niemand war zu jener Zeit freundlicher zu mir als Rose Waterford. Sie vereinte männliche Intelligenz mit weiblichem Eigensinn, und die Romane, die sie schrieb, waren originell und aufregend. In ihrem Haus lernte ich eines Tages die Frau von Charles Strickland kennen. Miss Waterford gab eine Teegesellschaft, und ihr kleines Zimmer war noch überfüllter als gewöhnlich. Alle schienen sich zu unterhalten, nur ich saß schweigend da und kam mir unbeholfen vor; ich war zu schüchtern, um in eine dieser Gruppen einzubrechen, die ganz mit ihren eigenen Angelegenheiten beschäftigt schienen. Miss Waterford war eine gute Gastgeberin, und kam, als sie meine Verlegenheit bemerkte, auf mich zu.

»Sie müssen Mrs. Strickland kennenlernen«, sagte sie. »Sie ist von Ihrem Buch ganz hingerissen.«

»Was treibt sie?« fragte ich.

Da ich mir meiner Unwissenheit bewußt war, hielt ich es für angezeigt, mich, bevor ich mit ihr sprach, zu vergewissern, ob Mrs. Strickland eine bekannte Schriftstellerin sei.

Wie um ihrer Antwort größere Bedeutung zu verleihen, schlug Rose Waterford die Augen nieder.

»Sie gibt Mittagsgesellschaften. Sie brauchen sich nur ein bißchen in Szene zu setzen, und sie wird Sie einladen.«

Rose Waterford war eine Zynikerin. Sie betrachtete das Leben als günstige Gelegenheit zum Romanschreiben und das Publikum als ihr Rohmaterial. Ab und zu lud sie Mitglieder ihrer Leserschaft, vorausgesetzt, daß diese ihr Talent schätzten, in ihr Haus ein und bewirtete sie großzügig. Die Schwäche dieser Leute für Modeschriftsteller strafte sie mit gutmütiger Verachtung, spielte aber vor ihnen mit Würde ihre Rolle als berühmte Schriftstellerin.

Ich wurde Mrs. Strickland vorgestellt, und wir unterhielten uns etwa zehn Minuten lang. Außer ihrer angenehmen Stimme fiel mir nichts an ihr auf. Sie besaß in Westminster eine Wohnung mit Ausblick auf die unvollendete Kathedrale, und da wir in derselben Gegend wohnten, waren wir einander freundlich gesinnt. Die *Army and Navy Stores* verbinden alle, die zwischen dem Fluß und dem St. James's Park wohnen. Mrs. Strickland fragte mich nach meiner Adresse, und einige Tage später erhielt ich eine Einladung zum Mittagessen.

Ich hatte nur wenige Verpflichtungen und nahm daher gerne an. Als ich mit einer kleinen Verspätung erschien – aus Angst, zu früh zu kommen, war ich dreimal um die Kathedrale herumgelaufen –, war die Gesellschaft bereits vollzählig. Miss Waterford war anwesend, ferner Mrs. Jay, Richard Twining und George Road. Alle waren wir Schriftsteller. Es war ein schöner Vorfrühlingstag, und wir waren gutgelaunt. Wir sprachen über hunderterlei Dinge. Miss Waterford, hin- und hergerissen zwischen dem Ästhetizismus ihrer frühen Jugend, wo sie in züchtiger Jungfräulichkeit, eine Narzisse in der Hand, zu Gesellschaften zu gehen pflegte, und der Frivolität ihrer reiferen Jahre, die zu hohen Absätzen und Kleidern aus Paris neigte, trug einen neuen Hut. Er versetzte sie in gehobene Stimmung. Noch nie hatte ich so boshaft über unsere gemeinsamen Freunde reden hören. In dem Bewußtsein, daß Unanständigkeit die Seele des Witzes ist, machte Mrs. Jay im Flüsterton Bemerkungen, die das schneeweiße Tischtuch sehr wohl zum Erröten hätten bringen können. Richard Twining sprudelte über von seltsamen Albernheiten, und George Road, der sich bewußt war, daß er seine beinahe sprichwörtlich brillante Redekunst nicht zu zeigen brauchte, öffnete den Mund nur, um zu essen. Mrs. Strickland sprach nicht viel, aber sie besaß die angenehme Gabe, alle ins Gespräch zu ziehen; und wenn eine Pause eintrat, warf sie nur eine passende Bemerkung ein, um es wieder in Gang zu setzen. Sie war eine Frau von siebenunddreißig Jahren, ziemlich groß und rundlich, aber nicht dick; sie war nicht hübsch, aber ihr Gesicht war ansprechend, wohl hauptsächlich ihrer freundlichen braunen Augen wegen. Ihr Teint war eher blaß. Ihr dunkles Haar hatte sie kunstvoll frisiert. Sie war die einzige unter den drei Frauen, deren Gesicht frei von Makeup war, und im Gegensatz zu den anderen wirkte sie einfach und natürlich.

Das Eßzimmer war nach dem Geschmack der damaligen Zeit sehr streng eingerichtet. Es hatte eine hohe Wandverkleidung aus weißgestrichenem Holz und eine grüne Tapete, auf der Radierungen von Whistler in zierlichen schwarzen Rahmen hingen. Die grünen Vorhänge mit dem Pfauenmuster fielen gerade herab, und der grüne Teppich, auf dem sich zwischen Laubbäumen weiße Kaninchen tummelten, verriet den Einfluß von William Morris. Auf dem Kaminsims stand blaues Delfter Porzellan. Um diese Zeit mag es in London wohl fünfhundert Eßzimmer gegeben haben, die genauso ausgestattet waren – nüchtern, künstlerisch wertvoll und langweilig.

Beim Nachhausegehen begleitete ich Miss Waterford; das schöne Wetter und ihr neuer Hut veranlaßten uns, noch ein wenig durch den Park zu schlendern.

»Das war eine sehr nette Gesellschaft«, sagte ich.

»Fanden Sie das Essen gut? Ich sagte ihr, wenn sie Schriftsteller um sich haben wolle, müsse sie diese gut füttern.«

»Ein bewundernswerter Rat«, antwortete ich. »Aber warum will sie Schriftsteller um sich haben?«

Miss Waterford zuckte die Achseln.

»Sie findet sie amüsant. Sie möchte dabeisein. Meiner Meinung nach ist sie ziemlich einfältig, die Ärmste, und sie glaubt, wir alle wären großartig. Infolgedessen macht es ihr Spaß, uns zum Mittagessen einzuladen, und uns schadet es nicht. Deshalb mag ich sie.«

Rückblickend glaube ich, daß Mrs. Strickland der harmloseste aller Prominentenjäger war, die ihre Beute von den exklusiven Höhen Hampsteads bis zu den Ateliers in den Niederungen von Cheyne Walk verfolgen. Sie hatte eine sehr stille Jugend auf dem Lande verlebt, und die Bücher, die aus Mudies Bibliothek dorthin kamen, brachten nicht nur ihren eigenen Zauber, sondern auch den Zauber Londons mit sich. Sie las leidenschaftlich gern (was bei Menschen ihrer Art, die sich zumeist mehr für den Autor als für sein Buch, mehr für den Maler als für seine Bilder interessieren, selten ist), und sie erfand sich eine Phantasiewelt, in der sie in einer Freiheit lebte, die sie in der Welt des Alltags niemals erlangte. Als sie Schriftsteller kennenlernte, war es ihr, als hätte sie sich auf eine Bühne gewagt, die sie bis dahin nur von der anderen Seite der Rampe her gekannt hatte. Sie betrachtete sie voll Spannung und glaubte wirklich, ein reicheres Leben zu leben, weil sie sie einlud und in ihren Festungen aufsuchte. Sie hielt die Regeln, nach denen sie das Spiel ihres Daseins spielten, für voll gerechtfertigt, dachte aber keinen Augenblick daran, ihr eigenes Verhalten diesen anzupassen. Ihre moralischen Exzentrizitäten ebenso wie ihre seltsame Kleidung, ihre wilden Theorien und ihre widersprüchlichen Behauptungen waren für sie eine amüsante Unterhaltung, übten aber auf ihre Überzeugung nicht den geringsten Einfluß aus.

»Gibt es einen Mr. Strickland?« fragte ich.

»Gewiß, er ist irgend etwas in der City. Ich glaube, Börsenmakler. Er ist sehr beschränkt.«

»Verstehen sich die beiden gut?«

»Sie beten einander an. Sie werden ihn kennenlernen, wenn Sie einmal dort zu Abend essen. Aber sie lädt nur selten jemanden zum Abendessen ein. Er ist sehr still. Er interessiert sich nicht im geringsten für Literatur oder Kunst.«

»Warum wohl nette Frauen dumme Männer heiraten?«

»Weil intelligente Männer keine netten Frauen heiraten wollen.«

Da mir darauf keine treffende Antwort einfiel, fragte ich, ob Mrs. Strickland Kinder habe.

»Ja, sie hat einen Jungen und ein Mädchen. Beide gehen zur Schule.«

Das Thema war erschöpft, und wir redeten von anderen Dingen.

5

Während des Sommers traf ich Mrs. Strickland ziemlich häufig. Ab und zu ging ich zu angenehmen kleinen Mittagessen in ihre Wohnung und zu eher aufwendigen Teegesellschaften. Wir fanden Gefallen aneinander. Ich war sehr jung, und vielleicht gefiel ihr der Gedanke, meine ersten Schritte auf dem harten Pfad der Literatur zu lenken, während es für mich angenehm war, jemanden zu haben, zu dem ich mit meinen kleinen Sorgen kommen konnte, in dem sicheren Bewußtsein, ein offenes

Ohr und vernünftigen Rat zu finden. Mrs. Strickland besaß die Gabe, mitfühlen zu können. Eine bezaubernde Fähigkeit, die jedoch leider nur allzu oft mißbraucht wird: denn in der Gier, mit der sie sich auf das Mißgeschick ihrer Freunde stürzen, um ihre Geschicklichkeit im Trösten zu beweisen, liegt etwas Teuflisches. Das Gefühl strömt aus ihnen wie Öl aus einem Bohrloch, und die Mitfühlenden gießen ihr Mitgefühl mit einer Hingabe aus, die auf ihre Opfer manchmal befremdend wirkt. Es gibt Busen, an denen schon so viele Tränen vergossen worden sind, daß ich sie nicht noch mit meinen benetzen kann. Mrs. Strickland bediente sich ihrer Gabe mit Takt. Man hatte das Gefühl, daß man ihr einen Gefallen erwies, wenn man ihr Mitgefühl akzeptierte. Als ich das in meiner jugendlichen Begeisterung gegenüber Rose Waterford erwähnte, sagte sie:

»Milch ist sehr gut, besonders mit einem Schuß Kognak, aber die Kuh ist überglücklich, sie loszuwerden. Ein geschwollenes Euter ist sehr unangenehm.«

Rose Waterford hatte eine spitze Zunge. Niemand konnte so boshafte Dinge sagen; andererseits konnte auch niemand bezauberndere Dinge tun.

Es gab noch etwas, das mir an Mrs. Strickland gefiel. Sie gestaltete ihre Umgebung mit Geschmack. Ihre Wohnung war immer freundlich und heiter, hübsch mit Blumen geschmückt, und die Chintzüberzüge im Salon wirkten trotz ihres strengen Musters hell und hübsch. Die Mahlzeiten in dem kunstvollen kleinen Speisezimmer waren angenehm; der Tisch sah nett aus, die beiden Dienstmädchen waren hübsch und adrett, das Essen war gut. Man konnte unmöglich übersehen, daß Mrs. Strickland eine ausgezeichnete Hausfrau war. Und man hatte das untrügliche Gefühl, daß sie eine wunderbare Mutter war. Im Salon gab es Fotografien von ihrem Sohn und ihrer Tochter. Der Sohn – sein Name war Robert –, ein Junge von sechzehn Jahren, war in Rugby; man sah ihn mit Flanellanzug und Kricketmütze, und dann mit Frack und Stehkragen. Er hatte das offene Gesicht seiner Mutter und schöne, nachdenkliche Augen. Er sah sauber, gesund und normal aus.

»Ich weiß nicht, ob er besonders klug ist«, sagte sie eines Tages, als ich die Fotografie betrachtete, »aber ich weiß, daß er ein guter Mensch ist. Er hat einen bezaubernden Charakter.«

Die Tochter war vierzehn. Ihr Haar, dicht und dunkel wie das ihrer Mutter, fiel schön und voll über ihre Schultern, und sie hatte den gleichen gütigen Gesichtsausdruck und die gleichen ruhigen, klaren Augen.

»Sie sind Ihnen beide wie aus dem Gesicht geschnitten«, sagte ich.

»Ja, ich glaube, sie gleichen mir mehr als ihrem Vater.«

»Warum durfte ich ihn nie kennenlernen?«

»Wollen Sie das denn?«

Sie lächelte. Ihr Lächeln war wirklich süß, und sie errötete ein wenig; es war sonderbar, daß eine Frau in ihrem Alter so leicht erröten konnte. Vielleicht war ihre Naivität das Reizvollste an ihr.

»Wissen Sie«, sagte sie, »er ist überhaupt nicht literarisch interessiert. Er ist ein ausgemachter Philister.«

Sie sagte dies nicht in geringschätzigem, sondern eher in liebevollem Ton, als wünschte sie, ihn vor den Schmähungen ihrer Freunde zu schützen, indem sie seine schlechteste Seite hervorhob.

»Er ist an der Börse beschäftigt und ist der typische Makler. Wahrscheinlich würde er Sie zu Tode langweilen.«

»Langweilt er Sie?« fragte ich.

»Sie wissen, ich bin zufällig seine Frau. Ich habe ihn sehr gern.«

Sie lächelte, um ihre Schüchternheit zu verbergen; ich glaube, sie befürchtete, daß ich in der Weise zu sticheln beginnen würde, wie es Rose Waterford ob eines solchen Geständnisses unweigerlich getan hätte. Sie zögerte ein wenig. In ihre Augen trat ein zärtlicher Schimmer.

»Er gibt nicht vor, ein Genie zu sein. Er verdient nicht einmal viel Geld an der Börse. Aber er ist furchtbar gut und nett.«

»Ich glaube, ich würde ihn sehr mögen.«

»Ich werde Sie einmal einladen, mit uns zu Abend zu essen, aber wohlgemerkt, Sie kommen auf eigene Gefahr. Geben Sie nicht mir die Schuld, wenn Sie einen langweiligen Abend verleben.«

6

Aber als ich mit Charles Strickland endlich zusammentraf, geschah es unter Umständen, die mir nicht mehr erlaubten, als seine Bekanntschaft zu machen. Eines Morgens sandte mir Mrs. Strickland ein kurzes Schreiben, in dem sie mir mitteilte, daß sie am Abend eine Gesellschaft gäbe und einer der Gäste abgesagt hätte. Sie bat mich, die Lücke auszufüllen. Sie schrieb:

Es ist meine Pflicht, Ihnen zu sagen, daß Sie sich unendlich langweilen werden. Es war von Anfang an eine durch und durch öde Gesellschaft, aber ich wäre Ihnen außerordentlich dankbar, wenn Sie kämen. Und wir beide können uns miteinander ein wenig unterhalten.

Als guter Nachbar mußte ich annehmen.

Als mich Mrs. Strickland ihrem Gatten vorstellte, schüttelte er mir ziemlich gleichgültig die Hand. Lächelnd wandte sie sich ihm zu und versuchte, einen kleinen Scherz zu machen:

»Ich habe ihn eingeladen, um ihm zu zeigen, daß ich wirklich einen Mann habe. Ich glaube, er begann daran zu zweifeln.«

Strickland gab das höfliche kleine Lachen von sich, mit dem Menschen auf Witze reagieren, an denen sie nichts Komisches finden, aber er sagte nichts. Neuankömmlinge beanspruchten die Aufmerksamkeit meines Gastgebers, und ich blieb mir selbst überlassen. Als wir endlich alle versammelt waren und darauf warteten, zum Essen gerufen zu werden, mußte ich, während ich mit meiner Tischdame plauderte, daran denken, welch ungewöhnliche Findigkeit der zivilisierte Mensch entwickelt, um die kurze Spanne seines Lebens mit langweiligen Beschäftigungen zu vergeuden. Es war jene Art von Gesellschaft, bei der man sich verwundert fragt, warum die Hausfrau die Mühe auf sich genommen hat, die Gäste einzuladen, und warum die Gäste die Mühe auf sich genommen haben zu kommen. Zehn Leute waren da. Sie kamen gleichgültig zusammen und würden erleichtert auseinandergehen. Es handelte sich selbstverständlich um eine rein gesellschaftliche Verpflichtung. Die Stricklands waren einer Reihe von Personen, an denen sie keinerlei Interesse hatten, Abendessen ›schuldig‹, und daher hatten sie diese eingeladen; diese Personen hatten angenommen. Warum? Um der Langweile eines Abends zu zweit zu entgehen; um ihren Dienstboten Ruhe zu gönnen; weil kein Grund vorhanden war, abzulehnen; weil man ihnen ein Abendessen ›schuldig‹ war.

Das Eßzimmer war unangenehm voll: ein Kronanwalt mit Frau, ein Regierungsbeamter mit Frau, Mrs. Stricklands Schwester und deren Gatte, Oberst MacAndrew, und die Frau eines Abgeordneten. Da der Abgeordnete der Meinung war, er könne das Hohe Haus nicht verlassen, war ich eingeladen worden. Die Anständigkeit dieser Gesellschaft war geradezu unheimlich. Die Frauen waren zu fein, um gut angezogen, und ihrer Stellung zu sicher, um amüsant zu sein. Die Männer waren bieder. Über ihnen allen lag eine Atmosphäre satten Wohlstands.

Jeder sprach ein wenig lauter als gewöhnlich, in dem instinktiven Bestreben, der Unterhaltung Schwung zu geben, und es war ein ganz schöner Lärm im Zimmer. Aber es gab kein gemeinsames Gespräch. Jeder sprach mit seinem Nachbarn; während der Suppe, des Fisches und des Zwischengerichts mit dem Nachbarn zur Rechten; während des Bratens, der Süßspeise und des Nachtisches mit dem Nachbarn zur Linken. Sie sprachen über die politische Lage und über das Golfspiel, über ihre Kinder und über das letzte Theaterstück, über die Bilder in der Königlichen Akademie, über das Wetter und über ihre Urlaubspläne. Es trat nie eine Pause ein, und der Lärm wurde immer größer. Mrs. Strickland mochte sich dazu beglückwünschen, daß ihre Gesellschaft ein Erfolg war. Ihr Gatte spielte seine Rolle mit Anstand. Vielleicht war er nicht sehr gesprächig, denn ich bildete mir ein, gegen Ende in den Gesichtern der Damen neben ihm Ermüdungserscheinungen zu entdekken. Sie fanden ihn langweilig. Ein- oder zweimal ruhten Mrs. Stricklands Augen etwas ängstlich auf ihm.

Endlich erhob sie sich und führte die Damen aus dem Zimmer. Strickland machte hinter ihr die Tür zu, begab sich an das andere Ende des Tisches und nahm zwischen dem Kronanwalt und dem Regierungsbeamten Platz. Er ließ noch einmal den Portwein herumgehen und bot uns Zigarren an. Der Kronanwalt machte eine Bemerkung über die Güte des Weins, und Strickland erzählte, wo er ihn herhatte. Wir begannen uns über Jahrgänge und Tabak zu unterhalten. Der Kronanwalt erzählte von einem Prozeß, mit dem er beschäftigt war, und der Oberst sprach über das Polospiel. Ich hatte nichts zu sagen und saß daher schweigend da, wobei ich mich aus Höflichkeit bemühte, Interesse an der Unterhaltung zu zeigen; und da ich annahm, daß niemand mich beachtete, musterte ich Strickland ungeniert. Er war größer, als ich erwartet hatte: ich weiß nicht, warum ich ihn mir schlank und von unscheinbarem Äußeren vorgestellt hatte; tatsächlich war er breit und kräftig, mit großen Händen und Füßen, und er bewegte sich unbeholfen in seinem Abendanzug. Er erinnerte ein wenig an einen Kutscher, den man für diese Gelegenheit herausgeputzt hat. Er war ein Vierziger, nicht schön, aber auch nicht häßlich, denn sein Gesicht war gut geschnitten; nur war alles ein wenig überlebensgroß und wirkte daher plump. Er war glattrasiert, und sein großes Gesicht sah unangenehm nackt aus. Sein Haar war rötlich, sehr kurz geschnitten, und seine kleinen Augen waren blau oder grau. Er sah gewöhnlich aus. Ich wunderte mich nicht länger darüber, daß sich Mrs. Strickland ein wenig für ihn genierte; er war schwerlich ein Gewinn für eine Frau, die sich in der Welt der Kunst und Literatur eine Stellung schaffen wollte. Es war offensichtlich, daß er keine gesellschaftlichen Fähigkeiten besaß, aber ein Mann kann ohne sie auskommen; er hatte nicht einmal etwas Exzentrisches an sich, was ihn vom Durchschnitt abgehoben hätte; er war ein braver, langweiliger, redlicher und einfacher Mensch. Man bewunderte seine vortrefflichen Eigenschaften, aber mied seine Gesellschaft. Er war nichtssagend. Wahrscheinlich war er ein ehrenwertes Mitglied der Gesellschaft, ein guter Gatte und Vater, ein rechtschaffener Makler; aber es gab keinen Grund, seine Zeit mit ihm zu verschwenden.

7

Die Saison ging auf ihr langweiliges Ende zu, und alle meine Bekannten trafen Vorkehrungen, die Stadt zu verlassen. Mrs. Strickland begab sich mit ihrer Familie an die Küste von Norfolk, wo ihre Kinder das Meer hätten und ihr Gatte Golf spielen könnte. Wir verabschiedeten uns voneinander und vereinbarten, einander im Herbst zu treffen. Aber als ich an meinem letzten Tag in der Stadt aus einem Warenhaus kam, traf ich sie mit ihrem Sohn und ihrer Tochter; genau wie ich hatte sie, bevor sie London verließ, ihre letzten Einkäufe gemacht, und beide waren wir erhitzt und müde. Ich schlug vor, wir sollten alle zusammen in den Park Eis essen gehen.

Ich glaube, Mrs. Strickland war froh, mir ihre Kinder zeigen zu können, und sie nahm meine Einladung bereitwillig an. Die beiden waren sogar noch hübscher als auf den Fotografien, und sie hatte recht, stolz auf sie zu sein. Ich war noch so jung, daß ich sie nicht einschüchterte, und sie plauderten fröhlich über dies und jenes. Es waren außerordentlich nette, gesunde Kinder, und unter den Bäumen saß es sich sehr angenehm.

Als sie nach einer Stunde in eine Droschke stiegen, um heimzufahren, schlenderte ich gemächlich zu meinem Klub. Ich war vielleicht ein bißchen einsam, und mit ein wenig Neid dachte ich an das traute Familienleben, in das ich einen kurzen Blick getan hatte. Sie schienen einander zugetan zu sein. Sie hatten ihre kleinen privaten, für den Außenstehenden unverständlichen Späße, über die sie sich königlich amüsierten. Wenn man ihn nach der Sprachgewandtheit beurteilte, war Charles Strickland vielleicht dumm; aber seine Intelligenz entsprach seiner Umgebung, und das ist nicht nur ein Weg zum Erfolg, sondern auch zum Glück. Mrs. Strickland war eine bezaubernde Frau, und sie liebte ihn. Ich malte mir das von keinem unwillkommenen Abenteuer getrübte Leben der beiden aus, ein rechtschaffenes und ehrbares Leben, das – wegen der zwei heranwachsenden freundlichen Kinder – sichtlich dazu bestimmt war, die normale Tradition ihrer Klasse und ihres Standes fortzusetzen, und es war nicht ohne Sinn. Sie würden unmerklich alt werden; sie würden ihren Sohn und ihre Tochter vernünftig werden und zur rechten Zeit heiraten sehen – sie, ein hübsches Mädchen, künftige Mutter gesunder Kinder; er, ein stattlicher, tapferer Bursche, offensichtlich ein Soldat; und schließlich würden sie in würdiger Zurückgezogenheit, zufrieden und von ihren Nachkommen geliebt, nach einem glücklichen und nicht unnützen Leben, wenn ihre Zeit um sein würde, ins Grab sinken.

Das muß die Geschichte unzähliger Ehepaare sein, und diese Lebensform hat etwas Reizvolles an sich. Sie erinnert an einen friedlichen Bach, der sich, beschattet von angenehmen Bäumen, ruhig durch grüne Weiden schlängelt, bis er sich schließlich ins weite Meer ergießt; aber das Meer ist so still, so verschwiegen, so gleichgültig, daß man plötzlich leises Unbehagen verspürt. Vielleicht liegt es nur an einer Eigenart von mir, die schon damals ausgeprägt war, daß ich bei dem Gedanken an ein solches Dasein, das Schicksal der großen Mehrheit, plötzlich ein großes Unbehagen fühlte. Ich erkannte den sozialen Wert einer solchen Existenz, aber das Blut in meinen Adern verlangte nach einem abenteuerlicheren Leben. Solch leicht zugängliche Freuden hatten für mich etwas Beängstigendes an sich. In meinem Herzen war der Wunsch nach einem gefährlicheren Leben. Ich war auf zackige Klippen und tückische Untiefen vorbereitet, wenn ich nur Abwechslung haben konnte – Abwechslung und den Reiz des Unerwarteten.

8

Beim Durchlesen dessen, was ich über die Stricklands geschrieben habe, wird mir bewußt, daß sie verschwommen erscheinen müssen. Ich war außerstande, sie mit jenen charakteristischen Merkmalen auszustatten, welche die Figuren eines Buches mit wirklichem Eigenleben erfüllen; und während ich mir Gedanken darüber mache, ob dies meine Schuld ist, zerbreche ich mir den Kopf, um mich an Eigenheiten zu erinnern, die ihnen Lebendigkeit verleihen könnten. Ich habe das Gefühl, daß ich ihnen durch eine sprachliche Eigentümlichkeit oder irgendeine sonderbare Gewohnheit mehr eigene Ausdruckskraft verleihen könnte. So aber, wie sie nun einmal dastehen, gleichen sie den Figuren auf einem alten Wandteppich; sie heben sich nicht vom Hintergrund ab, und von ferne betrachtet, scheinen sie ihre Form zu verlieren, so daß man kaum mehr als eine gefällige Farbkomposition vor sich hat. Meine einzige Rechtfertigung ist, daß sie eben gerade diesen Eindruck auf mich machten. Ihnen war eben jene Verschwommenheit eigen, die man bei Menschen findet, deren Leben Teil eines gesellschaftlichen Organismus ist, so daß sie nur in ihm und durch ihn existieren. Sie sind wie Zellen im Körper, zwar unentbehrlich, aber, solange sie gesund sind, vom bedeutenden Ganzen nicht zu trennen. Die Stricklands waren eine durchschnittliche Mittelstandsfamilie. Eine liebenswürdige, gastfreundliche Frau, mit einem harmlosen Fimmel für kleine Berühmtheiten aus der literarischen Gesellschaft; ein ziemlich langweiliger Mann, der in dem Lebenskreis, in den ihn eine gnädige Vorsehung gestellt hatte, seine Pflicht erfüllte; zwei hübsche, gesunde Kinder. Nichts konnte alltäglicher sein. Ich glaube nicht, daß irgend etwas an ihnen war, das die Aufmerksamkeit eines neugierigen Menschen erregt hätte.

Wenn ich über all das nachdenke, was später geschah, frage ich mich, ob ich völlig vernagelt war, daß ich an Charles Strickland nicht zumindest irgend etwas Ungewöhnliches bemerkt hatte. Vielleicht. Ich bin der Meinung, daß ich in den Jahren, die zwischen damals und heute liegen, eine ziemlich gute Menschenkenntnis erworben habe, aber auch wenn ich zu der Zeit, als ich die Stricklands kennenlernte, die Erfahrung gehabt hätte, die ich heute habe, würde ich sie, glaube ich, nicht anders beurteilt haben. Aber inzwischen habe ich die Erfahrung gemacht, daß der Mensch unberechenbar ist, und heute würde ich mich über die Nachricht, die mich im Fühherbst nach meiner Rückkehr nach London erreichte, nicht so sehr wundern.

Ich war noch keine vierundzwanzig Stunden zurück, als ich in der Jermyn Street zufällig Rose Waterford traf.

»Sie sehen so strahlend und munter aus«, sagte ich. »Was ist los mit Ihnen?«

Sie lächelte, in ihren Augen war das boshafte Blitzen, das ich bereits kannte. Es bedeutete, daß sie von irgendeinem Skandal um einen ihrer Freunde gehört hatte und der Instinkt der Literatin erwacht war.

»Sie haben doch Charles Strickland kennengelernt, nicht wahr?«

Nicht nur ihr Gesicht, sondern ihr ganzer Körper wirkte munter. Ich nickte. Ich fragte mich, ob der arme Teufel von der Börse entlassen oder von einem Bus überfahren worden war.

»Stellen Sie sich vor, wie entsetzlich! Er ist seiner Frau davongelaufen.«

Miss Waterford hatte sicherlich das Gefühl, daß sie ihr Thema auf dem Gehsteig der Jermyn Street nicht erschöpfend behandeln könne, daher warf sie mir wie ein Artist die nackte Tatsache hin und erklärte, daß sie keine Einzelheiten wisse. Ich hätte ihr unrecht getan mit der Annahme, daß ein so geringfügiger Umstand sie daran gehindert hätte, sie mitzuteilen, aber sie blieb hartnäckig.

»Aber ich sage Ihnen doch, daß ich nichts weiß«, erwiderte sie auf meine aufgeregten Fragen, um dann mit einem leichten Schulterzucken hinzuzufügen: »Ich glaube, daß eine junge Person ihre Stellung in einem Teegeschäft in der City aufgegeben hat.«

Sie warf mir ein Lächeln zu, beteuerte, daß sie einen Termin beim Zahnarzt habe, und ging beschwingt davon. Ich war mehr interessiert als betrübt. In jenen Tagen war meine unmittelbare Lebenserfahrung gering, und es regte mich auf, daß sich unter Menschen, mit denen ich verkehrte, ein Vorfall ereignete, wie ich ihn nur aus Büchern kannte. Ich gebe zu, daß ich mich in der Zwischenzeit an Vorfälle dieser Art unter meinen Bekannten gewöhnt habe. Aber ich war doch ein bißchen schockiert. Strickland war bestimmt vierzig, und ich fand es widerwärtig, daß ein Mann seines Alters sich mit Herzensangelegenheiten befaßte. Mit dem Hochmut meiner Jugend sah ich fünfunddreißig als die äußerste Grenze an, bis zu der sich ein Mann noch verlieben könne, ohne sich lächerlich zu machen. Außerdem hatte diese Nachricht für mich persönlich etwas leicht Beunruhigendes, da ich vom Land aus an Mrs. Strickland geschrieben hatte, um ihr meine Rückkehr anzukündigen, und hinzugefügt hatte, ich würde, falls ich von ihr nichts Gegenteiliges hören sollte, an einem bestimmten Tag kommen und mit ihr Tee trinken. Dieser Tag war heute, und ich hatte keine Nachricht von Mrs. Strickland erhalten. Wollte sie mich sehen oder nicht? Es war ziemlich wahrscheinlich, daß ihr in der augenblicklichen Aufregung meine Mitteilung entfallen war. Vielleicht war es klüger, nicht hinzugehen. Andererseits mochte ihr daran gelegen sein, die Angelegenheit für sich zu behalten; und es mochte höchst taktlos von mir sein, ihr zu verstehen zu geben, daß diese Nachricht bis zu mir gedrungen war. Ich wurde zwischen der Angst, die Gefühle einer liebenswürdigen Frau zu verletzen, und der Angst, im Wege zu stehen, hin- und hergerissen. Ich sagte mir, daß sie sicherlich leide, und ich wollte niemanden leiden sehen, dem ich nicht helfen konnte; aber in meinem Herzen war das Verlangen, für das ich mich ein wenig schämte, zu sehen, wie sie es aufnahm. Ich wußte nicht, was tun.

Schließlich kam mir der Gedanke, den Besuch zu machen, als wäre nichts geschehen, und durch das Dienstmädchen bei Mrs. Strickland anfragen zu lassen, ob sie mich sehen wolle. Das würde ihr die Möglichkeit geben, mich fortzuschicken. Aber als ich dem Dienstmädchen den vorbereiteten Satz sagte, überkam mich eine solch entsetzliche Befangenheit, daß ich, während ich in einem dunklen Gang auf die Antwort wartete, meine ganze Willenskraft zusammennehmen mußte, um nicht davonzulaufen. Das Mädchen kam zurück. Aufgrund meiner überreizten Phantasie glaubte ich ihrem Verhalten zu entnehmen, daß sie alles über das familiäre Unglück wisse.

»Wollen Sie, bitte, hereinkommen, mein Herr«, sagte sie.

Ich folgte ihr in den Salon. Die Rouleaus waren ein Stück herabgezogen, um das Zimmer abzudunkeln, und Mrs. Strickland saß mit dem Rücken zum Licht. Ihr Schwager, Oberst MacAndrew, stand vor dem Kamin und wärmte seinen Rücken an einem nicht entzündeten Feuer. Mir war mein Besuch äußerst peinlich. Ich dachte, daß mein Erscheinen die beiden überrascht hatte und mich Mrs. Strickland nur hatte hereinkommen lassen, weil sie vergessen hatte, mir abzusagen. Ich bildete mir ein, daß der Oberst die Unterbrechung übel aufnahm.

»Ich war nicht ganz sicher, ob Sie mich erwarteten«, sagte ich und bemühte mich, unbefangen zu wirken.

»Natürlich habe ich Sie erwartet; Anne wird gleich den Tee bringen.«

Selbst in dem abgedunkelten Zimmer konnte ich nicht umhin zu bemerken, daß Mrs. Stricklands Gesicht vom Weinen ganz geschwollen war. Ihr auch sonst nicht sehr guter Teint war grau.

»Sie erinnern sich doch an meinen Schwager? Sie haben ihn hier bei einem Abendessen kurz vor den Ferien kennengelernt.«

Wir schüttelten einander die Hand. Ich fühlte mich so befangen, daß mir nichts einfiel, was ich hätte sagen können, aber Mrs. Strickland kam mir zu Hilfe. Sie fragte mich, was ich den Sommer über getrieben hätte, und so gelang es mir, Konversation zu machen, bis der Tee hereingebracht wurde. Der Oberst bat um einen Whisky-Soda.

»Du tätest gut daran, auch einen zu nehmen, Amy«, sagte er.

»Nein, Tee ist mir lieber.«

Dies war die erste Andeutung, daß irgend etwas Unangenehmes passiert war. Ich beachtete sie nicht und tat mein Bestes, um Mrs. Strickland in ein Gespräch zu verwickeln. Der Oberst, der noch immer vor dem Kamin stand, sprach kein Wort. Ich überlegte, wie ich mich möglichst bald verabschieden konnte, ohne den Anstand zu verletzen, und ich fragte mich, warum in aller Welt Mrs. Strickland mir erlaubt hatte zu kommen. Es waren keine Blumen da, und verschiedene Nippsachen, die während des Sommers weggeräumt worden waren, waren nicht wieder an ihren Platz gestellt worden; das sonst so freundliche Zimmer wirkte trostlos und steif; man hatte das Gefühl, als läge ein Toter im Nebenzimmer. Ich trank meinen Tee aus.

»Wollen Sie eine Zigarette?« fragte Mrs. Strickland.

Sie suchte nach der Schachtel, aber diese war nicht zu sehen.

»Ich fürchte, es sind keine da.«

Plötzlich brach sie in Tränen aus und eilte aus dem Zimmer.

Ich war bestürzt. Vermutlich hatte das Fehlen der Zigaretten, die in der Regel von ihrem Mann gekauft worden waren, sie wieder an ihn erinnert, und der Gedanke, daß die kleinen Annehmlichkeiten, an die sie sich gewöhnt hatte, von nun an fehlten, versetzte ihr plötzlich einen Stich. Sie erkannte, daß das alte Leben ein für allemal vorbei war. Es war unmöglich, länger den Schein zu wahren.

»Ich glaube, es wäre Ihnen angenehm, wenn ich ginge«, sagte ich zum Oberst und stand auf.

»Ich nehme an, Sie haben gehört, daß dieser Schuft sie verlassen hat«, platzte er heraus.

Ich zögerte.

»Sie wissen, wie die Leute klatschen«, antwortete ich. »Es ist mir zu Ohren gekommen, daß irgend etwas nicht in Ordnung ist.«

»Er ist davongelaufen. Er ist mit einer Frau nach Paris gefahren. Er hat Amy ohne einen Penny zurückgelassen.«

»Das tut mir furchtbar leid«, sagte ich, da mir nichts anderes einfiel.

Der Oberst stürzte seinen Whisky hinunter. Er war ein großer, magerer Fünfziger, mit herabhängendem Schnurrbart und grauem Haar. Er hatte blaßblaue Augen und einen unentschlossenen Mund. Von meinem früheren Zusammentreffen mit ihm erinnerte ich mich an sein albernes Benehmen und daß er darauf stolz war, in den zehn Jahren, bevor er die Armee verlassen hatte, dreimal in der Woche Polo gespielt zu haben.

»Ich glaube nicht, daß Mrs. Strickland ausgerechnet jetzt von mir belästigt werden will«, sagte ich. »Bitte, sagen Sie ihr, wie leid es mir tut. Falls ich irgend etwas für sie tun kann, wird es mir eine Freude sein.«

Aber er beachtete mich nicht.

»Ich weiß nicht, was aus ihr werden soll. Und dann sind noch die Kinder da. Sollen die von Luft leben? Siebzehn Jahre!«

»Siebzehn Jahre?«

»Waren sie verheiratet«, schnauzte er. »Ich habe ihn nie gemocht. Natürlich war er mein Schwager, und ich habe getan, was ich konnte. Hielten Sie ihn für einen Gentleman? Sie hätte ihn nie heiraten sollen.«

»Ist das Ganze wirklich endgültig?«

»Es bleibt ihr nichts anderes übrig, als sich von ihm scheiden zu lassen. Das habe ich ihr eben gesagt, als Sie hereinkamen. ›Reich sofort deine Klage ein, meine liebe Amy‹, habe ich gesagt. ›Das bist du dir und deinen Kindern schuldig.‹ Er würde gut daran tun, mir nie mehr unter die Augen zu kommen. Ich würde ihn zu Tode prügeln.«

Ich kam um den Gedanken nicht herum, daß Oberst MacAndrew dabei einige Schwierigkeiten haben könnte, da ich Strickland als einen kräftigen Mann in Erinnerung hatte, aber ich sagte nichts. Es ist immer schmerzlich, wenn es der verletzten Sittlichkeit an der körperlichen Kraft mangelt, um dem Sünder eine unmittelbare Strafe zu verpassen. Als ich mich entschloß, neuerlich zu versuchen wegzugehen, kam Mrs. Strickland zurück. Sie hatte ihre Tränen getrocknet und ihre Nase gepudert.

»Es tut mir leid, daß meine Nerven versagt haben«, sagte sie. »Ich bin froh, daß Sie nicht weggegangen sind.«

Sie setzte sich wieder. Ich wußte nicht, was ich sagen sollte. Es widerstrebte mir, Dinge zu erwähnen, die mich nichts angingen. Ich kannte damals die Gewohnheitssünde der Frauen noch nicht, ihre Leidenschaft, mit jedem, der zuzuhören bereit ist, über ihre persönlichen Angelegenheiten zu sprechen. Mrs. Strickland gab sich einen Ruck.

»Reden die Leute darüber?« fragte sie.

Ich war überrascht über ihre Annahme, daß ich von ihrem familiären Unglück wußte.

»Ich bin eben erst zurückgekommen. Außer Rose Waterford habe ich niemanden gesehen.«

Mrs. Strickland faltete die Hände.

»Sagen Sie mir genau, was sie gesagt hat.« Und als ich zögerte, beharrte sie darauf. »Ich möchte es gern genau wissen.«

»Sie wissen, wie die Leute reden. Sie ist nicht sehr glaubwürdig, nicht wahr? Sie hat gesagt, Ihr Gatte habe Sie verlassen.«

»Ist das alles?«

Ich wollte Rose Waterfords abschließende Anspielung auf ein Mädchen aus einem Teegeschäft nicht wiederholen. Ich log.

»Hat sie nichts davon gesagt, daß er mit irgend jemandem durchgebrannt ist?«

»Nein.«

»Das ist alles, was ich wissen wollte.«

Ich war ein bißchen verwirrt, aber ich verstand jedenfalls, daß ich mich nun verabschieden konnte. Als Mrs. Strickland mir die Hand gab, sagte ich ihr, daß es mich freuen würde, wenn ich von irgendeinem Nutzen für sie sein könnte. Sie lächelte gezwungen.

»Ich danke Ihnen herzlich. Ich glaube nicht, daß irgend jemand irgend etwas für mich tun kann.«

Zu schüchtern, um mein Mitgefühl auszudrücken, wandte ich mich dem Oberst zu, um ihm Auf Wiedersehen zu sagen. Er nahm meine Hand nicht.

»Ich breche auch auf. Wenn Sie die Victoria Street hinaufgehen, komme ich mit Ihnen.«

»Gut«, sagte ich. »Gehen wir.«

9

Das ist eine schreckliche Geschichte«, sagte er, als wir auf die Straße hinausgingen.

Ich erkannte, daß er nur mit mir weggegangen war, um noch

einmal über das zu sprechen, worüber er bereits stundenlang mit seiner Schwägerin gesprochen hatte.

»Wir wissen nicht, wer die Frau ist«, sagte er. »Wir wissen nur, daß der Schuft nach Paris gefahren ist.«

»Ich dachte, die beiden würden sich gut miteinander vertragen.«

»Das war auch der Fall. Wahrhaftig, kurz bevor Sie hereinkamen, sagte Amy, daß sie während der ganzen Ehe keinen einzigen Streit miteinander gehabt hatten. Sie kennen Amy. Auf der ganzen Welt gibt es keine bessere Frau.«

Da mir diese vertraulichen Mitteilungen aufgedrängt wurden, hielt ich es nicht für taktlos, einige Fragen zu stellen.

»Aber glauben Sie wirklich, daß sie nichts vermutet hat?«

»Nichts. Er verbrachte den August mit ihr und den Kindern in Norfolk. Er war so wie immer. Meine Frau und ich fuhren auf ein paar Tage zu ihnen hinunter, und ich spielte mit ihm Golf. Im September kehrte er in die Stadt zurück, damit sein Kompagnon wegfahren könnte, und Amy blieb weiterhin auf dem Land. Sie hatte für sechs Wochen ein Haus gemietet, und als diese Zeit ihrem Ende zuging, teilte sie ihm brieflich mit, an welchem Tag sie in London ankommen werde. Er antwortete ihr aus Paris. Er schrieb, er hätte sich entschlossen, nicht mehr mit ihr zusammenzuleben.«

»Welche Erklärung gab er dafür?«

»Er gab keine Erklärung, mein lieber Junge. Ich habe den Brief gesehen. Er war nicht länger als zehn Zeilen.«

»Das ist aber seltsam.«

Dann mußten wir die Straße überqueren, und der Verkehr hinderte uns am Sprechen. Was Oberst MacAndrew mir erzählt hatte, erschien mir sehr unglaubwürdig. Vermutlich hatte ihm Mrs. Strickland – aus Gründen, die nur ihr bekannt waren – einiges verschwiegen. Es war klar, daß ein Mann nach siebzehn Jahren Ehe seine Frau nicht verließ, ohne daß bestimmte Dinge vorgefallen waren, die ihr Anlaß zur Vermutung gegeben haben müßten, daß in der Ehe nicht alles in Ordnung war. Der Oberst unterbrach mich:

»Natürlich, er hätte keine andere Erklärung geben können, als daß er mit einer Frau weggefahren ist. Vermutlich dachte er, sie würde das selber herausfinden. So ein Kerl ist er eben.«

»Was wird Mrs. Strickland jetzt machen?«

»Nun, vor allen Dingen brauchen wir Beweise. Ich werde selbst nach Paris hinüberfahren.«

»Und was ist mit seinem Geschäft?«

»Das hat er besonders schlau angestellt. Er hat sich im letzten Jahr mehr und mehr davon zurückgezogen.«

»Hat er seinem Kompagnon etwas von seiner Abreise gesagt?«

»Kein Wort.«

Oberst MacAndrew kannte sich in geschäftlichen Dingen äußerst unzureichend aus, und ich überhaupt nicht, weshalb ich nicht ganz verstand, wie Strickland seine Geschäfte zurückgelassen hatte. Ich nahm an, daß der im Stich gelassene Kompagnon sehr böse war und mit einem Prozeßverfahren drohte. Es hatte den Anschein, als würde er, wenn erst alles geregelt war, vier- oder fünfhundert Pfund verloren haben.

»Ein Glück, daß die Möbel in der Wohnung auf Amys Namen geschrieben sind. Die werden ihr auf alle Fälle bleiben.«

»Das meinten Sie wohl, als Sie sagten, sie habe keinen Pfennig?«

»Natürlich. Sie hat zwei- oder dreihundert Pfund und die Möbel.«

»Aber wovon will sie leben?«

»Das weiß Gott allein.«

Die Angelegenheit schien immer komplizierter zu werden, und der Oberst, mit seinen Verwünschungen und seiner Entrüstung, verwirrte mich mehr, als er mich informierte. Ich war froh, als er sich beim Anblick der großen Uhr auf den *Army and Navy Stores* an eine Verabredung zum Kartenspiel in seinem Klub erinnerte und mich verließ, um den kürzeren Weg durch den St. James's Park einzuschlagen.

10

Ein oder zwei Tage später erhielt ich von Mrs. Strickland ein kurzes Schreiben, in dem sie mich bat, sie am Abend nach dem Essen aufzusuchen. Als ich hinkam, war sie allein. Ihr schwarzes Kleid, einfach, fast streng, wies auf ihre traurige

Lage hin, und in meiner Einfalt war ich erstaunt, daß sie trotz echten Schmerzes fähig war, sich bei der Rolle, die sie zu spielen hatte, nach ihren Vorstellungen von Schicklichkeit zu richten.

»Sie sagten, es würde Ihnen nichts ausmachen, etwas für mich zu tun, wenn ich Sie darum bäte«, begann sie.

»Es war ehrlich gemeint.«

»Würden Sie nach Paris fahren und mit Charlie sprechen?«

»Ich?«

Ich war überrascht. Ich sagte mir, daß ich ihn nur einmal gesehen hatte. Ich wußte nicht, was ich für sie in Paris tun sollte.

»Fred ist darauf versessen, zu fahren.« Fred war Oberst MacAndrew. »Aber ich bin sicher, daß er nicht der Mann dafür ist. Er wird alles nur schlimmer machen. Ich weiß nicht, wen ich sonst darum bitten könnte.«

Ihre Stimme zitterte ein wenig, und ich wäre mir wie ein Unmensch vorgekommen, wenn ich auch nur gezögert hätte.

»Aber ich habe keine zehn Worte mit Ihrem Gatten gesprochen. Er kennt mich nicht. Er wird mir aller Wahrscheinlichkeit nach sagen, ich solle mich zum Teufel scheren.«

»Das würde Sie nicht treffen«, sagte Mrs. Strickland lächelnd.

»Was soll ich nun wirklich für Sie tun?«

Sie gab keine klare Antwort.

»Ich glaube, es ist eher ein Vorteil, daß er Sie nicht kennt. Sehen Sie, er hat Fred nie wirklich gemocht; er hielt ihn für einen Dummkopf; er hatte kein Verständnis für Soldaten. Fred würde in Wut geraten, es würde zu einem Streit kommen, und alles würde nur noch schlimmer werden anstatt besser. Wenn Sie ihm sagen, daß Sie in meinem Auftrag kommen, kann er sich nicht weigern, Sie anzuhören.«

»Ich kenne Sie noch nicht sehr lange«, antwortete ich. »Ich verstehe nicht, wie man von jemandem erwarten kann, eine Sache wie diese in Angriff zu nehmen, ohne daß er alle Einzelheiten kennt. Ich möchte meine Nase nicht in Dinge stecken, die mich nichts angehen. Warum fahren Sie nicht und sprechen selbst mit ihm?«

»Sie vergessen, daß er nicht allein ist.«

Ich hielt den Mund. Ich sah mich bei Charles Strickland läuten und meine Karte abgeben; ich sah ihn ins Zimmer kommen, wobei er die Visitenkarte zwischen Zeigefinger und Daumen hielt:

»Welcher Angelegenheit verdanke ich diese Ehre?«

»Ich bin gekommen, um mit Ihnen über Ihre Frau zu sprechen.«

»Was Sie nicht sagen. Wenn Sie etwas älter sind, werden Sie zweifellos begreifen, daß es sinnvoller ist, sich um die eigenen Angelegenheiten zu kümmern. Wenn Sie so gut sein wollen, Ihren Kopf ein wenig nach links zu drehen, werden Sie die Tür sehen. Ich wünsche Ihnen Guten Abend.«

Ich sah voraus, daß es schwierig sein würde, mit Würde abzutreten. Wollte Gott, ich wäre nicht nach London zurückgekehrt, ehe Mrs. Strickland mit ihren Schwierigkeiten fertig war. Ich warf einen kurzen Blick auf sie. Sie war in Gedanken versunken. Dann sah sie mich an, seufzte tief und lächelte.

»Es kam alles so unerwartet«, sagte sie. »Wir waren siebzehn Jahre verheiratet. Ich hätte mir nie träumen lassen, daß Charlie zu der Sorte von Männern gehört, die sich von jemandem betören lassen. Wir sind immer sehr gut miteinander ausgekommen. Natürlich hatte ich ziemlich viele Interessen, die er nicht teilte.«

»Haben Sie herausgefunden, wer« – ich wußte nicht recht, wie ich mich ausdrücken sollte –, »wer die Person ist, mit der er wegfuhr?«

»Nein. Niemand scheint eine Ahnung zu haben. Es ist so seltsam. Wenn ein Mann sich in jemanden verliebt, sehen die Leute die beiden gewöhnlich irgendwo miteinander, beim Essen zum Beispiel, und die Freunde seiner Frau kommen und erzählen es ihr. Mir wurde kein Wink gegeben – nichts. Sein Brief kam wie ein Blitz aus heiterem Himmel. Ich hielt ihn für vollkommen glücklich.«

Sie begann zu weinen, die Arme, und tat mir sehr leid. Doch bald wurde sie ruhiger.

»Es hat keinen Sinn, sich zu quälen«, sagte sie, während sie ihre Tränen trocknete. »Es muß nur entschieden werden, was das Gescheiteste ist, das ich tun kann.«

Sie redete weiter, erzählte von der jüngsten Vergangenheit, von ihrer ersten Begegnung und ihrer Heirat; aber nach kurzer Zeit konnte ich mir ein ziemlich klares Bild von ihrem Leben machen; und ich hatte den Eindruck, daß meine Vermutungen nicht unrichtig gewesen waren. Mrs. Strickland war die Tochter eines indischen Staatsbeamten, der sich nach seiner Pensionierung ganz aufs Land zurückgezogen hatte, dessen Gewohnheit es aber war, mit seiner Familie der Luftveränderung wegen jeden August nach Eastbourne zu gehen; und dort hatte sie, als sie zwanzig war, Charles Strickland kennengelernt. Er war dreiundzwanzig. Sie spielten zusammen Tennis, gingen miteinander auf der Strandpromenade spazieren und hörten gemeinsam den Negersängern zu; und eine Woche, bevor er ihr einen Heiratsantrag machte, war sie entschlossen, ja zu sagen. Sie lebten in London, anfangs in Hampstead und später, als er wohlhabender wurde, im Zentrum der Stadt. Zwei Kinder wurden ihnen geboren.

»Er schien die Kinder sehr gern zu haben. Selbst wenn er meiner überdrüssig gewesen ist, überrascht es mich, daß er es übers Herz brachte, sie zu verlassen. Es ist alles so unglaubhaft. Selbst jetzt kann ich kaum glauben, daß es wahr ist.«

Schließlich zeigte sie mir den Brief, den er geschrieben hatte. Ich war neugierig, ihn zu sehen, hatte aber nicht gewagt, darum zu bitten.

Meine liebe Amy,
ich hoffe, Du wirst in der Wohnung alles in Ordnung finden. Ich habe Deine Anweisungen an Anne weitergegeben, und wenn Du kommst, wird das Abendessen für Dich und die Kinder vorbereitet sein. Ich werde zu Deinem Empfang nicht dort sein. Ich habe mich entschlossen, getrennt von Dir zu leben, und fahre am Vormittag nach Paris. Bei meiner Ankunft werde ich diesen Brief aufgeben. Ich werde nicht zurückkommen. Mein Entschluß ist unwiderruflich.

Dein Charles Strickland.

»Kein Wort der Erklärung oder des Bedauerns. Halten Sie das nicht für unmenschlich?«

»Es ist ein sehr sonderbarer Brief, unter diesen Umständen«, erwiderte ich.

»Es gibt nur eine Erklärung, daß er nicht mehr er selbst ist. Ich weiß nicht, wer diese Frau ist, die ihn erwischt hat, aber sie hat einen anderen Menschen aus ihm gemacht. Es dauert offenbar schon lange.«

»Woraus schließen Sie das?«

»Fred hat es herausgefunden. Mein Mann sagte, er ginge drei oder vier Abende in der Woche in den Klub, um Bridge zu spielen. Fred kennt eines der Mitglieder und sagte beiläufig, daß Charles ein hervorragender Bridgespieler sei. Der Mann war überrascht. Er sagte, er hätte Charles noch nie im Spielzimmer gesehen. Jetzt ist es ganz klar, daß Charles mit ihr zusammen war, während ich glaubte, er wäre in seinem Klub.«

Ich war einen Augenblick lang still. Dann fielen mir die Kinder ein.

»Es muß sehr schwierig gewesen sein, es Robert zu erklären«, sagte ich.

»Ich habe zu keinem der Kinder ein Wort gesagt. Wie Sie wissen, kamen wir erst am Tag, bevor sie in die Schule zurück mußten, in die Stadt zurück. Ich hatte die Geistesgegenwart zu sagen, daß ihr Vater geschäftlich unterwegs sei.«

Es war ihr bestimmt nicht leichtgefallen, sich mit diesem Geheimnis im Herzen sorglos zu geben und sich nichts anmerken zu lassen und ihre Aufmerksamkeit auf all jene Dinge zu richten, die getan werden mußten, damit ihre Kinder wohlversorgt fortgeschickt werden konnten. Wieder zitterte ihre Stimme.

»Und was soll aus ihnen werden, aus den armen Kleinen? Wovon sollen wir leben?«

Sie rang nach Selbstbeherrschung, und ich sah, wie sich ihre Hände zusammenpreßten und krampfhaft lösten. Es war schrecklich schmerzlich.

»Selbstverständlich werde ich nach Paris fahren, wenn Sie glauben, daß ich irgend etwas Gutes tun kann, aber Sie müssen mir genau sagen, was ich für Sie tun soll.«

»Ich möchte, daß er zurückkommt.«

»Von Oberst MacAndrew erfuhr ich, daß Sie sich entschlossen haben, sich von ihm scheiden zu lassen.«

»Niemals werde ich mich von ihm scheiden lassen«, antwortete sie mit unerwarteter Heftigkeit. »Sagen Sie ihm das von mir. Er wird jene Frau nie heiraten können. Ich bin genau so eigensinnig wie er, und ich werde mich niemals scheiden lassen. Ich muß an meine Kinder denken.«

Ich glaube, sie fügte dies hinzu, um mir ihre Haltung zu erklären, aber meiner Ansicht nach war diese eher auf die übliche Eifersucht als auf mütterliche Sorge zurückzuführen.

»Lieben Sie ihn noch?«

»Ich weiß es nicht. Ich möchte, daß er zurückkommt. Wenn er das tut, wollen wir Vergangenes vergangen sein lassen. Schließlich waren wir doch siebzehn Jahre verheiratet. Ich bin eine tolerante Frau. Ich kümmerte mich nicht darum, was er machte, solange ich nichts davon wußte. Er muß wissen, daß seine Verliebtheit nicht von Dauer sein wird. Falls er jetzt zurückkommt, kann alles noch verheimlicht werden, und niemand wird etwas davon erfahren.«

Ich war ein wenig enttäuscht, daß Mrs. Strickland das Gerede der Leute beschäftigte, denn ich wußte damals noch nicht, welch große Rolle die Meinung anderer im Leben einer Frau spielt. Dadurch fällt auf ihre tiefstempfundenen Gefühle ein Schatten der Unaufrichtigkeit.

Es war bekannt, wo Strickland wohnte. Sein Kompagnon hatte ihm in einem heftigen Brief an seine Bank vorgeworfen, daß er seinen Aufenthaltsort verheimliche; worauf Strickland ihm in einem zynischen und humorvollen Antwortbrief genau mitteilte, wo er zu finden sei. Er wohnte offenbar in einem Hotel.

»Ich habe niemals etwas davon gehört«, sagte Mrs. Strickland. »Aber Fred kennt es gut. Er sagt, es sei sehr teuer.«

Sie wurde dunkelrot. Ich glaube, sie sah ihren Gatten eine luxuriöse Zimmerflucht bewohnen, in einem feinen Restaurant nach dem anderen speisen, und sie stellte sich vor, daß er seine Tage bei Pferderennen und seine Abende beim Spiel verbrachte.

»Das kann doch in seinem Alter nicht so weitergehen«, sagte sie. »Immerhin ist er vierzig. Bei einem jungen Mann könnte ich das begreifen, aber bei einem Mann in seinen Jahren, mit Kindern, die fast erwachsen sind, ist so etwas entsetzlich. Seine Gesundheit wird das nicht aushalten.«

In ihrer Brust kämpfte Ärger mit Schmerz.

»Sagen Sie ihm, daß unser Heim nach ihm verlangt. Alles ist gleichgeblieben, und doch ist alles anders. Ich kann ohne ihn nicht leben. Lieber bringe ich mich um. Sprechen Sie mit ihm über die Vergangenheit und über alles, was wir gemeinsam erlebt haben. Was soll ich den Kindern sagen, wenn sie nach ihm fragen? Sein Zimmer ist noch genauso, wie es war, als er es verlassen hat. Es wartet auf ihn. Wir alle warten auf ihn.«

Nun gab sie mir genau an, was ich sagen sollte. Auf jede

seiner möglichen Äußerungen hatte sie sich eine Antwort zurechtgelegt.

»Sie werden alles, was Sie können, für mich tun, nicht wahr?« sagte sie kläglich. »Erzählen Sie ihm, in welchem Zustand ich mich befinde.«

Ganz offensichtlich wünschte sie, daß ich mit allen mir zur Verfügung stehenden Mitteln an sein Mitgefühl appellierte. Sie weinte ungehemmt. Ich war außerordentlich gerührt. Ich war empört über Stricklands Kälte und Grausamkeit, und ich versprach, alles zu tun, was ich konnte, um ihn zurückzubringen. Ich war damit einverstanden, am übernächsten Tag zu fahren und in Paris zu bleiben, bis ich etwas erreicht hätte. Dann, als es spät geworden war und wir beide durch all die Erregung erschöpft waren, verließ ich sie.

11

Während meiner Reise erfüllte mich der Gedanke an meinen Auftrag mit Besorgnis. Jetzt, da ich Mrs. Stricklands Schmerz nicht mehr vor Augen hatte, konnte ich die Angelegenheit in Ruhe überlegen. Die Widersprüche, die ich in ihrem Verhalten feststellte, verwirrten mich. Sie war sehr unglücklich, aber um mein Mitgefühl zu erregen, war sie imstande, ihr Unglück zur Schau zu stellen. Offensichtlich war sie darauf vorbereitet gewesen zu weinen, denn sie hatte sich mit einer hinreichenden Menge Taschentücher versorgt; ich bewunderte ihre Vorsorge, aber rückblickend machte dies ihre Tränen etwas weniger rührend. Ich konnte nicht entscheiden, ob sie die Rückkehr ihres Gatten wünschte, weil sie ihn liebte oder weil sie sich vor einem Skandal fürchtete; zudem hatte ich den Verdacht, daß sich die Qual verschmähter Liebe in ihrem gebrochenen Herzen mit den (meiner jugendlichen Psyche verächtlich erscheinenden) Stichen gekränkter Eitelkeit mischte. Ich hatte noch nicht begriffen, wie widerspruchsvoll die menschliche Natur ist; ich wußte nicht, wieviel Pose im Ernst, wieviel Unechtes im Edlen, wieviel Tugend im Verworfenen steckt.

Aber meine Reise hatte etwas von einem Abenteuer an sich, und meine Stimmung stieg, als ich mich Paris näherte. Überdies betrachtete ich mich in einem dramatischen Licht und gefiel mir in meiner Rolle des zuverlässigen Freundes, der den umherirrenden Gatten seiner verzeihenden Gattin zurückführt. Ich beschloß, mich mit Strickland am nächsten Abend zu treffen, denn ich fühlte instinktiv, daß der Zeitpunkt mit Takt gewählt werden mußte. Ein Appell an die Gefühle hat vor dem Mittagessen wohl kaum Aussicht auf Erfolg. Meine eigenen Gedanken beschäftigten sich damals ständig mit der Liebe, aber die Wonnen der Ehe konnte ich mir erst nach dem Tee vorstellen.

Ich erkundigte mich in meinem Hotel nach dem, in welchem Charles Strickland wohnte. Es hieß Hôtel des Belges. Aber der Portier hatte zu meinem Erstaunen nie davon gehört. Ich hatte Mrs. Strickland dahingehend verstanden, daß es sich um ein großes, prächtiges Gebäude hinter der Rue de Rivoli handle. Wir suchten es aus dem Adreßbuch heraus. Das einzige Hotel dieses Namens befand sich in der Rue des Moines. Der Stadtteil war nicht elegant; er war nicht einmal respektabel. Ich schüttelte den Kopf.

»Das kann es nicht sein«, sagte ich.

Der Portier zuckte die Achseln. Es gab kein anderes Hotel dieses Namens in Paris. Es kam mir der Gedanke, daß Strickland trotz allem seine Adresse verheimlicht hatte. Vielleicht hatte er seinem Kompagnon nur einen Streich spielen wollen, als er ihm diese Adresse angegeben hatte. Ich weiß nicht, warum mir die dunkle Ahnung kam, daß es Stricklands Sinn für Humor entsprach, einen wütenden Börsenmakler an der Nase herumzuführen und ihn nach Paris in ein berüchtigtes Haus in einer ärmlichen Straße zu locken. Trotzdem hielt ich es für das Beste, selbst hinzugehen. Am nächsten Tag nahm ich gegen sechs Uhr eine Droschke zur Rue des Moines, entließ sie aber an der Ecke, da ich zu Fuß bis zum Hotel gehen und es mir erst von außen ansehen wollte, bevor ich hineinging. Es war eine Straße mit kleinen Geschäften, die den Bedürfnissen armer Leute entsprachen, und ungefähr in der Mitte, auf der linken Seite, befand sich das Hôtel des Belges. Mein eigenes Hotel war bescheiden genug, aber im Vergleich zu diesem war es prachtvoll. Es war ein großes, schäbiges Gebäude, das seit Jahren nicht gestrichen worden war, und es wirkte so schmutzig, daß die Nachbarhäuser dagegen direkt sauber aussahen.

Die schmutzigen Fenster waren alle geschlossen. Wahrhaftig, hier konnte Charles Strickland nicht seine Tage glanzvoll mit jener unbekannten Verführerin verbringen, um deretwillen er Ehre und Pflicht aufgegeben hatte. Ich ärgerte mich, denn ich hatte das Gefühl, zum Narren gehalten worden zu sein, und machte beinahe kehrt, ohne eine Erkundigung einzuziehen. Ich ging nur hinein, um Mrs. Strickland sagen zu können, daß ich mein Bestes getan hatte.

Die Tür befand sich neben einem Geschäft. Sie stand offen, und gleich dahinter war ein Schild: *Bureau au premier.* Ich ging die enge Treppe hinauf und fand auf dem Treppenabsatz eine Art verglaste Loge, in der ein Pult und zwei Stühle standen. Davor stand eine Bank, auf der der Nachtportier vermutlich seine unbequemen Nächte verbrachte. Es war niemand da, aber unter einer elektrischen Klingel stand geschrieben: *Garçon.* Ich läutete, und kurz darauf erschien ein Kellner, ein junger Mann mit hinterlistigem Blick und mürrischem Gesicht. Er war in Hemdsärmeln und gestickten Pantoffeln.

Ich weiß nicht, warum ich meine Erkundigung so beiläufig wie möglich einzog.

»Wohnt hier zufällig ein Mr. Strickland?« fragte ich.

»Nummer 32. Im sechsten Stock.«

Ich war so überrascht, daß ich einen Augenblick lang zu antworten vergaß.

»Ist er zu Hause?«

Der Kellner warf einen Blick auf das Schlüsselbrett im Büro.

»Er hat seinen Schlüssel nicht hiergelassen. Gehen Sie hinauf, sehen Sie selbst.«

Ich hielt es für richtig, noch eine Frage zu stellen.

»Madame est là?«

»Monsieur est seul.«

Der Kellner sah mich mißtrauisch an, als ich die Stufen hinaufstieg. Es war dunkel, und die Luft war stickig. Es roch eklig und muffig. Drei Stockwerke höher öffnete eine Frau im Schlafrock, mit zerzaustem Haar, eine Tür und sah mich schweigend an, als ich vorbeiging. Endlich erreichte ich das sechste Stockwerk und klopfte an die Tür mit der Nummer 32. Ich hörte drinnen ein Geräusch, und die Tür wurde ein Stück geöffnet. Vor mir stand Charles Strickland. Er sprach kein Wort. Offensichtlich erkannte er mich nicht.

Ich nannte ihm meinen Namen. Ich versuchte, so gut es ging, ungezwungen zu erscheinen.

»Sie erinnern sich nicht an mich. Ich hatte das Vergnügen, im vergangenen Juni bei Ihnen zu speisen.«

»Kommen Sie herein«, sagte er munter. »Es freut mich, Sie zu sehen. Nehmen Sie Platz.«

Ich trat ein. Es war ein sehr kleines Zimmer, mit Möbeln aus der Zeit Louis Philippes. Es gab ein großes hölzernes Bett, auf dem sich eine rote Daunendecke türmte, einen großen Kleiderschrank, einen runden Tisch, einen sehr kleinen Waschtisch und zwei mit rotem Rips bezogene Polstersessel. Alles war schmutzig und abgenützt. Von dem lasterhaften Wohlleben, das Oberst MacAndrew so überzeugend beschrieben hatte, war keine Spur zu sehen. Strickland warf die Kleider, die auf einem der Sessel lagen, auf den Fußboden, und ich nahm Platz.

»Was kann ich für Sie tun?« fragte er.

In diesem kleinen Zimmer schien er noch größer, als ich ihn in Erinnerung hatte. Er trug eine alte lose Jacke mit Gürtel und hatte sich seit etlichen Tagen nicht rasiert. Als ich ihn zuletzt gesehen hatte, war er zwar geschniegelt gewesen, hatte sich aber unbehaglich gefühlt. Jetzt, da er unordentlich aussah und ungekämmt war, schien er sich ganz in seinem Element zu fühlen. Ich wußte nicht, wie er die kritische Bemerkung aufnehmen würde, die ich vorbereitet hatte.

»Ich bin gekommen, um mit Ihnen im Namen Ihrer Gattin zu sprechen.«

»Ich wollte gerade weggehen, um vor dem Abendessen noch etwas zu trinken. Kommen Sie doch mit. Mögen Sie Absinth?«

»Ja.«

»Dann kommen Sie!«

Er setzte einen steifen Hut auf, der das Bürsten dringend nötig gehabt hätte.

»Wir könnten zusammen abendessen. Wie Sie wissen, schulden Sie mir ein Abendessen.«

»Allerdings. Sind Sie allein?«

Ich beglückwünschte mich dazu, diese bedeutsame Frage sehr natürlich vorgebracht zu haben.

»Ja. Ich habe seit drei Tagen tatsächlich mit keiner Menschenseele gesprochen. Mein Französisch ist nicht gerade prächtig.«

Während ich vor ihm die Treppe hinunterging, fragte ich mich, was wohl mit dem Mädchen aus dem Teegeschäft passiert war. Hatten sie bereits gestritten, oder war seine Verliebtheit schon vorüber? Das schien kaum wahrscheinlich, da er, wie es schien, seit einem Jahr Vorbereitungen getroffen hatte, um sich in das tollkühne Abenteuer zu stürzen. Wir gingen in die Avenue de Clichy und setzten uns an einen der Tische auf der Terrasse eines großen Cafés.

12

In der Avenue de Clichy herrschte um diese Stunde großes Gedränge, und eine lebhafte Phantasie hätte in den Vorübergehenden Figuren aus so manchen schmutzigen Romanen sehen können. Da gab es Kommis und Ladenmädchen; alte Männer, die aussahen, als wären sie aus den Büchern Honoré de Balzacs gestiegen; männliche und weibliche Vertreter jener Berufe, die aus der moralischen Schwäche der Menschen Kapital schlagen. In den Straßen der ärmeren Viertel von Paris pulst eine starke Vitalität, die das Blut aufpeitscht und die Seele auf das Unerwartete vorbereitet.

»Kennen Sie Paris gut?« fragte ich.

»Nein. Wir kamen auf unserer Hochzeitsreise her. Seither war ich nicht mehr hier.«

»Wie sind Sie nur auf dieses Hotel verfallen?«

»Es war mir empfohlen worden. Ich wollte etwas Billiges.«

Der Absinth kam, und mit dem gebührenden feierlichen Ernst ließen wir Wasser auf den schmelzenden Zucker tropfen.

»Ich glaube, das beste ist, ich sage Ihnen gleich, warum ich Sie aufgesucht habe«, sagte ich verlegen.

Er zwinkerte mir zu.

»Ich dachte mir schon, daß früher oder später jemand kommen würde. Ich habe eine Menge Briefe von Amy bekommen.«

»Dann dürften Sie wissen, was ich Ihnen sagen soll.«

»Ich habe sie nicht gelesen.«

Ich zündete mir eine Zigarette an, um Zeit zu gewinnen. Ich wußte wirklich nicht, wie ich anfangen sollte. All die schönen ergreifenden oder entrüsteten Phrasen, die ich vorbereitet hatte, schienen auf der Avenue de Clichy unangebracht. Plötzlich lachte er vergnügt.

»Eine unangenehme Aufgabe für Sie, nicht wahr?«

»Ach, ich weiß nicht«, antwortete ich.

»Wissen Sie was? Bringen Sie es hinter sich, und dann wollen wir uns einen lustigen Abend machen.«

Ich zögerte.

»Ist Ihnen jemals der Gedanke gekommen, daß Ihre Frau furchtbar unglücklich ist?«

»Sie wird darüber hinwegkommen.«

Ich kann nicht beschreiben, mit welch außerordentlicher Gefühllosigkeit er diese Antwort gab. Sie brachte mich aus der Fassung, aber ich bemühte mich, es nicht zu zeigen. Ich schlug einen ähnlichen Ton an, wie mein Onkel Henry, ein Geistlicher, wenn er einen seiner Verwandten um eine Spende für den Verein der Hilfsgeistlichen bat.

»Macht es Ihnen etwas aus, wenn ich offen zu Ihnen spreche?«

Er schüttelte lächelnd den Kopf.

»Hat sie es verdient, daß Sie sie so behandeln?«

»Nein.«

»Ist es dann nicht ungeheuerlich, sie nach siebzehn Jahren Ehe auf diese Art zu verlassen, ohne an ihr etwas auszusetzen zu haben?«

»Ungeheuerlich.«

Ich blickte ihn überrascht an. Seine herzliche Zustimmung zu allem was ich sagte, zog mir den Boden unter den Füßen weg. Meine Lage wurde schwierig, ja geradezu lächerlich. Ich war bereit zu Überredung, Rührung und Ermahnung, Warnung und Zurechtweisung, wenn nötig sogar zu Tadel, Entrüstung und Sarkasmus; aber was zum Teufel soll ein Mentor tun, wenn der Sünder keine Bedenken hat, seine Sünde zu bekennen? Ich hatte keine Erfahrung, denn ich pflegte immer alles zu leugnen.

»Was noch?« fragte Strickland.

Ich versuchte, verächtlich zu lächeln.

»Nun, wenn Sie das alles zugeben, bleibt wohl nicht mehr viel zu sagen.«

»Das glaube ich auch.«

Ich hatte das Gefühl, daß mir für meine Mission jegliches Geschick fehlte. Ich ärgerte mich sehr.

»Zum Teufel! Man kann doch eine Frau nicht ohne einen Groschen Geld zurücklassen!«

»Warum nicht?«

»Wovon soll sie leben?«

»Ich habe siebzehn Jahre lang für sie gesorgt. Warum soll sie sich zur Abwechslung nicht selbst erhalten?«

»Sie kann es nicht.«

»Sie soll es versuchen.«

Natürlich hätte ich darauf vieles erwidern können. Ich hätte von der wirtschaftlichen Stellung der Frau sprechen können, von der stillschweigenden Verpflichtung, die ein Mann durch die Eheschließung übernimmt, und von vielem anderen; aber ich hatte das Gefühl, daß es nur einen einzigen Punkt gab, der wirklich von Bedeutung war.

»Lieben Sie sie denn nicht mehr?«

»Nicht im geringsten«, erwiderte er.

Die Angelegenheit war für alle Beteiligten ungeheuer ernst, aber in seinen Antworten lag eine solch fröhliche Dreistigkeit, daß ich mir auf die Lippen beißen mußte, um nicht zu lachen. Ich sagte mir, daß sein Verhalten abscheulich sei. Ich steigerte mich in einen Zustand moralischer Entrüstung hinein.

»Verdammt noch mal, Sie haben an Ihre Kinder zu denken! Die haben Ihnen nie etwas zuleid getan. Sie haben nicht darum gebeten, in die Welt gesetzt zu werden. Wenn Ihnen alles so gleichgültig ist, werden die beiden auf der Straße landen.«

»Es ist ihnen viele Jahre lang gutgegangen. Das ist weit mehr, als den meisten Kindern beschieden ist. Übrigens wird sich schon jemand um sie kümmern. Wenn es so weit kommt, werden die MacAndrews ihr Schulgeld bezahlen.«

»Aber haben Sie sie denn nicht gern? Es sind so reizende Kinder. Wollen Sie sagen, daß Sie nichts mehr mit ihnen zu tun haben wollen?«

»Als sie Kinder waren, habe ich sie sehr gern gehabt, aber nun, da sie erwachsen werden, empfinde ich wenig für sie.«

»Das ist geradezu unmenschlich.«

»Das kann man wohl sagen.«

»Sie scheinen sich nicht im geringsten zu schämen.«

»Ich schäme mich auch nicht.«

Ich versuchte ihn auf andere Art zu überlisten.

»Alle werden Sie für einen ausgemachten Schuft halten.«

»Sollen sie.«

»Würde es Ihnen gar nichts ausmachen zu erfahren, daß die Leute Sie verabscheuen und verachten?«

»Nein.«

Seine kurze Antwort klang so verächtlich, daß meine Frage, so natürlich sie war, albern schien. Ich dachte kurz nach.

»Ich frage mich, ob man sich wirklich wohlfühlen kann, wenn man sich der Mißbilligung seiner Mitmenschen bewußt ist? Sind Sie sicher, daß Sie darunter nicht leiden werden? Jeder Mensch hat so etwas wie ein Gewissen, und früher oder später wird es sich auch bei Ihnen melden. Angenommen, Ihre Frau würde sterben, hätten Sie dann keine Gewissensbisse?«

Er antwortete nicht, und ich wartete einige Zeit auf eine Äußerung von ihm. Schließlich mußte ich das Schweigen selbst brechen.

»Was haben Sie dazu zu sagen?«

»Nur, daß Sie ein verdammter Narr sind.«

»Auf alle Fälle können Sie dazu gezwungen werden, für Ihre Frau und Ihre Kinder zu sorgen«, gab ich etwas pikiert zurück. »Ich vermute, das Gesetz bietet ihnen einen gewissen Schutz.«

»Kann das Gesetz aus einem Stein Blut gewinnen? Ich habe kein Geld. Ich habe etwa hundert Pfund.«

Das verwirrte mich noch mehr. Es stimmte, daß sein Hotel auf äußerst beschränkte Verhältnisse hinwies.

»Was werden Sie tun, wenn Sie das ausgegeben haben?«

»Etwas verdienen.«

Er war vollkommen gelassen, und in seinen Augen war ständig ein spöttisches Lächeln, das alles, was ich sagte, albern erscheinen ließ. Ich schwieg eine Weile, um meine nächsten Worte zu überlegen. Aber er sprach zuerst:

»Warum heiratet Amy nicht wieder? Sie ist verhältnismäßig jung, und sie ist nicht reizlos. Ich kann sie als vortreffliche Gattin empfehlen. Wenn sie sich von mir scheiden lassen will, macht es mir nichts aus, ihr die nötigen Gründe zu liefern.«

Nun war die Reihe an mir zu lächeln. Er war sehr schlau, aber es war klar, daß er die Scheidung anstrebte. Er hatte irgendeinen Grund, zu verheimlichen, daß er mit einer Frau durchgegangen war, und er bediente sich aller Vorsichtsmaßnahmen, um ihren Aufenthaltsort zu verbergen. Ich antwortete mit fester Stimme:

»Ihre Gattin sagt, daß sie sich durch nichts dazu bewegen lassen wird, sich von Ihnen scheiden zu lassen. Das ist ihr fester Entschluß, Sie können sich jeden Gedanken an eine Scheidung aus dem Kopf schlagen.«

Er sah mich mit einem Erstaunen an, das sicherlich nicht gespielt war. Das Lächeln verschwand von seinen Lippen, und er sagte ganz ernst:

»Aber ich mache mir nichts daraus, mein lieber Junge. Es ist mir völlig gleichgültig ob so oder so.«

Ich lachte.

»Sachte, sachte! Sie dürfen uns nicht für gar so dumm halten. Zufällig wissen wir, daß Sie mit einer Frau weggefahren sind.«

Er stutzte und brach dann plötzlich in tosendes Gelächter aus. Er lachte so laut, daß sich die Leute, die in unserer Nähe saßen, umdrehten und einige von ihnen gleichfalls zu lachen begannen.

»Ich weiß nicht, was daran so lustig sein soll.«

»Arme Amy«, sagte er grinsend.

Dann nahm sein Gesicht den Ausdruck bitterer Verachtung an.

»Wie wenig Verstand Frauen doch haben! Liebe. Immer ist es Liebe. Sie bilden sich ein, daß ein Mann sie nur verläßt, weil er andere will. Glauben Sie wirklich, daß ich so dumm bin, das, was ich getan habe, wegen einer Frau zu tun?«

»Wollen Sie damit sagen, Sie hätten Ihre Frau nicht wegen einer anderen verlassen?«

»Natürlich nicht.«

»Auf Ihr Ehrenwort?«

Ich weiß nicht, warum ich das verlangte. Es war sehr naiv von mir.

»Auf mein Ehrenwort.«

»Warum, um Himmels willen, haben Sie sie dann verlassen?«

»Ich möchte malen.«

Ich sah ihn lange an. Ich begriff es nicht. Ich dachte, er sei verrückt. Man darf nicht vergessen, daß ich sehr jung war und ihn für einen Mann mittleren Alters hielt. Ich war sprachlos vor Erstaunen.

»Aber Sie sind vierzig.«

»Deshalb dachte ich ja auch, daß es höchste Zeit wäre zu beginnen.«

»Haben Sie jemals gemalt?«

»Als ich ein Junge war, wäre ich sehr gern Maler geworden, aber mein Vater ließ mich einen kaufmännischen Beruf ergreifen, weil er meinte, daß mit Kunst kein Geld zu machen sei. Vor einem Jahr fing ich an, ein bißchen zu malen. Im letzten Jahr habe ich einige Abendkurse besucht.«

»Dorthin gingen Sie also, während Mrs. Strickland glaubte, Sie spielten in Ihrem Klub Bridge?«

»Ja.«

»Warum haben Sie es ihr nicht gesagt?«

»Ich zog es vor, es für mich zu behalten.«

»Können Sie malen?«

»Noch nicht. Aber ich werde es können. Deshalb bin ich ja hier herübergekommen. In London fand ich nicht das, was ich wollte. Vielleicht kann ich es hier finden.«

»Halten Sie es für möglich, daß ein Mensch noch etwas Gutes hervorbringen kann, wenn er in Ihrem Alter beginnt? Die meisten Menschen beginnen mit achtzehn zu malen.«

»Ich kann jetzt schneller lernen, als ich es mit achtzehn gekonnt hätte.«

»Was veranlaßt Sie zu der Annahme, daß Sie Talent haben?«

Er antwortete nicht gleich. Sein Blick verweilte auf der vorüberziehenden Menge, aber ich glaube nicht, daß er sie wahrnahm. Seine Antwort war keine Antwort.

»Ich muß malen.«

»Nehmen Sie nicht ein ungeheures Risiko auf sich?«

Er schaute mich an. In seinen Augen lag etwas Seltsames, so daß ich mich ziemlich unbehaglich fühlte.

»Wie alt sind Sie? Dreiundzwanzig?«

Die Frage schien mir unangebracht. Es war selbstverständlich, daß ich Risiken auf mich nahm, aber er war ein Mann, dessen Jugend vorbei war, ein Börsenmakler in angesehener Stellung, mit Frau und zwei Kindern. Was für mich selbstverständlich gewesen wäre, war für ihn töricht. Ich wollte wirklich gerecht sein.

»Natürlich kann ein Wunder geschehen, und Sie können ein großer Maler werden, aber Sie müssen zugeben, die Chancen dafür stehen eins zu einer Million. Es wäre doch eine furchtbare Enttäuschung, wenn Sie sich schließlich eingestehen müssen, daß alles umsonst war.«

»Ich muß malen«, wiederholte er.

»Angenommen, Sie bleiben immer nur drittklassig, glauben Sie dann, daß es sich gelohnt hat, alles aufzugeben? Schließlich macht es doch in keinem anderen Beruf etwas aus, wenn man nicht wirklich gut ist; man kann ganz gut vorankommen, auch wenn die Fähigkeiten gerade nur ausreichen; aber bei einem Künstler ist es anders.«

»Sie verdammter Dummkopf!« sagte er.

»Ich sehe nicht ein, warum. Es sei denn, es ist dumm, das zu sagen, was auf der Hand liegt.«

»Ich sage Ihnen doch, daß ich malen muß. Ich kann nicht anders. Wenn ein Mann ins Wasser fällt, ist es egal, ob er gut oder schlecht schwimmt; er muß herauskommen oder aber er wird ertrinken.«

In seiner Stimme lag echte Leidenschaft, und zu meinem Ärger war ich beeindruckt. Ich glaubte in ihm das Drängen einer ungestümen Kraft zu spüren; es vermittelte mir das Gefühl von etwas sehr Starkem, Überwältigendem, das ihn anscheinend entgegen seinem Willen festhielt. Ich konnte es nicht begreifen. Er schien wirklich vom Teufel besessen zu sein, und ich hatte das Gefühl, daß er ihn plötzlich völlig verändern und zerreißen konnte. Und doch sah er sehr gewöhnlich aus. Mein Blick, der neugierig auf ihm ruhte, brachte ihn nicht in Verlegenheit. Ich fragte mich, wofür ihn wohl ein Fremder halten würde, wie er so dasaß, in seiner alten Norfolkjacke und mit seinem ungebürsteten steifen Hut; seine Hosen waren ausgebeult, seine Hände waren nicht sauber, und sein Gesicht, mit den roten Stoppeln auf dem unrasierten Kinn, den kleinen Augen, der großen, aggressiven Nase, wirkte ungeschlacht und grob. Sein Mund war groß, seine Lippen voll und sinnlich. Nein, ich hätte ihn nicht einordnen können.

»Sie wollen nicht zu Ihrer Frau zurückkehren?« sagte ich schließlich.

»Niemals.«

»Sie ist bereit, alles, was geschehen ist, zu vergessen und

von neuem zu beginnen. Sie wird Ihnen nie den geringsten Vorwurf machen.«

»Sie kann sich zum Teufel scheren.«

»Es macht Ihnen nichts aus, wenn die Leute Sie für einen ausgemachten Schuft halten? Es macht Ihnen nichts aus, wenn Ihre Frau und Ihre Kinder um Brot betteln müssen?«

»Nicht das geringste.«

Ich schwieg einen Augenblick, um meiner nächsten Äußerung mehr Gewicht zu verleihen. Ich sprach so eindringlich, wie ich nur konnte.

»Sie sind ein Schuft durch und durch.«

»Jetzt, da Sie Ihrem Herzen Luft gemacht haben, wollen wir essen gehen.«

13

Ich gebe zu, daß es anständiger gewesen wäre, diesen Vorschlag abzulehnen. Vielleicht hätte ich die Entrüstung, die ich tatsächlich empfand, deutlicher zeigen sollen; sicherlich hätte zumindest Oberst MacAndrew eine gute Meinung von mir gehabt, wenn ich von meiner standhaften Weigerung, mit einem Menschen von solchem Charakter an einem Tisch zu sitzen, hätte berichten können. Aber aus Furcht, bei der effektvollen Durchführung meines Auftrags zu versagen, hatte ich immer Scheu davor, eine moralische Haltung einzunehmen; und in diesem Fall, wo ich wußte, daß all meine Überredungskünste doch keinen Eindruck auf Strickland machen würden, fiel es mir besonders schwer, sie auszusprechen. Nur ein Dichter oder ein Heiliger kann einen Asphaltbelag gießen, in der sicheren Erwartung, daß Lilien seiner Mühe Lohn sein werden.

Ich bezahlte, was wir getrunken hatten, und wir begaben uns in ein billiges Restaurant voller Menschen, wo es hoch herging und wo wir mit Vergnügen aßen. Ich hatte den Appetit der Jugend und er den des Gewissenlosen. Dann gingen wir in eine Schenke, um Kaffee und Likör zu trinken.

Ich hatte über den Gegenstand, der mich nach Paris geführt hatte, alles gesagt, und obwohl es mir wie Verrat an Mrs. Strickland vorkam, ihn nicht weiter zu verfolgen, konnte ich nicht gegen seine Gleichgültigkeit kämpfen. Es ist eine weibliche Gemütsart nötig, um mit unverminderter Leidenschaft dreimal dasselbe zu wiederholen. Ich tröstete mich mit dem Gedanken, daß es für mich von Nutzen sein würde, so viel über seinen Geisteszustand herauszufinden, wie ich nur konnte. Das interessierte mich auch weit mehr. Aber es war kein leichtes Unterfangen, da Strickland kein gewandter Redner war. Es schien ihm Schwierigkeiten zu bereiten, sich auszudrücken, als wären Worte nicht das Material, mit dem sein Geist arbeitete; man mußte die Regungen seiner Seele aus abgedroschenen Phrasen, aus Jargon und aus vage angedeuteten Gesten erraten. Aber obwohl er nichts von Bedeutung sagte, war in seiner Persönlichkeit doch etwas, das ihn nicht langweilig sein ließ. Vielleicht war es Aufrichtigkeit. Er schien sich um dieses Paris, das er nun zum erstenmal sah (den Besuch mit seiner Frau zähle ich nicht), wenig zu kümmern und nahm Sehenswürdigkeiten, die ihm fremd sein mußten, ohne Erstaunen hin. Ich bin hundertmal in Paris gewesen, und immer wieder erfüllt es mich mit Erregung; ich kann nie durch seine Straßen flanieren, ohne das Gefühl zu haben, am Rande eines Abenteuers zu stehen. Strickland blieb ungerührt. Zurückblickend glaube ich, daß er für alles blind war, außer für irgendeine aufwühlende Vision in seiner Seele.

Es kam zu einem ziemlich albernen Zwischenfall. In der Schenke waren eine Reihe von Dirnen; einige saßen bei Männern, einige allein; und nach kurzer Zeit merkte ich, daß uns eine von ihnen anschaute. Als sie Stricklands Blick auffing, lächelte sie. Ich glaube nicht, daß er sie sah. Bald darauf ging sie hinaus, kam aber nach einer Minute zurück und bat uns, als sie an unserem Tisch vorbeiging, sehr höflich, ihr ein Getränk zu bezahlen. Sie setzte sich, und ich begann mit ihr zu plaudern; doch es war klar, daß sie an Strickland interessiert war. Ich erklärte ihr, daß er nicht mehr als zwei Worte Französisch sprach. Sie versuchte, sich mit ihm zu unterhalten, teils mittels Zeichen, teils in Pidgin-Französisch, von dem sie aus irgendeinem Grund annahm, daß es für ihn verständlich sei; außerdem kannte sie ein halbes Dutzend englischer Redewendungen. Was sie nur in ihrer eigenen Sprache ausdrücken konnte, ließ sie mich übersetzen, und begierig erkundigte sie sich nach dem Sinn seiner Antworten. Er war sehr gut gelaunt, ein wenig belustigt, aber seine Gleichgültigkeit war augenscheinlich.

»Ich glaube, Sie haben eine Eroberung gemacht«, sagte ich lachend.

»Ich bilde mir nichts darauf ein.«

An seiner Stelle wäre ich verlegener und weniger ruhig gewesen. Sie hatte lachende Augen und einen äußerst entzükkenden Mund. Sie war jung. Ich fragte mich, was sie an Strickland so anziehend fand. Sie machte aus ihren Wünschen kein Geheimnis, und ich wurde gebeten zu übersetzen.

»Sie möchte, daß Sie mit ihr nach Hause gehen.«

»Ich habe keinen Bedarf«, erwiderte er.

Ich umschrieb seine Antwort so liebenswürdig wie möglich. Es schien mir ein bißchen unfreundlich, eine derartige Einladung abzulehnen, und ich schrieb seine abschlägige Antwort dem Geldmangel zu.

»Aber ich mag ihn«, sagte sie. »Sagen Sie ihm, ich mach's aus Liebe.«

Als ich das übersetzte, zuckte Strickland ungeduldig die Achseln.

»Sagen Sie ihr, daß sie sich zum Teufel scheren soll«, sagte er.

Die Art, in der er das sagte, schloß jedes Mißverständnis aus, und das Mädchen warf mit einer jähen Bewegung den Kopf zurück. Vielleicht errötete sie unter ihrer Schminke. Sie stand auf.

»Monsieur n'est pas poli«, sagte sie.

Sie verließ das Gasthaus. Ich war ein wenig verärgert.

»Meiner Meinung nach war es unnötig, sie zu beleidigen«, sagte ich. »Schließlich hat sie Ihnen eher ein Kompliment gemacht.«

»So was macht mich krank«, sagte er barsch.

Ich blickte ihn neugierig an. In seinem Gesicht spiegelte sich echter Widerwille, und doch war es das Gesicht eines gewöhnlichen und sinnlichen Mannes. Vermutlich war das Mädchen von einer gewissen Brutalität darin angezogen worden.

»In London hätte ich alle Frauen haben können, die ich wollte. Dazu bin ich nicht hierhergekommen.«

14

Während meiner Rückreise nach England dachte ich viel an Strickland. Ich versuchte zu ordnen, was ich seiner Frau zu sagen hatte. Es war unerfreulich, und ich konnte mir nicht vorstellen, daß sie mit mir zufrieden sein würde; ich war mit mir selbst nicht zufrieden. Strickland verwirrte mich. Ich konnte seine Beweggründe nicht verstehen. Als ich ihn fragte, was ihn auf den Gedanken gebracht habe, daß er ein Maler sei, konnte oder wollte er mir nicht antworten. Ich konnte nicht klug daraus werden. Ich versuchte mir einzureden, daß ein verborgenes Gefühl des Widerwillens nach und nach in seinem schwerfälligen Denken immer stärker geworden war; aber dagegen sprach die unbestrittene Tatsache, daß er nie die geringste Ungeduld über die Eintönigkeit seines Lebens gezeigt hatte. Wenn er sich aufgrund unerträglicher Langeweile entschlossen hätte, Maler zu werden, nur um lästigen Verpflichtungen zu entgehen, wäre das begreiflich gewesen und alltäglich; aber alltäglich war er für mein Gefühl nicht. Schließlich legte ich mir, da ich romantisch war, eine Erklärung zurecht, die zwar weit hergeholt war, die mich aber als einzige irgendwie befriedigte. Und zwar fragte ich mich, ob nicht in seiner Seele ein Schaffenstrieb tief verwurzelt war, den seine Lebensumstände zurückgedrängt hatten, der aber unaufhaltsam wuchs, wie ein Krebsgeschwür in den lebenden Geweben wächst, bis er schließlich von seinem ganzen Wesen Besitz ergriff und ihn unwiderstehlich zum Handeln zwang. Der Kuckuck legt seine Eier in das Nest eines fremden Vogels, und wenn das Junge ausgeschlüpft ist, drängt es seine Pflegegeschwister aus dem Nest hinaus und sprengt zuletzt auch das Nest, das es beherbergt hat.

Aber wie seltsam war es doch, daß sich der Schaffensdrang ausgerechnet dieses langweiligen Börsenmaklers bemächtigen sollte, vielleicht zu seinem eigenen Verderben und zum Unglück jener, die von ihm abhängig waren; und doch nicht seltsamer, als die Art, in welcher der Geist Gottes reiche und mächtige Männer ergriff und sie mit unaufhörlicher Wachsamkeit verfolgte, bis sie schließlich die Freuden der Welt und die Liebe der Frauen aufgaben für die harten Entbehrungen des Klosters. Bekehrung kann viele Formen annehmen und auf unterschiedliche Weise verursacht werden. Bei manchen Menschen bedarf es eines völligen Umsturzes, so wie ein Felsblock in einem reißenden Wildbach in Trümmer bricht; bei manchen kommt es nach und nach, so wie ein Stein unter dem steten Fall eines Wassertropfens ausgehöhlt wird. Strickland hatte die Geradlinigkeit des Fanatikers und die Grausamkeit eines Apostels.

Aber für mich mit meinem praktischen Denken blieb abzuwarten, ob die Leidenschaft, von der er besessen war, durch seine Werke gerechtfertigt werden würde. Als ich ihn fragte, was seine Mitschüler in den Abendkursen, die er in London besucht hatte, von seiner Malerei hielten, antwortete er grinsend:

»Sie hielten sie für einen Scherz.«

»Gehen Sie hier in ein Atelier?«

»Ja. Der Bursche kam heute vormittag vorbei – der Lehrer, wissen Sie; als er meine Zeichnung sah, zog er nur die Augenbrauen hoch und ging wieder.«

Strickland lachte vergnügt. Er schien keineswegs entmutigt. Er war unabhängig von der Meinung seiner Mitmenschen.

Und eben das hatte mich im Umgang mit ihm am meisten aus der Fassung gebracht. Wenn Leute sagen, daß sie sich nicht darum kümmern, was die anderen von ihnen denken, belügen sie sich in den meisten Fällen selbst. Gewöhnlich meinen sie nur, daß sie tun, was ihnen beliebt, im Vertrauen darauf, daß niemand von ihren Launen erfahren wird, und nur im äußersten Fall wagen sie es, der Meinung der Mehrheit entgegengesetzt zu handeln, weil ihnen die Bestätigung ihrer Umgebung den Rücken deckt. Es ist nicht schwer, unkonventionell in den Augen der Welt zu sein, wenn man damit der Konvention der Gesellschaftsschicht folgt, der man angehört. Die Folge ist Selbstüberschätzung. Man hat die Selbstzufriedenheit des Mutigen, ohne die Unannehmlichkeiten der Gefahr auf sich genommen zu haben. Aber der Wunsch, anerkannt zu werden, ist vielleicht der tiefstsitzende Instinkt des zivilisierten Menschen. Niemand sucht den Schutz der Konvention eifriger als die unkonventionelle Frau, die den Anstand verletzt hat und sich Angriffen ausgesetzt sieht. Ich glaube den Leuten nicht, die mir erzählen, daß sie sich aus der Meinung ihrer Mitmenschen absolut nichts machen. Das ist die

Prahlerei der Ignoranz. Sie meinen lediglich, daß sie Vorwürfe wegen solcher Sünden nicht fürchten, von denen sie überzeugt sind, daß sie keiner entdecken wird.

Aber hier war ein Mann, dem es wirklich nichts ausmachte, was die Leute von ihm dachten, und deshalb hatte die Konvention keine Macht über ihn; er war wie ein Ringer, dessen Körper geölt ist; man konnte ihn nicht in den Griff bekommen; das gab ihm ein Übermaß an Freiheit. Ich erinnere mich, daß ich ihm sagte:

»Hören Sie mal, wenn jeder so handelte wie Sie, könnte die Welt nicht mehr weiterbestehen.«

»Das zu sagen ist äußerst dumm. Es will ja nicht jeder so handeln wie ich. Die überwiegende Mehrheit ist vollkommen zufrieden damit, das Übliche zu tun.«

Und einmal versuchte ich, satirisch zu sein.

»Offenbar glauben Sie nicht an den Grundsatz: ›Handle so, daß die Maxime deines Handelns zum Prinzip einer allgemeinen Gesetzgebung werden kann.‹«

»Das habe ich noch nie gehört, aber es ist ein erbärmlicher Unsinn.«

»Nun, Kant hat das gesagt.«

»Meinetwegen; es ist ein erbärmlicher Unsinn.«

Bei einem solchen Mann konnte man auch nicht erwarten, mit dem Appell an das Gewissen Erfolg zu haben. Ebensogut könnte man um ein Spiegelbild ohne einen Spiegel bitten. Meiner Ansicht nach ist das Gewissen im Einzelmenschen der Hüter der Regeln, welche die Gemeinschaft zu ihrer eigenen Erhaltung entwickelt hat. Es ist der Polizist in unser aller Herzen, der darüber wachen soll, daß wir seine Gesetze nicht brechen. Es ist der Spion, der seinen Sitz im Innersten des Ich hat. Der Wunsch des Menschen, von seinen Mitmenschen anerkannt zu werden, ist so stark, seine Furcht vor ihrer Kritik so heftig, daß er selbst seinen Feind in sein Inneres blicken läßt; und das Gewissen bewacht ihn, um jeden aufkeimenden Wunsch, sich von der Herde loszureißen, zu unterdrücken. Es will ihn zwingen, das Wohl der Gesellschaft vor sein eigenes zu stellen. Es ist das außerordentlich starke Band, welches das Individuum mit dem Ganzen verknüpft. Und der Mensch, der sich Interessen unterwirft, von denen er sich einbildet, sie seien wichtiger als seine eigenen, macht sich zum Sklaven seines Aufsehers. Er setzt ihn auf einen Ehrenstuhl. Schließlich gleicht er einem Höfling, der vor dem königlichen Zepter kriecht, das auf seine Schultern gelegt ist, und er ist stolz auf die Empfindlichkeit seines Gewissens. Für einen Menschen, der die Macht des Gewissens nicht anerkennt, kann er nicht genug harte Worte finden; denn als Mitglied der Gesellschaft erkennt er sehr genau, daß er gegen einen solchen Menschen machtlos ist. Als ich sah, daß Strickland der Tadel wirklich gleichgültig war, den sein Verhalten hervorrufen mußte, konnte ich mich nur voll Entsetzen zurückziehen wie vor einem Ungeheuer, das kaum menschliche Gestalt hat.

Die letzten Worte, die er zu mir sagte, als ich ihm Gute Nacht wünschte, waren: »Sagen Sie Amy, daß es keinen Zweck hat, mich aufzusuchen. Jedenfalls werde ich mein Hotel wechseln, damit sie mich nicht finden kann.«

»Ich habe den Eindruck, daß sie froh sein kann, sie los zu sein«, sagte ich.

»Mein lieber Junge, ich hoffe nur, daß Sie imstande sein werden, sie zu dieser Einsicht zu bringen. Aber Frauen sind sehr unintelligent.«

15

Bei meiner Ankunft in London erwartete mich eine dringende Aufforderung, gleich nach dem Abendessen zu Mrs. Strickland zu kommen. Ich fand sie in Gesellschaft von Oberst MacAndrew und seiner Gattin. Mrs. Stricklands Schwester war älter als sie, ihr nicht unähnlich, aber schon mehr verblüht; und sie hatte jenes sichere Auftreten, als hätte sie das Britische Empire in der Tasche, das sich Gattinnen ranghöherer Offiziere aufgrund des Bewußtseins, daß sie einer höheren Kaste angehören, häufig aneignen. Sie war lebhaft, und ihre gute Erziehung verdeckte kaum ihre Überzeugung, daß man, wenn man schon kein Soldat war, ebensogut Verkäufer sein konnte. Sie haßte die Garde, die sie für eingebildet hielt, und konnte es nicht erwarten, von deren Damen zu sprechen, die so nachlässig Besuche erwiderten.

Mrs. Strickland war offensichtlich nervös.

»Nun, erzählen Sie uns Ihre Neuigkeiten«, sagte sie.

»Ich habe mit Ihrem Gatten gesprochen. Ich fürchte, er ist fest entschlossen, nicht zurückzukommen.« Ich machte eine kleine Pause. »Er möchte malen.«

»Was sagen Sie da?« rief Mrs. Strickland in höchstem Erstaunen.

»Wußten Sie wirklich nicht, daß er daran interessiert ist?«

»Er muß total verrückt sein«, rief der Oberst aus.

Mrs. Strickland runzelte ein wenig die Stirn. Sie kramte in ihren Erinnerungen.

»Ich erinnere mich, daß er, bevor wir verheiratet waren, mit einem Malkasten herumzulaufen pflegte. Aber solche Kleckséreien haben Sie noch nicht gesehen. Wir neckten ihn damit. Er hatte absolut keine Begabung für so etwas.«

»Das ist natürlich nur eine Ausrede«, sagte Mrs. MacAndrew.

Mrs. Strickland dachte eine Weile angestrengt nach. Es war ganz klar, daß sie aus meiner Nachricht nicht klug wurde. Den Salon hatte sie mittlerweile einigermaßen in Ordnung gebracht, die hausfraulichen Instinkte hatten wieder die Oberhand gewonnen; und das Zimmer hatte nicht mehr das verlassene Aussehen eines möblierten Hauses, das schon lange zu vermieten ist, wie mir bei meinem ersten Besuch nach der Katastrophe aufgefallen war. Doch jetzt, da ich Strickland in Paris gesehen hatte, war es schwierig, sich ihn in diesem Milieu vorzustellen. Meiner Meinung nach konnte es ihnen kaum entgangen sein, daß etwas Widerspruchsvolles in ihm war.

»Aber wenn er ein Künstler sein wollte, warum hat er mir nichts davon gesagt?« fragte Mrs. Strickland endlich. »Ich glaube, ich bin die letzte, die derartigen ... derartigen Wünschen ablehnend gegenübersteht.«

Mrs. MacAndrew kniff die Lippen zusammen. Ich vermute, sie hatte die Neigung ihrer Schwester für Leute, die sich den Künsten widmeten, nie gebilligt. Von ›Kultur‹ sprach sie in einem spöttischen Ton.

Mrs. Strickland fuhr fort:

»Schließlich wäre ich, wenn er Talent hätte, die erste, die es förderte. Ich hätte keine Opfer gescheut. Um wieviel lieber hätte ich einen Maler geheiratet als einen Börsenmakler. Wenn es nicht wegen der Kinder wäre, würde es mir nichts ausmachen. Ich könnte in einem schäbigen Atelier in Chelsea ebenso glücklich sein wie in dieser Wohnung.«

»Meine Liebe, mir reißt die Geduld mit dir!« rief Mrs. MacAndrew aus. »Du willst doch nicht sagen, daß du ein Wort von diesem Unsinn glaubst?«

»Aber ich glaube wirklich, daß es die volle Wahrheit ist«, warf ich sanft ein.

Sie sah mich mit gutmütiger Verachtung an.

»Ein Mann von vierzig Jahren gibt nicht sein Geschäft auf und verläßt Frau und Kinder, um Maler zu werden, wenn nicht eine Frau dahintersteckt. Vermutlich hat er eine von deinen ... kunstbeflissenen Freundinnen kennengelernt, und sie hat ihm den Kopf verdreht.«

Ein Hauch von Röte färbte plötzlich Mrs. Stricklands blasse Wangen.

»Wie sieht sie aus?«

Ich zögerte ein wenig. Ich wußte, es würde wie eine Bombe einschlagen.

»Es gibt keine Frau.«

Oberst MacAndrew und seine Gattin gaben ihrem Unglauben Ausdruck, und Mrs. Strickland sprang auf.

»Wollen Sie damit sagen, Sie haben sie nicht gesehen?«

»Es gibt niemanden zu sehen. Er ist ganz allein.«

»Das ist lächerlich«, rief Mrs. MacAndrew aus.

»Ich wußte, ich hätte selbst hinüberfahren sollen«, sagte der Oberst. »Ihr könnt Gift darauf nehmen, daß ich sie schnellstens aufgestöbert hätte.«

»Ich wünsche, Sie wären hinübergefahren«, entgegnete ich etwas schroff. »Sie hätten gesehen, daß jede einzelne Ihrer Annahmen falsch war. Er ist in keinem eleganten Hotel abgestiegen. Er wohnt ganz armselig in einem winzigen Zimmer. Wenn er sein Heim verlassen hat, dann nicht, um ein lustiges Leben zu führen. Er hat kaum Geld.«

»Glauben Sie, daß er etwas getan hat, wovon wir nichts wissen, und sich deshalb vor der Polizei versteckt hält?«

Diese Vermutung weckte einen Hoffnungsstrahl in ihren Herzen, aber ich ging nicht darauf ein.

»Wenn es so wäre, wäre er doch wohl kaum ein solcher Narr gewesen, seinem Kompagnon seine Adresse zu geben«, gab ich scharf zurück. »Jedenfalls weiß ich genau, daß er mit niemandem durchgebrannt ist. Er ist nicht verliebt. Nichts liegt ihm ferner.«

Es entstand eine Pause, während der sie über meine Worte nachdachten.

»Nun, wenn das, was Sie sagen, wahr ist«, sagte Mrs. MacAndrew schließlich, »dann steht die Sache nicht ganz so schlimm, wie ich dachte.«

Mrs. Strickland warf ihr einen kurzen Blick zu, sagte aber nichts. Sie war jetzt sehr blaß, und ihre hübsche Stirn war düster und umwölkt. Ich konnte mir den Ausdruck ihres Gesichtes nicht erklären. Mrs. MacAndrew fuhr fort:

»Wenn es nur eine Laune von ihm ist, so wird sie vorübergehen.«

»Warum fährst du nicht zu ihm hinüber, Amy?« schlug der Oberst vor. »Es gibt keinen Grund, warum du nicht ein Jahr mit ihm in Paris leben solltest. Wir werden uns um die Kinder kümmern. Ich wage zu behaupten, es ist ihm langweilig. Früher oder später wird er wohl bereit sein, nach London zurückzukehren, und alles ist wieder wie vorher.«

»Das würde ich nicht tun«, sagte Mrs. MacAndrew. »Ich würde ihn ganz nach seinem Willen gewähren lassen. Eines Tages wird er mit eingezogenem Schwanz zurückkommen und sich wieder ganz behäbig niederlassen.« Mrs. MacAndrew warf ihrer Schwester einen kühlen Blick zu. »Vielleicht hast du dich ihm gegenüber nicht immer klug benommen. Männer sind sonderbare Geschöpfe, und man muß wissen, wie man mit ihnen umgeht.«

Mrs. MacAndrew teilte die allgemeine Ansicht ihrer Geschlechtsgenossinnen, daß ein Mann, der eine Frau verläßt, die ihm zugetan ist, immer ein Rohling ist, daß aber die Frau die Schuld trägt, daß er es macht. *Le cœur a ses raisons que la raison ne connaît point.*

Mrs. Strickland blickte langsam von einem zum andern.

»Er wird niemals zurückkommen«, sagte sie.

»Ach, meine Liebe, denk daran, was wir gerade gehört haben. Er war an Komfort gewöhnt und an jemanden, der sich um ihn kümmert. Wie lange, glaubst du, wird es dauern, bis er eines schäbigen Zimmers in einem schäbigen Hotel überdrüssig ist? Außerdem hat er kein Geld. Er muß zurückkommen.«

»Solange ich glaubte, er sei mit einer Frau durchgebrannt, gab es noch eine Chance. Ich glaube nicht, daß so etwas je befriedigt. Nach drei Monaten hätte sie ihn zu Tode gelangweilt. Aber wenn er nicht aus Verliebtheit weg ist, dann ist alles aus.«

»Wie subtil«, sagte der Oberst, und er legte in dieses Wort alle Verachtung, die er für eine den Traditionen seines Berufs so fremde Eigenschaft empfand. »Rede dir das doch nicht ein. Er wird zurückkommen, und, wie Dorothy sagt, wage ich zu behaupten, daß er nicht schlechter sein wird, weil er sich ein bißchen ausgetobt hat.«

»Aber ich will nicht, daß er zurückkommt«, sagte sie.

»Amy!«

Zorn hatte Mrs. Strickland erfaßt, und ihre Blässe war die Blässe kalter und plötzlicher Wut. Sie sprach jetzt schnell und keuchte ein wenig:

»Ich hätte es verzeihen können, wenn er sich hoffnungslos in eine Frau verliebt hätte und mit ihr weggefahren wäre. Ich hätte das für natürlich gehalten. Ich hätte ihm keine Vorwürfe gemacht. Ich hätte mir gedacht, er wäre verführt worden. Männer sind so schwach, und Frauen sind so skrupellos. Aber das ist etwas anderes. Ich hasse ihn. Jetzt werde ich ihm niemals verzeihen.«

Oberst MacAndrew und seine Gattin begannen gemeinsam auf sie einzureden. Sie waren befremdet. Sie sagten ihr, daß sie verrückt sei. Sie konnten es nicht verstehen. Mrs. Strickland wandte sich verzweifelt an mich.

»Begreifen *Sie* es nicht?« rief sie aus.

»Ich bin nicht sicher. Wollen Sie damit sagen, daß Sie ihm hätten verzeihen können, wenn er Sie wegen einer Frau verlassen hätte, nicht aber, wenn er Sie wegen einer Idee verlassen hat? Sie glauben, dem einen sind Sie gewachsen, aber dem anderen stehen Sie hilflos gegenüber?«

Mrs. Strickland warf mir einen Blick zu, der wenig Freundlichkeit verriet, antwortete jedoch nicht. Vielleicht hatte ich den Nagel auf den Kopf getroffen. Sie fuhr mit leiser, zitternder Stimme fort:

»Ich wußte bisher nicht, daß es möglich ist, jemanden so zu hassen, wie ich ihn hasse. Wissen Sie, ich habe mich mit dem Gedanken getröstet, daß er, wie lange es auch dauert, am Ende meiner bedürfen würde. Ich wußte, daß er, wenn er im Sterben läge, nach mir schicken würde, und ich war bereit zu kommen; ich hätte ihn gepflegt wie eine Mutter und zuletzt hätte ich ihm gesagt, daß es nichts ausgemacht hätte, daß ich ihn immer geliebt hätte und ihm alles verzeihe.«

Es hat mich immer ein wenig verwirrt, wie sehr Frauen darauf erpicht sind, sich am Totenbett jener, die sie lieben, eindrucksvoll zu benehmen. Manchmal scheint es, als hätten sie etwas gegen Langlebigkeit, die die Aussicht auf eine effektvolle Szene hinausschiebt.

»Doch jetzt – jetzt ist es aus. Er ist mir so gleichgültig, als wäre er ein Fremder. Meinetwegen kann er elend, arm und Hungers sterben, ohne einen Freund. Ich hoffe, daß ihn eine abscheuliche Krankheit unter die Erde bringt. Ich bin fertig mit ihm.«

Unter diesen Umständen hielt ich es für angebracht zu sagen, was Strickland vorgeschlagen hatte.

»Wenn Sie sich von ihm scheiden lassen wollen, ist er durchaus bereit, das Nötige zu tun, um die Scheidung zu ermöglichen.«

»Warum sollte ich ihm seine Freiheit geben?«

»Ich glaube nicht, daß er Wert darauf legt. Er dachte nur, daß es für Sie bequemer sein könnte.«

Mrs. Strickland zuckte ungeduldig die Achseln. Ich glaube, ich war ein wenig enttäuscht von ihr. Damals stellte ich mir die Menschen mehr aus einem Gusse vor als jetzt und war tief betrübt, bei einem so bezaubernden Geschöpf so viel Rachsucht zu finden. Ich wußte nicht, wie bunt das Gemisch von Eigenschaften ist, die ein Mensch in sich vereinen kann. Heute weiß ich, daß Kleinlichkeit und Größe, Bosheit und Güte, Haß und Liebe im selben menschlichen Herzen Seite an Seite ihren Platz haben können.

Ich überlegte, ob ich irgend etwas sagen konnte, was das Gefühl bitterer Demütigung, das Mrs. Strickland im Augenblick quälte, lindern würde. Ich wollte es versuchen.

»Wie Sie wissen, bin ich nicht sicher, ob Ihr Gatte für seine Handlungen voll verantwortlich ist. Ich glaube, er ist nicht mehr er selbst. Er scheint mir von einer Macht besessen, die ihn zu ihren Zwecken braucht und in deren Krallen er ebenso hilflos ist wie eine Fliege in einem Spinnennetz. Es ist, als hätte jemand einen Zauber über ihn gesprochen. Es erinnert mich an seltsame Geschichten, die man zuweilen hört, von Menschen, in die eine andere Persönlichkeit eindringt und die alte vertreibt. Die Seele in unserem Körper ist ein unbeständiges Ding und geheimnisvoller Wandlungen fähig. In alten Zeiten hätte man gesagt, daß Charles Strickland vom Teufel besessen sei.«

Mrs. MacAndrew strich ihren Rock glatt, und die goldenen Armbänder fielen über ihre Handgelenke.

»All das scheint mir weit hergeholt«, sagte sie scharf. »Ich leugne nicht, daß Amy sich ihres Mannes vielleicht ein wenig zu sicher gewesen ist. Wäre sie nicht so eifrig mit ihren eigenen Angelegenheiten beschäftigt gewesen, dann hätte sie sicher geahnt, daß etwas nicht in Ordnung war. Ich glaube nicht, daß Fred ein Jahr oder länger irgend etwas auf dem Herzen haben könnte, ohne daß ich eine Ahnung davon hätte.«

Der Oberst starrte ins Leere, und ich fragte mich, ob noch irgend jemand so arglos aussehen konnte wie er.

»Doch das ändert nichts an der Tatsache, daß Charles Strickland eine herzlose Bestie ist.« Sie sah mich streng an. »Ich will Ihnen sagen, warum er seine Frau verlassen hat – aus purem Egoismus und nichts anderem.«

»Das ist sicher die einfachste Erklärung«, sagte ich. Aber ich dachte, daß sie nichts erkläre. Als ich unter dem Vorwand, müde zu sein, aufstand, um zu gehen, machte Mrs. Strickland keinen Versuch, mich zurückzuhalten.

16

Die folgenden Ereignisse zeigten, daß Mrs. Strickland eine Frau mit Charakter war. Welchen Schmerz sie auch erdulden mochte, sie ließ sich nichts anmerken. Sie war klug genug, einzusehen, daß die Welt von der Erzählung eines Ungeschicks rasch gelangweilt wird und den Anblick des Elends gern vermeidet. Sooft sie ausging – und das Mitleid mit ihrem Unglück bewog ihre Freunde, sie häufig einzuladen –, trug sie ein vollendetes Benehmen zur Schau. Sie war tapfer, aber nicht zu offensichtlich; heiter, aber nicht in übertriebener Weise; und sie schien eher bestrebt, die Sorgen der anderen anzuhören, als ihre eigenen zu besprechen. Jedesmal wenn sie von ihrem Gatten sprach, geschah es im Ton des Mitleids. Ihre Haltung ihm gegenüber verblüffte mich anfangs. Eines Tages sagte sie zu mir:

»Wissen Sie, ich bin überzeugt, es stimmt nicht, daß Charles allein ist. Aufgrund dessen, was ich aus gewissen Quellen, die ich Ihnen nicht nennen kann, erfahren habe, weiß ich, daß er England nicht allein verlassen hat.«

»Dann hat er eine wirkliche Begabung, seine Spuren zu verwischen!«

Sie schaute weg und errötete ein wenig. »Ich meine nur, sollte man mit Ihnen darüber reden, widersprechen Sie bitte nicht, wenn gesagt wird, er wäre mit jemandem durchgegangen.«

»Natürlich nicht.«

Sie ging zu einem anderen Thema über, als handelte es sich um eine Sache, der sie keine Bedeutung beimaß. Bald darauf entdeckte ich, daß unter ihren Freunden eine seltsame Geschichte in Umlauf war. Sie sagten, Charles Strickland hätte sich in eine französische Tänzerin verliebt, die er zum ersten Mal in einem Ballett im Empire gesehen hatte, und habe sie nach Paris begleitet. Ich konnte nicht herausfinden, wie das Gerücht entstanden war, aber, seltsam genug, verschaffte es Mrs. Strickland viele Sympathien und zugleich ein gewisses Ansehen. Das war ihr in dem neuen Beruf, dem nachzugehen sie sich entschlossen hatte, von Nutzen. Oberst MacAndrew hatte nicht übertrieben, als er sagte, sie hätte keinen Penny, und sie war gezwungen, so schnell wie möglich ihren Lebensunterhalt zu verdienen. Sie entschloß sich, von ihrer Bekanntschaft mit so vielen Schriftstellern zu profitieren, und, ohne Zeit zu verlieren, begann sie, Stenographie und Maschinenschreiben zu lernen. Ihre Bildung ließ erwarten, daß sie eine tüchtigere Schreibkraft sein würde als der Durchschnitt, und ihre Geschichte machte dies glaubhaft. Ihre Freunde versprachen, Arbeit zu schicken, und vergaßen nicht, sie weiterzuempfehlen.

Die MacAndrews, die kinderlos waren und in guten Verhältnissen lebten, erklärten sich bereit, die Sorge für die Kinder zu übernehmen, so daß Mrs. Strickland nur für sich selbst aufzukommen hatte. Sie vermietete ihre Wohnung und verkaufte ihre Möbel. Sie ließ sich in zwei winzigen Zimmern in Westminster nieder und fing ein neues Leben an. Sie war so tüchtig, daß man mit Sicherheit annehmen konnte, das Abenteuer würde gut ausgehen.

17

Etwa fünf Jahre danach entschloß ich mich, für einige Zeit in Paris zu leben. London begann mich zu langweilen. Ich war es überdrüssig, Tag für Tag immer das gleiche zu tun. Meine Freunde lebten ihr ereignisloses Leben weiter. Sie hatten nichts Überraschendes mehr für mich, und wenn ich sie traf, wußte ich so ziemlich, was sie sagen würden; sogar ihre Liebesaffären waren von einer ermüdenden Alltäglichkeit. Wir waren wie Trambahnwagen, die auf ihren Gleisen zwischen Abfahrts- und Endstation hin- und herfahren, und die Zahl der Passagiere, die sie befördern würden, konnte man annähernd berechnen. Das Leben war für mich zu wohlgeordnet. Ich wurde von Panik ergriffen. Ich gab meine kleine Wohnung auf, verkaufte das wenige, das ich besaß, und beschloß, einen neuen Anfang zu machen.

Vor meiner Abreise besuchte ich Mrs. Strickland. Ich hatte sie einige Zeit nicht gesehen und stellte Veränderungen an ihr fest: sie war nicht nur älter, dünner und faltiger geworden, auch ihr Charakter hatte sich, so glaube ich, verändert.

Sie hatte mit ihrem Beruf Erfolg und besaß jetzt ein Büro in Chancery Lane; sie selbst schrieb nur wenig auf der Maschine, sondern verbrachte ihre Zeit damit, die Arbeit der vier Mädchen, die sie angestellt hatte, zu korrigieren. Sie war auf den Gedanken gekommen, ihrer Arbeit eine gewisse Eleganz zu geben, und machte viel Gebrauch von blauer und roter Tinte; sie band die Abschriften in Papier in verschiedenen hellen Farben, das so ähnlich aussah wie Moiréseide, und war wegen ihrer Sauberkeit und Sorgfalt bekannt. Sie verdiente recht gut. Aber sie konnte über den Gedanken nicht hinwegkommen, daß es etwas Unfeines sei, seinen Lebensunterhalt zu verdienen, und sie neigte dazu, daran zu erinnern, daß sie eine geborene Dame war. Sie konnte nicht umhin, in ihr Gespräch die Namen von Leuten einfließen zu lassen, die sie kannte, um damit anzudeuten, daß sie gesellschaftlich nicht gesunken war. Sie schämte sich ein wenig ihres Mutes und ihrer kaufmännischen Fähigkeiten, war aber beglückt, daß sie am Abend mit einem Kronanwalt, der in South Kensington lebte, essen ging.

Es freute sie, mitteilen zu können, daß ihr Sohn in

Cambridge war, und mit einem kleinen Lachen sprach sie von den zahllosen Bällen, zu denen ihre gerade gesellschaftsfähig gewordene Tochter eingeladen wurde. Ich vermute, ich sagte etwas sehr Dummes.

»Wird sie in Ihr Geschäft eintreten?« fragte ich.

»Ach nein, das würde ich ihr nicht erlauben«, antwortete Mrs. Strickland. »Sie ist so hübsch. Ich bin sicher, daß sie eine gute Partie machen wird.«

»Ich dachte, es würde Ihnen eine Hilfe sein.«

»Einige Leute meinten, sie solle zur Bühne gehen, aber dem konnte ich natürlich nicht zustimmen. Ich kenne alle wichtigen Dramatiker und könnte ihr schon morgen eine Rolle verschaffen, aber ich möchte nicht, daß sie in allen Kreisen verkehrt.«

Die Exklusivität von Mrs. Strickland schreckte mich ein wenig ab.

»Hören Sie manchmal von Ihrem Gatten?«

»Nein, ich habe kein Wort gehört. Er könnte ebensogut tot sein.«

»Vielleicht treffe ich ihn zufällig in Paris. Soll ich Ihnen Nachricht über ihn zukommen lassen?«

Sie zögerte einen Augenblick.

»Falls er sich wirklich in Not befindet, bin ich bereit, ihm ein wenig zu helfen. Ich würde Ihnen eine bestimmte Summe Geld schicken, und Sie könnten es ihm nach und nach geben, wie er es braucht.«

»Das ist sehr schön von Ihnen«, sagte ich.

Aber ich wußte, daß es nicht Güte war, die sie zu dem Angebot veranlaßt hatte. Es ist nicht wahr, daß Leid den Charakter veredelt; Glück tut es manchmal, aber Leid macht die Menschen meistens kleinlich und rachsüchtig.

18

Tatsächlich war ich noch keine zwei Wochen in Paris, als ich Strickland traf.

Ich fand schnell eine winzige Wohnung im fünften Stock eines Hauses in der Rue des Dames und kaufte bei einem Altwarenhändler für zweihundert Francs die nötigen Möbel, um sie bewohnbar zu machen. Mit der Concierge vereinbarte ich, mir am Morgen den Kaffee zu machen und die Wohnung sauberzuhalten. Dann traf ich mich mit meinem Freund Dirk Stroeve.

Dirk Stroeve gehörte zu jenen Leuten, an die man – je nach Charakter – nur mit spöttischem Lachen oder mit einem verlegenen Achselzucken denken kann. Die Natur hatte ihn zu einem Hanswurst gemacht. Er war ein sehr schlechter Maler, den ich in Rom kennengelernt hatte, und an dessen Bilder ich mich noch sehr gut erinnerte. Er empfand echte Begeisterung für das Banale. Sein Herz bebte vor Liebe zur Kunst, wenn er die Modelle, die auf Berninis Treppe auf der Piazza di Spagna herumlungerten, malte, ohne vor ihrer aufdringlichen malerischen Schönheit zu erschrecken; sein Atelier war voll von Leinwänden, auf denen schnurrbärtige, großäugige Bauern mit spitzen Hüten, Knirpse in kleidsamen Lumpen und Frauen in bunten Unterröcken dargestellt waren. Manchmal lungerten sie auf den Stufen einer Kirche, manchmal tändelten sie zwischen Zypressen gegen einen wolkenlosen Himmel, manchmal flirteten sie neben einem Renaissancebrunnenkopf, manchmal wanderten sie neben einem Ochsenkarren durch die Campagna. Sie waren sorgfältig gezeichnet und sorgfältig gemalt. Ein Photograph hätte nicht genauer sein können. Einer der Maler in der Villa Medici hatte ihn *Le Maître de la Boîte à Chocolats* genannt. Wenn man seine Bilder ansah, hätte man glauben können, daß es einen Manet oder Monet und die übrigen Impressionisten nie gegeben hatte.

»Ich bilde mir nicht ein, ein großer Maler zu sein«, sagte er. »Ich bin kein Michelangelo, nein, aber etwas habe ich. Ich verkaufe. Ich bringe Romantik in die Wohnungen der verschiedenartigsten Menschen. Wissen Sie, daß man meine Bilder nicht nur in Holland, sondern auch in Norwegen, Schweden und Dänemark kauft? Meist sind es Händler, die sie kaufen, und reiche Geschäftsleute. Sie können sich nicht vorstellen, wie lang, düster und kalt die Winter in jenen Ländern sind. Sie wollen glauben, daß Italien so ist wie meine Bilder. So stellen sie es sich vor. So habe ich mir Italien vorgestellt, bevor ich herkam.«

Und diese Vision hatte sich in ihm offenbar für immer festgesetzt und trübte seinen Blick, so daß er die Wirklichkeit nicht sehen konnte; und ungeachtet der Brutalität der Wirklichkeit sah er weiterhin vor seinem geistigen Auge ein Italien voll romantischer Straßenräuber und malerischer Ruinen. Er malte ein Ideal – ein armseliges, gewöhnliches, abgenutztes zwar, aber immerhin ein Ideal; und das verlieh seinem Wesen einen bestimmten Reiz.

Weil ich dies fühlte, war Dirk Stroeve für mich nicht nur ein Gegenstand des Spottes wie für andere. Seine Kollegen machten kein Geheimnis aus ihrer Verachtung für sein Werk, aber er verdiente viel Geld damit, und sie zögerten nicht, sich seines Geldes ohne Hemmungen zu bedienen. Er war freigebig, und die Bedürftigen, die ihn auslachten, weil er gar so naiv an ihre Jammergeschichten glaubte, borgten in unverschämter Weise von ihm. Er war sehr gefühlsbetont, dennoch hatten seine Gefühlsäußerungen, die ihm leicht zu entlocken waren, etwas Absurdes an sich, so daß man seine Gefälligkeit annahm, aber keine Dankbarkeit empfand. Geld von ihm zu nehmen, war wie ein Kind berauben, und man verachtete ihn, weil er so dumm war. Ich stelle mir vor, daß ein Taschendieb, der stolz auf seine flinken Finger ist, eine Art Entrüstung empfinden muß, wenn eine unachtsame Frau ihre Handtasche mit allen Juwelen darin in einer Droschke liegenläßt. Die Natur hatte ihn zur Zielscheibe des Spottes gemacht, ihm aber Gefühllosigkeit versagt. Er wand sich unter den teilweise recht groben Scherzen, die unablässig auf seine Kosten gemacht wurden, und hörte doch niemals auf, sich ihnen scheinbar mit Absicht auszusetzen. Er wurde andauernd verletzt und konnte doch aufgrund seiner Gutherzigkeit nicht grollen: die Schlange mochte ihn beißen, aber er lernte nie aus Erfahrung, und drückte sie, kaum daß er sich von seinem Schmerz erholt hatte, wieder zärtlich an seine Brust. Sein Leben war eine Tragödie, geschrieben in der Art einer Clownerie. Er war mir dankbar, weil ich ihn nicht auslachte, und pflegte die lange Liste seiner Mißgeschicke meinem mitfühlenden Ohr anzuvertrauen. Das traurigste daran war, daß sie grotesk wirkten, und je ergreifender sie waren, desto mehr reizten sie zum Lachen.

Aber obwohl er ein schlechter Maler war, hatte er doch ein feines Gefühl für Kunst, und es war ein ungewöhnlicher Genuß, mit ihm in Gemäldegalerien zu gehen. Seine Begeisterung war echt und seine Kritik scharfsinnig. Er war unparteiisch. Er hatte nicht nur ein wirkliches Verständnis für die alten Meister, sondern auch Interesse an den Modernen. Er war geschickt im Entdecken von Begabungen und sparte nicht mit Lob. Ich glaube, ich habe nie jemanden gekannt, der ein sichereres Urteil hatte. Und er war gebildeter als die meisten Maler. Er hatte nicht, wie die meisten von ihnen, von verwandten Künsten keine Ahnung, und sein Sinn für Musik und Literatur vertiefte und erweiterte sein Verständnis für Malerei. Für einen jungen Mann wie mich waren sein Rat und seine Belehrung von unvergleichlichem Wert.

Als ich Rom verließ, korrespondierte ich mit ihm, und etwa einmal in zwei Monaten erhielt ich lange Briefe von ihm, in sonderbarem Englisch, die mir seine übersprudelnde, enthusiastische und gestikulierende Art zu sprechen lebhaft vor Augen führten. Einige Zeit bevor ich nach Paris ging, hatte er eine Engländerin geheiratet und wohnte nun in einem Atelier auf dem Montmartre. Ich hatte ihn seit vier Jahren nicht gesehen und kannte seine Frau noch nicht.

19

Ich hatte Stroeve von meiner Ankunft nicht verständigt, und als ich an seinem Atelier läutete, öffnete er selbst und erkannte mich einen Augenblick lang nicht. Dann aber stieß er einen Schrei freudiger Überraschung aus und zog mich hinein. Es war reizend, so lebhaft begrüßt zu werden. Seine Frau saß mit ihrer Näharbeit beim Ofen. Als ich eintrat, erhob sie sich. Er stellte mich vor.

»Du erinnerst dich doch«, sagte er zu ihr. »Ich habe dir oft von ihm erzählt.« Und dann zu mir: »Aber warum ließen Sie mich nicht wissen, daß Sie kommen? Wie lange sind Sie schon hier? Wie lange wollen Sie bleiben? Warum sind Sie nicht eine Stunde früher gekommen, dann hätten Sie mit uns essen können.«

Er bombardierte mich mit Fragen. Er nötigte mich in einem Sessel Platz zu nehmen, tätschelte mich, als wäre ich ein Kissen, und drängte mir Zigarren, Kuchen und Wein auf. Er ließ mir keine Ruhe. Er war traurig, weil er keinen Whisky hatte, wollte Kaffee für mich machen, zerbrach sich den Kopf, was er möglicherweise für mich tun könne, und strahlte und lachte und schwitzte vor überschwenglicher Freude aus allen Poren.

»Sie haben sich nicht verändert«, sagte ich lächelnd, während ich ihn ansah.

Er hatte dasselbe lächerliche Aussehen, das ich in Erinnerung hatte. Er war fett und klein, kurzbeinig, noch jung – er konnte nicht älter als dreißig sein –, aber vorzeitig kahl. Sein Gesicht war kugelrund, und er sah außerordentlich blühend aus mit seinen roten Wangen und roten Lippen. Seine Augen waren blau und ebenfalls rund, er trug eine große, goldrandige Brille, und seine Augenbrauen waren so hell, daß man sie nicht sehen konnte. Er erinnerte an jene munteren fetten Kaufherren, die Rubens gemalt hat.

Als ich ihm sagte, daß ich eine Zeitlang in Paris leben wollte und eine Wohnung genommen hatte, machte er mir die bittersten Vorwürfe, weil ich ihn nicht davon verständigt hatte. Er hätte mir eine Wohnung gesucht und Möbel geliehen – war es mein Ernst, daß ich die Mühe und Kosten auf mich genommen hatte, welche zu kaufen? – und er hätte mir beim Einziehen geholfen. Er hielt es wirklich für unfreundlich, daß ich ihm nicht die Gelegenheit gegeben hatte, sich nützlich zu machen. Inzwischen stopfte Mrs. Stroeve ruhig ihre Strümpfe, ohne etwas zu sagen, und lauschte mit einem ruhigen Lächeln auf den Lippen allem, was er sagte.

»Wie Sie ja sehen, bin ich verheiratet«, sagte er plötzlich. »Was halten Sie von meiner Frau?«

Er strahlte sie an und rückte seine Brille auf der Nase zurecht. Der Schweiß ließ sie ständig herunterrutschen.

»Was in aller Welt erwarten Sie, daß ich darauf antworte?« sagte ich lachend.

»Wirklich, Dirk«, warf Mrs. Stroeve lächelnd ein.

»Aber ist sie nicht wunderbar? Ich sage Ihnen, mein Junge, verlieren Sie keine Zeit; heiraten Sie so schnell wie möglich. Ich bin der glücklichste Mann auf dieser Welt. Sehen Sie sie nur an, wie sie dasitzt. Ist sie nicht ein Bild? Chardin, was? Ich habe die schönsten Frauen der Welt gesehen, aber ich habe keine gesehen, die schöner ist als Madame Stroeve.«

»Wenn du nicht ruhig bist, Dirk, gehe ich weg.«

»*Mon petit chou*«, sagte er.

Sie errötete ein wenig, verlegen, wegen der Leidenschaft in seiner Stimme. Aus seinen Briefen wußte ich schon, daß er in seine Frau sehr verliebt war, und ich sah, daß er seinen Blick kaum von ihr abwenden konnte. Ich vermochte nicht zu sagen, ob sie ihn liebte. Armer Hanswurst. Er war nicht dazu geschaffen, Liebe zu wecken, aber das Lächeln in ihren Augen war zärtlich, und möglicherweise verbarg ihre Zurückhaltung ein sehr tiefes Gefühl.

Sie war nicht das hinreißende Geschöpf, das seine liebeskranke Phantasie sah, aber sie besaß eine ernste Anmut. Sie war ziemlich groß, und ihr graues Kleid, einfach und sehr gut geschnitten, verbarg die Tatsache nicht, daß sie eine gute Figur hatte. Es war eine Figur, die für den Bildhauer möglicherweise mehr Reiz hatte als für den Schneider. Ihr volles braunes Haar war schlicht frisiert, ihr Gesicht sehr blaß, und ihre Züge waren angenehm, ohne besonders aufzufallen. Sie hatte ruhige graue Augen. Es fehlte ihr nur eine winzige Kleinigkeit, um schön zu sein, und durch diesen Mangel wirkte sie nicht einmal hübsch. Aber nicht ohne Grund sprach Stroeve von Chardin; sie erinnerte mich seltsamerweise an jene freundliche Hausfrau in Morgenhaube und Schürze, die der große Maler verewigt hat. Ich konnte sie mir in friedlicher Geschäftigkeit zwischen ihren Töpfen und Pfannen vorstellen, wie sie aus ihren häuslichen Pflichten ein Ritual machte, so daß sie eine höhere Bedeutung erhielten. Ich nahm nicht an, daß sie klug war oder amüsant sein konnte, aber in ihrer ernsten Aufmerksamkeit war etwas, das mein Interesse erregte. Ihre Zurückhaltung war nicht ohne Geheimnis. Ich fragte mich, warum sie Dirk Stroeve geheiratet hatte. Obwohl sie Engländerin war, konnte ich sie nicht genau einordnen, und es war nicht klar, aus welcher Gesellschaftsschicht sie stammte, welche Erziehung sie genossen oder wie sie vor ihrer Ehe gelebt hatte. Sie war sehr still, aber wenn sie sprach, klang ihre Stimme angenehm, und ihr Benehmen war natürlich.

Ich fragte Stroeve, ob er arbeite.

»Ob ich arbeite? Ich male besser als je zuvor.«

Wir saßen im Atelier, und er zeigte auf eine Staffelei mit einem unvollendeten Bild. Ich erschrak ein wenig. Er malte eine Gruppe italienischer Bauern, in der Tracht der Campagna, die auf den Stufen einer römischen Kirche lungerten.

»Haben Sie das jetzt gemalt?« fragte ich.

»Ja. Ich kann hier meine Modelle genausogut bekommen wie in Rom.«

»Finden Sie es nicht auch sehr schön?« sagte Mrs. Stroeve.

»Meine törichte Frau hält mich für einen großen Künstler«, sagte er.

Sein entschuldigendes Lachen verbarg nicht die Freude, die er darüber empfand. Seine Augen weilten auf seinem Bild. Es war seltsam, daß sich seine Kritik, die so richtig und unkonventionell war, wenn er sich mit den Werken anderer befaßte, bei ihm selbst mit dem zufrieden gab, was unglaublich abgedroschen und gewöhnlich war.

»Zeig ihm noch andere Bilder von dir«, sagte sie.

»Soll ich?«

Obwohl Dirk Stroeve unter dem Spott seiner Kollegen so viel gelitten hatte, konnte er, erpicht auf Lob und auf naive Weise selbstgefällig, doch nie der Versuchung widerstehen, seine Arbeiten zu zeigen. Das nächste Bild zeigte zwei lockenköpfige italienische Knirpse beim Murmelspiel.

»Sind sie nicht süß?« fragte Mrs. Stroeve.

Und dann zeigte er mir mehr. Ich entdeckte, daß er in Paris genau die gleichen abgedroschenen, aufdringlich pittoresken Dinge gemalt hatte wie Jahre hindurch in Rom. Alles war unwahr, unecht, kitschig; und doch war niemand ehrlicher, aufrichtiger und offener als Dirk Stroeve. Wer konnte diesen Widerspruch lösen?

Ich weiß nicht, wie ich auf den Gedanken kam zu fragen: »Sagen Sie mal, sind Sie nicht zufällig einem Maler namens Charles Strickland begegnet?«

»Sie wollen doch nicht sagen, daß Sie ihn kennen?« rief Stroeve aus.

»Ein brutaler Kerl«, sagte seine Frau.

Stroeve lachte.

»Ma pauvre chérie.« Er ging zu ihr hin und küßte ihr beide Hände. »Sie mag ihn nicht. Wie seltsam, daß Sie Strickland kennen.«

»Ich kann schlechte Manieren nicht leiden«, sagte Mrs. Stroeve.

Dirk, der immer noch lachte, wandte sich mir zu, um mir eine Erklärung zu geben.

»Wissen Sie, ich habe ihn einmal aufgefordert, hierher zu

kommen und sich meine Bilder anzusehen. Er kam auch, und ich zeigte ihm alles, was ich hatte.« Stroeve wurde verlegen und zögerte einen Augenblick. Ich weiß nicht, warum er mit dieser für ihn peinlichen Geschichte angefangen hatte; es war ihm unangenehm, sie zu beenden. »Er sah sich meine ... meine Bilder an und sagte nichts. Ich dachte, er wolle sein Urteil bis zum Schluß aufsparen. Endlich sagte ich: ›So, das ist alles!‹ Er sagte: ›Ich bin gekommen, um Sie zu bitten, mir zwanzig Francs zu borgen.‹«

»Und Dirk hat sie ihm wirklich gegeben«, sagte seine Frau entrüstet.

»Ich war so verblüfft. Ich wollte ihm die Bitte nicht abschlagen. Er steckte das Geld in seine Tasche, nickte nur, sagte ›Danke‹ und ging weg.«

Dirk Stroeve hatte, als er die Geschichte erzählte, einen solchen Ausdruck blanken Erstaunens auf seinem dummen, runden Gesicht, daß es fast unmöglich war, nicht zu lachen.

»Es hätte mir nichts ausgemacht, wenn er gesagt hätte, meine Bilder seien schlecht, aber er sagte nichts – nichts.«

»Und du willst diese Geschichte durchaus erzählen, Dirk«, sagte seine Frau.

Es war traurig, daß man sich über die lächerliche Figur, die der Holländer machte, mehr amüsierte, als man sich über Stricklands brutales Benehmen empörte.

»Ich hoffe, ich werde ihn niemals wiedersehen«, sagte Mrs. Stroeve.

Stroeve lächelte und zuckte die Achseln. Er hatte seine gute Laune wiedergefunden.

»Trotz alledem ist er ein großer Künstler, ein sehr großer Künstler.«

»Strickland?« rief ich aus. »Das kann nicht der sein, den ich meine.«

»Ein großer Bursche mit einem roten Bart. Charles Strickland. Ein Engländer.«

»Als ich ihn kannte, hatte er noch keinen Bart, aber wenn er einen hat wachsen lassen, könnte er wohl rot sein. Der Mann, an den ich denke, begann erst vor fünf Jahren zu malen.«

»Stimmt. Er ist ein großer Künstler.«

»Unmöglich.«

»Habe ich mich jemals geirrt?« fragte mich Dirk. »Ich sage

Ihnen, er ist ein Genie. Ich bin davon überzeugt. Wenn man sich in hundert Jahren überhaupt noch an uns erinnern wird, so deshalb, weil wir Charles Strickland gekannt haben.«

Ich war erstaunt und zugleich sehr aufgeregt. Ich erinnerte mich plötzlich an mein letztes Gespräch mit ihm.

»Wo kann man seine Arbeiten sehen?« fragte ich. »Hat er Erfolg? Wo wohnt er?«

»Nein, er hat keinen Erfolg. Ich glaube nicht, daß er jemals ein Bild verkauft hat. Wenn man über ihn spricht, wird nur gelacht. Aber ich *weiß*, daß er ein großer Künstler ist. Schließlich wurde auch über Manet gelacht. Corot hat nie ein Bild verkauft. Ich weiß nicht, wo er wohnt, aber ich kann Sie mit ihm zusammenbringen. Jeden Abend um sieben Uhr geht er in ein Café in der Avenue de Clichy. Wenn Sie wollen, können wir morgen hingehen.«

»Ich bin nicht sicher, ob er mich sehen will. Ich glaube, ich könnte ihn an eine Zeit erinnern, die er lieber vergessen möchte. Aber ich werde trotzdem mitkommen. Gibt es irgendeine Möglichkeit, etwas von seinen Bildern zu sehen?«

»Soweit es auf ihn ankommt, nicht. Er wird Ihnen nichts zeigen. Aber es gibt einen kleinen Händler, der zwei oder drei Bilder hat. Freilich dürfen Sie nicht ohne mich hingehen, Sie würden sie nicht begreifen. Ich muß sie Ihnen selbst zeigen.«

»Dirk, du machst mich wirklich ärgerlich«, sagte Mrs. Stroeve. »Wie kannst du so von seinen Bildern reden, wo er dich so behandelt hat?« Sie wandte sich mir zu. »Wissen Sie, als einige Holländer hierherkamen, um Dirks Bilder zu kaufen, versuchte er sie zu überreden, lieber welche von Strickland zu kaufen. Er bestand darauf, sie hierherzubringen, um sie zu zeigen.«

»Was hielten *Sie* von ihnen?« fragte ich lächelnd.

»Sie waren scheußlich.«

»Ach, Schatz, du verstehst nichts.«

»Ja, aber deine Holländer waren wütend auf dich. Sie dachten, du hättest dir mit ihnen einen Scherz erlaubt.«

Dirk Stroeve nahm seine Brille von der Nase und wischte sie ab. Sein rotes Gesicht glänzte vor Erregung.

»Warum sollte man annehmen, daß Schönheit, das Kostbarste auf dieser Erde, wie ein Stein am Strand liegt, damit sie jeder gedankenlos Vorübergehende so nebenbei aufhebt? Schönheit ist etwas Wunderbares und Ungewöhnliches, das der Künstler unter Seelenqual aus dem Chaos der Welt formt. Und wenn er sie geschaffen hat, ist es nicht allen vergönnt, sie zu erkennen. Um sie zu erkennen, muß man das Abenteuer des Künstlers wiederholen. Es ist eine Melodie, die er singt, und um sie im eigenen Herzen zu hören, braucht man Wissen, Empfindsamkeit und Phantasie.«

»Warum habe ich deine Bilder immer für schön gehalten, Dirk? Sie haben mir schon das erste Mal, als ich sie sah, gefallen.«

Stroeves Lippen zitterten ein wenig.

»Geh zu Bett, mein Liebling. Ich gehe mit unserem Freund noch ein wenig spazieren und komme dann zurück.«

20

Dirk Stroeve erklärte sich einverstanden, mich am folgenden Abend abzuholen und in das Café mitzunehmen, in dem Strickland höchstwahrscheinlich anzutreffen war. Mit Interesse vernahm ich, daß es dasselbe war, in dem Strickland und ich Absinth getrunken hatten, als ich nach Paris gefahren war, um ihn zu treffen. Die Tatsache, daß er sein Café nicht gewechselt hatte, deutete auf eine gewisse Trägheit in seinen Gewohnheiten hin, die mir charakteristisch schien.

»Dort ist er«, sagte Stroeve, als wir das Café erreichten.

Obwohl es Oktober war, war der Abend warm, und die Tische auf dem Trottoir waren vollbesetzt. Ich ließ meine Augen über sie hinschweifen, konnte aber Strickland nicht entdecken.

»Schauen Sie. Dort drüben, in der Ecke. Er spielt Schach.«

Ich sah einen Mann, der sich über ein Schachbrett beugte, konnte aber nur einen großen Filzhut und einen roten Bart erkennen. Wir bahnten uns einen Weg zwischen den Tischen, bis wir zu ihm kamen.

»Strickland!«

Er blickte auf.

»Hallo, Dickerchen! Was wollen Sie?«

»Ich habe einen alten Bekannten mitgebracht, der Sie sehen möchte.«

Strickland warf mir einen kurzen Blick zu, erkannte mich

aber offensichtlich nicht. Er widmete seine Aufmerksamkeit wieder dem Schachbrett.

»Setzen Sie sich und verhalten Sie sich still«, sagte er.

Er machte einen Zug und wurde sofort wieder vom Spiel in Anspruch genommen. Der arme Stroeve warf mir einen beunruhigten Blick zu, doch ließ ich mich dadurch nicht aus der Fassung bringen. Ich bestellte etwas zum Trinken und wartete geduldig, bis Strickland fertig war. Ich begrüßte die Gelegenheit, ihn in Ruhe zu beobachten. Ich hätte ihn sicher nicht wiedererkannt. Erstens verdeckte sein roter Bart, zerzaust und ungestutzt, viel von seinem Gesicht, und sein Haar war lang; aber die überraschendste Veränderung an ihm war seine außergewöhnliche Magerkeit. Sie ließ seine große Nase noch arroganter hervortreten; sie betonte seine Backenknochen; sie ließ seine Augen größer erscheinen. Seine Schläfen waren eingefallen. Sein Körper schien zum Skelett geworden. Er trug denselben Anzug, den ich vor fünf Jahren an ihm gesehen hatte; er war zerrissen, fleckig und fadenscheinig und hing so locker an ihm, als wäre er für jemand anderen gemacht worden. Ich beobachtete seine Hände, schmutzig und mit langen Nägeln; sie schienen nur aus Knochen und Sehnen zu bestehen, waren aber groß und kräftig, aber ich hatte vergessen, daß sie schön geformt waren. Wie er so dasaß, seine Aufmerksamkeit ganz auf das Spiel konzentriert, machte er einen außerordentlichen Eindruck auf mich, den Eindruck großer Kraft, und es war mir unverständlich, daß seine Abgezehrtheit dies noch unterstrich.

Bald darauf, nachdem er einen Zug gemacht hatte, lehnte er sich zurück und sah seinen Gegner merkwürdig zerstreut an. Dieser, ein beleibter, bärtiger Franzose, betrachtete die Stellung, brach dann plötzlich in komische Verwünschungen aus, raffte die Figuren mit einer ungeduldigen Handbewegung zusammen und warf sie in die Schachtel. Dann beschimpfte er Strickland, ohne sich Zwang anzutun, rief den Kellner, bezahlte die Getränke und ging weg. Stroeve zog seinen Stuhl näher an den Tisch.

»Jetzt dürfen wir wohl sprechen«, sagte er.

Strickland schaute mich an, und in seinen Augen lag ein maliziöser Ausdruck. Ich hatte das sichere Gefühl, daß er nach einer Stichelei suchte; da ihm aber keine einfiel, war er gezwungen zu schweigen.

»Ich habe Ihnen einen alten Bekannten mitgebracht, der Sie sehen möchte«, wiederholte Stroeve strahlend.

Strickland schaute mich beinahe eine Minute nachdenklich an. Ich sprach kein Wort.

»Ich habe ihn nie in meinem Leben gesehen«, sagte er.

Ich weiß nicht, warum er dies sagte, denn ein Aufblitzen in seinen Augen verriet mir, daß er mich erkannt hatte. Ich ließ mich nicht so leicht aus der Fassung bringen wie einige Jahre zuvor.

»Ich habe vor einiger Zeit Ihre Frau gesehen«, sagte ich. »Ich dachte, Sie würden gern die letzten Neuigkeiten von ihr hören.«

Er lachte kurz auf und zwinkerte mir zu.

»Wir hatten einen lustigen Abend miteinander«, sagte er. »Wie lange ist es her?«

»Fünf Jahre.«

Er bestellte noch einen Absinth. Stroeve erzählte übersprudelnd, wie er und ich uns kennengelernt und durch welchen Zufall wir entdeckt hatten, daß wir beide Strickland kannten. Ich weiß nicht, ob Strickland zuhörte. Er sah mich ein- oder zweimal nachdenklich an, aber zumeist schien er mit seinen eigenen Gedanken beschäftigt. Ohne Stroeves Geschwätz wäre die Unterhaltung sicher schwierig gewesen. Eine halbe Stunde später sagte der Holländer nach einem Blick auf seine Uhr, daß er gehen müsse. Er fragte, ob ich mitkomme. Ich dachte, daß ich allein aus Strickland etwas herauskriegen könnte, und erwiderte, daß ich lieber bleiben wolle.

Als der dicke Mann gegangen war, sagte ich:

»Dirk Stroeve hält Sie für einen großen Künstler.«

»Was, zum Teufel, glauben Sie, daß ich mir daraus mache?«

»Wollen Sie mir Ihre Bilder zeigen?«

»Warum sollte ich?«

»Ich könnte mich veranlaßt fühlen, eins zu kaufen.«

»Ich könnte mich veranlaßt fühlen, keins herzugeben.«

»Verdienen Sie gut?« fragte ich lächelnd.

Er kicherte.

»Seh ich so aus?«

»Sie sehen halb verhungert aus.«

»Ich bin halb verhungert.«

»Dann wollen wir etwas essen gehen.«

»Warum laden Sie mich ein?«

»Nicht aus Barmherzigkeit«, antwortete ich kühl. »Es ist mir wirklich vollkommen egal, ob Sie verhungern oder nicht.«

Sein Blick hellte sich wieder auf.

»Na, dann kommen Sie«, sagte er und stand auf. »Ein anständiges Essen soll mir recht sein.«

21

Ich überließ ihm die Wahl des Restaurants. Auf dem Weg kaufte ich eine Zeitung. Nachdem er unser Essen bestellt hatte, lehnte ich sie gegen eine Flasche St. Galmier und begann zu lesen. Wir aßen schweigend. Ich fühlte, daß er mich ab und zu ansah, nahm aber keine Notiz davon. Ich wollte ihn zum Sprechen zwingen.

»Steht etwas besonderes in der Zeitung?« fragte er gegen Ende unserer schweigsamen Mahlzeit.

Ich bildete mir ein, aus seiner Stimme ein wenig Ärger herauszuhören.

»Ich lese immer gern die Theaterkritiken«, sagte ich. Ich faltete die Zeitung zusammen und legte sie neben mich.

»Das Essen hat mir geschmeckt«, bemerkte er.

»Ich glaube, wir können unsern Kaffee hier trinken, nicht wahr?«

»Ja.«

Wir zündeten uns Zigarren an. Ich rauchte schweigend. Ich bemerkte, daß seine Augen dann und wann mit einem leicht belustigten Lächeln auf mir ruhten. Ich wartete geduldig.

»Was haben Sie getrieben, seit wir uns das letzte Mal sahen?« fragte er endlich.

Ich hatte nicht sehr viel zu erzählen. Es war ein Bericht über harte Arbeit und wenig Abenteuerliches, über Versuche in dieser und jener Richtung, über das allmähliche Kennenlernen von Büchern und Menschen. Ich vermied es, Strickland Fragen über seine eigene Tätigkeit zu stellen. Ich zeigte nicht das geringste Interesse an ihm und wurde schließlich dafür belohnt. Er begann von sich aus zu reden. Aber mit seiner mangelhaften Ausdrucksfähigkeit gab er nur Andeutungen von dem, was er durchgemacht hatte, und ich mußte die Lücken mit Hilfe meiner Phantasie ausfüllen. Es bereitete mir Tantalusqualen, nicht mehr als spärliche Andeutungen über einen Charakter zu erhalten, der mich sehr interessierte. Es war, als arbeite man sich durch ein verstümmeltes Manuskript durch. Ich bekam eine Ahnung von einem Leben, das ein harter Kampf gegen alle Arten von Schwierigkeiten war; doch ich erkannte, daß vieles, was den meisten Menschen schrecklich erschienen wäre, ihn nicht im geringsten berührte. Strickland unterschied sich von den meisten Engländern durch seine völlige Gleichgültigkeit gegenüber Komfort; es störte ihn nicht, immer in einem schäbigen Zimmer zu leben; er hatte nicht das Bedürfnis, von schönen Dingen umgeben zu sein. Ich glaube nicht, daß er je bemerkt hatte, wie schmutzig die Tapete in dem Zimmer war, in dem ich ihn bei meinem ersten Besuch antraf. Er brauchte keine Fauteuils zum Sitzen; er fühlte sich wohler auf einem Küchenstuhl. Er aß mit Appetit, aber es war ihm gleichgültig, was er aß; für ihn war es nur Nahrung, die er verschlang, um den Hunger zu stillen. Und wenn keine Nahrung da war, schien er auch ohne auszukommen. Ich hörte, daß er Monate hindurch von einem Laib Brot und einer Flasche Milch pro Tag gelebt hatte. Er war ein sinnlicher Mensch und dennoch gleichgültig gegenüber sinnlichen Genüssen. Entbehrungen sah er nicht als Unglück an. Die Art, wie er ausschließlich dem Geist lebte, machte großen Eindruck auf mich.

Als der geringe Geldbetrag, den er aus London mitgebracht hatte, verbraucht war, wurde ihm nicht bange. Er verkaufte keine Bilder; ich glaube, er bemühte sich kaum, eines zu verkaufen; er begann einen Weg zu suchen, um ein wenig Geld zu verdienen. Mit grimmigem Humor erzählte er mir von der Zeit, wo er als Führer von Cockneys tätig war, die das Pariser Nachtleben kennenlernen wollten; das war eine Beschäftigung, die seiner zynischen Art entgegenkam; und irgendwie hatte er eine umfassende Kenntnis der verrufeneren Stadtviertel erworben. Er erzählte mir, daß er stundenlang auf dem Boulevard de la Madeleine spazierenging, um nach Engländern, am liebsten nach angeheiterten, Ausschau zu halten, die Dinge zu sehen wünschten, die das Gesetz verbot. Wenn er Glück hatte, gelang es ihm, eine hübsche Summe zusammenzubringen; aber die Schäbigkeit seiner Kleidung schreckte die Schaulustigen schließlich ab, und so konnte er keine Leute finden, die es wagten, sich ihm anzuvertrauen. Dann kam er durch Zufall dazu,

Inserate für neue Arzneimittel zu übersetzen, die an englische Ärzte gesendet wurden. Während eines Streiks war er als Zimmermaler angestellt.

In all diesen Jahren hatte er nie aufgehört, sich künstlerisch zu betätigen, doch arbeitete er, der Ateliers überdrüssig, bald ganz für sich. Er war nie so arm gewesen, daß er sich keine Leinwand und Farbe kaufen konnte, und sonst brauchte er wirklich nichts. Soviel ich erkennen konnte, bereitete ihm das Malen große Schwierigkeit; und da er von niemandem Hilfe annehmen wollte, verlor er viel Zeit mit der Lösung technischer Probleme, die vorhergehende Generationen bereits alle gelöst hatten. Ich weiß nicht, wonach er strebte, und vielleicht wußte er es selber kaum; und der Eindruck, daß er ein Besessener war, verstärkte sich in mir. Er schien nicht ganz normal. Ich vermutete, er würde mir seine Bilder nicht zeigen, weil sie ihm selbst nicht viel bedeuteten. Er lebte in einem Traum, die Wirklichkeit bedeutete ihm nichts. Ich hatte das Gefühl, daß er mit der ganzen Kraft seiner starken Persönlichkeit an einer Leinwand arbeitete, blind für alles andere, um das zu erfassen, was er mit seinem geistigen Auge erblickte; und dann, wenn er fertig war, vielleicht nicht mit dem Bild, denn es kam mir vor, als vollende er nur selten ein Bild, sondern mit der Leidenschaft, die ihn antrieb, verlor er alles Interesse daran. Er war mit dem, was er gemacht hatte, nie zufrieden: es schien ihm bedeutungslos, verglichen mit der Vision, die seine Seele heimsuchte.

»Warum schicken Sie Ihre Bilder nie zu Ausstellungen?« fragte ich. »Ich nehme an, daß Sie gern wissen möchten, was die Leute davon halten.«

»Meinen Sie?«

Ich kann die unermeßliche Verachtung, die er in die beiden Worte legte, nicht beschreiben.

»Wollen Sie nicht berühmt werden? Das ist doch etwas, was den meisten Künstlern nicht gleichgültig ist.«

»Wie kann man sich aus der Meinung der Menge etwas machen, wenn man sich aus der Meinung des einzelnen nicht das geringste macht?«

»Nicht alle von uns sind vernünftig«, sagte ich lachend.

»Wer macht den Ruhm? Kritiker, Schriftsteller, Börsenmakler, Frauen.«

»Wäre es für Sie nicht angenehm, wenn Leute, die Sie nicht kennen und nie gesehen haben, aufgrund Ihrer Arbeit zarte und leidenschaftliche Gefühle haben? Jeder Mensch liebt die Macht. Ich kann mir keine wunderbarere Machtausübung vorstellen, als bei den Menschen Mitleid oder Schrecken hervorzurufen.«

»Wie melodramatisch.«

»Warum liegt Ihnen daran, ob Sie gut oder schlecht malen?«

»Mir liegt nichts daran. Ich will nur malen, was ich sehe.«

»Ich frage mich, ob ich auf einer einsamen Insel schreiben könnte, mit der Gewißheit, daß keine Augen außer den meinen jemals sehen werden, was ich geschrieben habe.«

Strickland schwieg lange, aber in seinen Augen war ein seltsames Leuchten, als sähe er etwas, das seine Seele in Ekstase versetzte.

»Manchmal denke ich an eine Insel, verloren im weiten Meer, wo ich in einem versteckten Tal zwischen fremdartigen Bäumen in Ruhe leben könnte. Dort, glaube ich, könnte ich finden, was ich suche.«

Er drückte sich nicht ganz so aus. Anstelle der Adjektive verwendete er Gesten, und er sprach stockend. Ich habe in meine eigenen Worte gekleidet, was er meiner Ansicht nach sagen wollte.

»Wenn Sie an die letzten fünf Jahre zurückdenken, glauben Sie dann, daß es sich gelohnt hat?« fragte ich.

Er schaute mich an, und ich merkte, daß er nicht wußte, was ich meinte. Ich erklärte es ihm.

»Sie haben ein behagliches Heim aufgegeben und ein Leben, das im großen und ganzen glücklich war. Sie waren ziemlich wohlhabend. In Paris scheint es Ihnen verdammt schlecht gegangen zu sein. Wenn Sie noch einmal die Wahl hätten, würden Sie dann das gleiche tun, was Sie getan haben?«

»Sehr wahrscheinlich.«

»Wissen Sie, daß Sie sich überhaupt nicht nach Ihrer Frau und nach Ihren Kindern erkundigt haben? Denken Sie nie an sie?«

»Nein.«

»Wenn Sie doch nicht so verdammt einsilbig wären! Haben Sie nie auch nur einen Augenblick lang all das Unglück bedauert, das Sie ihnen gebracht haben?«

Seine Lippen öffneten sich zu einem Lächeln, und er schüttelte den Kopf.

»Ich war der Ansicht, Sie müßten zuweilen an die Vergangenheit denken. Ich meine nicht die Zeit vor sieben oder acht Jahren, sondern noch weiter zurück, als Sie Ihre Frau kennenlernten, sie liebten und sie heirateten. Erinnern Sie sich nicht an die Freude, mit der Sie sie zum ersten Mal in die Arme nahmen?«

»Ich denke nicht an die Vergangenheit. Das einzig Wichtige ist die ewige Gegenwart.«

Ich dachte einen Augenblick lang über diese Antwort nach. Vielleicht war sie unverständlich, aber ich glaubte, ihre Bedeutung ungefähr zu erfassen.

»Sind Sie glücklich?« fragte ich.

»Ja.«

Ich schwieg. Ich blickte ihn nachdenklich an. Er hielt meinem starren Blick stand, und kurz darauf war ein zynisches Blitzen in seinen Augen.

»Ich fürchte, ich errege Ihr Mißfallen?«

»Unsinn«, antwortete ich rasch. »Die Boa constrictor erregt nicht mein Mißfallen; im Gegenteil, ihre seelischen Vorgänge interessieren mich.«

»Ist es ausschließlich berufliches Interesse, das Sie an mir nehmen?«

»Ausschließlich.«

»Es ist nur recht, daß ich nicht Ihr Mißfallen errege. Sie haben einen jämmerlichen Charakter.«

»Vielleicht fühlen Sie sich deshalb wohl in meiner Gegenwart«, gab ich zurück.

Er lächelte sarkastisch, sagte aber nichts. Ich wollte, ich könnte dieses Lächeln beschreiben. Ich kann nicht behaupten, daß es anziehend war, aber es erhellte sein Gesicht, verwandelte dessen Ausdruck, der gewöhnlich düster war, und verlieh ihm das Aussehen von gutartiger Listigkeit. Es war ein lange andauerndes Lächeln, das in den Augen begann und in ihnen wieder erlosch; es war sehr sinnlich, weder grausam noch freundlich, es erinnerte eher an die unmenschliche Heiterkeit eines Satyrs. Sein Lächeln veranlaßte mich, ihn zu fragen:

»Waren Sie, seitdem Sie nach Paris kamen, jemals verliebt?«

»Ich habe für solchen Unsinn keine Zeit. Das Leben ist nicht lang genug für Liebe und Kunst.«

»Sie machen nicht den Eindruck eines Einsiedlers.«

»All diese Sachen erfüllen mich mit Ekel.«

»Die menschliche Natur ist lästig, nicht wahr?« sagte ich.

»Warum kichern Sie?«

»Weil ich Ihnen nicht glaube.«

»Dann sind Sie ein verdammter Narr.«

Ich machte eine Pause und sah ihn forschend an.

»Was nützt es, wenn Sie mir etwas vorzumachen versuchen?« sagte ich.

»Ich weiß nicht, was Sie meinen.«

Ich lächelte.

»Ich will es Ihnen sagen. Ich stelle mir vor, daß Sie oft monatelang nicht daran denken und imstande sind, sich einzureden, Sie wären ein für allemal damit fertig. Sie freuen sich über Ihre Freiheit, und Sie haben das Gefühl, daß Ihre Seele endlich Ihnen gehört. Es ist Ihnen, als würden Sie über den Dingen stehen. Und dann, ganz plötzlich, können Sie es nicht mehr aushalten, und Sie merken, daß Ihre Füße die ganze Zeit im Schmutz gegangen sind. Und Sie wollen sich darin wälzen. Und Sie finden irgendeine Frau, gewöhnlich und gemein und vulgär, ein animalisches Geschöpf, in dem all das Grauenvolle des Geschlechtlichen offen zu Tage tritt, und fallen über sie her wie ein wildes Tier. Sie betrinken sich bis zur Besinnungslosigkeit.«

Er starrte mich an, ohne sich im geringsten zu bewegen. Ich hielt seinem Blick stand. Ich sprach sehr langsam.

»Ich will Ihnen sagen, was so seltsam daran ist; daß Sie sich nämlich, sobald es vorüber ist, außerordentlich rein fühlen. Sie fühlen sich wie ein körperloser Geist, immateriell; und Sie glauben, die Schönheit berühren zu können, als wäre sie ein greifbares Ding; und Sie fühlen sich mit dem Wind, den knospenden Bäumen und dem Schillern des Flusses innig verbunden. Sie fühlen sich Gott gleich. Können Sie mir das erklären?«

Er hielt seinen Blick auf mich gerichtet, bis ich zu Ende war, dann wandte er ihn ab. Sein Gesicht hatte einen seltsamen Ausdruck; und ich dachte, so mochte ein Mann aussehen, der unter der Folter gestorben ist. Er schwieg. Ich wußte, daß unser Gespräch beendet war.

22

Ich ließ mich in Paris nieder und begann, ein Stück zu schreiben. Ich führte ein sehr geregeltes Leben; am Vormittag arbeitete ich, und am Nachmittag schlenderte ich durch die Gärten des Luxembourg oder bummelte durch die Straßen. Ich verbrachte viele Stunden im Louvre, der freundlichsten aller Galerien und der geeignetsten, um nachzudenken; oder ich ging auf den Kais spazieren und blätterte in antiquarischen Büchern, die ich nie kaufen wollte. Hier und da las ich eine Seite und machte Bekanntschaft mit einer großen Menge Autoren, von denen es mir genügte, sie oberflächlich zu kennen. Abends besuchte ich Freunde. Ich sprach häufig bei den Stroeves vor und teilte zuweilen ihr bescheidenes Mahl. Dirk Stroeve war sehr stolz auf seine Geschicklichkeit bei der Zubereitung italienischer Gerichte, und ich gestehe, daß seine Spaghetti um vieles besser waren als seine Bilder. Es war ein wahres Fest, wenn er eine riesige Schüssel Spaghetti mit viel Tomatensauce hereinbrachte, und wir sie zusammen mit dem guten französischen Brot und einer Flasche Rotwein verzehrten. Ich wurde mit Blanche Stroeve allmählich vertrauter; und ich glaube, sie sah mich gern, weil ich Engländer war und sie in Paris wenige Engländer kannte. Sie war freundlich und natürlich, aber sie war meistens schweigsam, und ich hatte, ich weiß nicht warum, den Eindruck, daß sie etwas verberge. Aber ich dachte, daß es vielleicht nichts anderes als eine natürliche Zurückhaltung war, die durch die wortreiche Offenheit ihres Gatten betont wurde. Dirk verbarg niemals etwas. Er erörterte ohne Scheu die intimsten Angelegenheiten. Manchmal brachte er seine Frau in Verlegenheit; und das einzige Mal, als ich sie aus der Fassung sah, war, als er darauf bestand, mir zu erzählen, er habe ein Abführmittel genommen, und auf ziemlich realistische Einzelheiten einging. Angesichts des unerschütterlichen Ernstes, mit dem er von seinen Mißgeschicken erzählte, krümmte ich mich vor Lachen, und das vermehrte Mrs. Stroeves Erbitterung.

»Es hat den Anschein, du machst gern einen Narren aus dir«, sagte sie.

Seine runden Augen wurden noch runder, und er runzelte vor Schreck seine Stirn, als er sah, daß sie zornig war.

»Liebling, habe ich dich geärgert? Ich werde nie wieder eines nehmen. Ich habe es nur getan, weil mir so übel war. Ich führe eine sitzende Lebensweise. Ich mache mir nicht genug Bewegung. Seit drei Tagen war ich nicht . . .«

»Um Himmels willen, halt deinen Mund«, unterbrach sie ihn, mit Tränen der Wut in den Augen.

Sein Gesicht wurde länger, und er schmollte wie ein gescholtenes Kind. Er warf mir einen flehenden Blick zu, alles wieder in Ordnung zu bringen, aber ich war unfähig mich zu beherrschen und schüttelte mich vor Lachen.

Eines Tages gingen wir zu dem Händler, in dessen Laden er mir wenigstens zwei oder drei von Stricklands Bildern zeigen zu können glaubte, aber als wir dort waren, wurde uns gesagt, daß Strickland selbst sie weggebracht hatte. Der Händler wußte nicht, warum.

»Aber glauben Sie nicht, daß ich mich darüber aufrege. Ich habe sie genommen, um Monsieur Stroeve einen Gefallen zu tun, und ich habe gesagt, ich würde sie, wenn möglich, verkaufen. Aber in Wirklichkeit . . .« Er zuckte die Achseln. »Ich interessiere mich für die jungen Männer, aber *voyons*, Sie selbst, Monsieur Stroeve, glauben ja auch nicht an sein Talent.«

»Ich gebe Ihnen mein Ehrenwort, daß heute niemand malt, von dessen Begabung ich so sehr überzeugt bin. Glauben Sie mir, Sie bringen sich um ein gutes Geschäft. Eines Tages werden seine Bilder mehr wert sein als alles, was Sie in Ihrem Laden haben. Erinnern Sie sich an Monet, der niemanden fand, der ihm für seine Bilder hundert Francs geben wollte. Und was sind sie heute wert?«

»Stimmt. Aber damals gab es hundert ebenso gute Maler wie Monet, die ihre Bilder nicht verkaufen konnten und deren Bilder noch immer nichts wert sind. Wie kann man das wissen? Genügt es für den Erfolg, gut zu sein? Glauben Sie das nicht. *Du reste*, es muß sich erst herausstellen, daß dieser Freund von Ihnen gut ist. Niemand behauptet das von ihm außer Monsieur Stroeve.«

»Und woran wollen Sie dann erkennen, ob jemand gut ist?« fragte Dirk, rot vor Zorn.

»Da gibt es nur eine Möglichkeit – am Erfolg.«

»Philister«, rief Dirk.

»Aber denken Sie an die großen Künstler der Vergangenheit – Raphael, Michelangelo, Ingres, Delacroix –, sie alle waren erfolgreich.«

»Gehen wir«, sagte Stroeve zu mir, »oder ich bringe diesen Menschen um.«

23

Ich sah Strickland ziemlich häufig und spielte ab und zu Schach mit ihm. Seine Stimmung schwankte. Manchmal saß er stumm und in sich gekehrt da, ohne von jemandem Notiz zu nehmen; zu anderen Zeiten, wenn er guter Laune war, sprach er in der ihm eigenen schleppenden Art. Er sagte nie etwas besonders Gescheites, hatte aber eine Vorliebe für brutalen Sarkasmus, der sehr treffend war, und sagte immer genau das, was er dachte. Er kümmerte sich nicht um die Empfindungen anderer und freute sich, wenn er diese verletzte. Dirk Stroeve beleidigte er fortwährend so tief, daß dieser wegrannte und beteuerte, nie wieder mit ihm zu sprechen; aber in Strickland steckte eine Kraft, die den dicken Holländer gegen seinen Willen anzog, so daß er, schweifwedelnd wie ein tolpatschiger Hund, zurückkam, obwohl er wußte, daß seine einzige Begrüßung der Schlag sein würde, den er fürchtete.

Ich weiß nicht, warum sich Strickland mit mir abgab. Unsere Beziehung war sonderbar. Eines Tages bat er mich, ihm fünfzig Francs zu leihen.

»Ich denke nicht im Traum daran«, erwiderte ich.

»Warum nicht?«

»Es würde mir keinen Spaß machen.«

»Wissen Sie, ich bin in sehr großer Not.«

»Das macht mir nichts aus.«

»Macht es Ihnen nichts aus, wenn ich verhungere?«

»Warum in aller Welt sollte ich mir etwas daraus machen?« fragte ich meinerseits.

Er sah mich eine Zeitlang an und zupfte an seinem unordentlichen Bart. Ich lächelte ihm zu.

»Was belustigt Sie?« fragte er mit einem ärgerlichen Aufblitzen in den Augen.

»Sie sind so einfältig. Sie erkennen keine Verpflichtungen an. Niemand ist Ihnen gegenüber verpflichtet.«

»Wäre es Ihnen nicht unangenehm, wenn ich jetzt ginge und mich aufhängte, weil ich aus meinem Zimmer hinausgeworfen wurde, da ich die Miete nicht bezahlen konnte?«

»Nicht im geringsten.«

Er kicherte.

»Sie übertreiben. Wenn ich es wirklich täte, würden Sie von Gewissensbissen verfolgt werden.«

»Versuchen Sie es, dann werden wir sehen«, entgegnete ich.

In seinen Augen flackerte ein Lächeln; schweigend rührte er in seinem Absinth.

»Spielen wir eine Partie Schach?« fragte ich.

»Ich habe nichts dagegen.«

Wir stellten die Figuren auf, und als das Brett bereit war, betrachtete er es mit zufriedenem Blick. Man empfindet immer eine gewisse Genugtuung, wenn man seine Mannen kampfbereit sieht.

»Dachten Sie wirklich, ich würde Ihnen das Geld borgen?« fragte ich.

»Ich sehe nicht ein, warum Sie es nicht tun sollten.«

»Sie überraschen mich.«

»Wieso?«

»Es ist enttäuschend herauszufinden, daß Sie im Grunde sentimental sind. Sie hätten mir besser gefallen, wenn Sie nicht so offen an mein Mitgefühl appelliert hätten.«

»Ich hätte Sie verachtet, wenn Sie sich davon hätten rühren lassen«, antwortete er.

»Das klingt schon besser«, sagte ich lachend.

Wir begannen zu spielen. Wir vertieften uns beide ins Spiel. Als es fertig war, sagte ich zu ihm:

»Hören Sie, wenn Sie wirklich in Not sind, dann lassen Sie mich Ihre Bilder anschauen. Wenn mir etwas gefällt, werde ich es kaufen.«

»Scheren Sie sich zum Teufel!« antwortete er.

Er stand auf und wollte weggehen. Ich hielt ihn zurück.

»Sie haben Ihren Absinth nicht bezahlt«, sagte ich lächelnd.

Er fluchte, warf das Geld hin und ging weg.

Danach sah ich ihn einige Tage nicht, aber eines Abends, als ich im Café saß und Zeitung las, kam er her und setzte sich neben mich.

»Sie haben sich also doch nicht aufgehängt«, bemerkte ich.

»Nein. Ich habe einen Auftrag bekommen. Ich male für zweihundert Francs das Porträt eines ehemaligen Klempners.«[1]

»Wie haben Sie das fertiggebracht?«

»Die Frau, bei der ich mein Brot hole, hat mich empfohlen. Er hat ihr gesagt, er suche jemanden, der ihn male. Ich mußte ihr dafür zwanzig Francs geben.«

»Wie sieht er aus?«

»Großartig. Er hat ein großes rotes Gesicht wie eine Hammelkeule, und auf der rechten Wange hat er ein ungeheures Muttermal, auf dem lange Haare wachsen.«

Strickland war gut gelaunt, und als Dirk Stroeve kam und sich zu uns setzte, machte er die grausamsten Scherze mit ihm. Er besaß eine ungeahnte Geschicklichkeit, die Stellen herauszufinden, an denen der unglückliche Holländer am empfindlichsten war. Strickland gebrauchte nicht den Degen des Sarkasmus, sondern auch den Knüppel der Beschimpfung. Der Angriff war in keiner Weise herausgefordert worden, so daß der überraschte Stroeve ganz wehrlos war. Er glich einem verängstigten Schaf, das ziellos hin- und herläuft. Schließlich rannen ihm Tränen aus den Augen. Und das schlimmste daran war, daß es unmöglich war, nicht zu lachen, obwohl Strickland hassenswert und das Schauspiel schrecklich war. Dirk Stroeve gehörte zu den unglücklichen Menschen, deren aufrichtigste Gefühle lächerlich wirken.

Aber bei alledem ist, wenn ich an diesen Winter in Paris zurückdenke, meine angenehmste Erinnerung die an Dirk Stroeve. Sein kleiner Haushalt hatte etwas wirklich Bezauberndes. Er und seine Frau boten ein Bild, bei dem man im Geiste dankbar verweilt, und die Schlichtheit seiner Liebe zu ihr hatte etwas sehr Einnehmendes. Er blieb lächerlich, aber die Aufrichtigkeit seiner Leidenschaft weckte Sympathie. Ich konnte verstehen, wie seine Frau für ihn empfinden mußte, und freute mich, daß ihre Liebe so zärtlich war. Wenn sie Sinn für Humor hatte, mußte es sie belustigen, daß er sie auf ein Podest stellte und wahrhaft abgöttisch verehrte, aber selbst während sie darüber lachte, mußte es sie freuen und rühren. Er war der ewige Liebhaber, und auch wenn sie alt wurde

[1] Dieses Bild, ehemals im Besitz eines reichen Fabrikanten in Lille, der beim Einmarsch der Deutschen aus der Stadt floh, befindet sich jetzt in der Stockholmer Nationalgalerie. Der Schwede fischt gern im Trüben.

und ihre runden Formen und ihre heitere Anmut verlor, würde sie für ihn bestimmt immer die gleiche bleiben. Für ihn würde sie stets die lieblichste Frau auf der Welt sein. Die Ordnung, die in ihrem Zusammenleben herrschte, hatte etwas Anziehendes. Sie hatten außer dem Atelier nur ein Schlafzimmer und eine winzige Küche. Mrs. Stroeve erledigte die ganze Hausarbeit allein; und während Dirk schlechte Bilder malte, ging sie einkaufen, kochte das Mittagessen, nähte, beschäftigte sich den ganzen Tag wie eine fleißige Ameise; und am Abend saß sie im Atelier und nähte wieder, während Dirk Musikstücke spielte, die, dessen bin ich sicher, ihr Verständnis weit überstiegen. Er spielte gern, aber immer mit mehr Gefühlsaufwand, als gerechtfertigt war; in seine Musik floß sein rechtschaffenes, sentimentales, überschwengliches Wesen.

Ihr Leben war eine Art Idyll, von einer eigenartigen Schönheit. Die Lächerlichkeit, die allem anhaftete, was mit Dirk Stroeve im Zusammenhang stand, verlieh ihr eine seltsame Note, gleich einer unaufgelösten Dissonanz, machte sie aber auch in gewisser Beziehung moderner und menschlicher; wie ein derber Spaß, in eine ernste Szene eingestreut, erhöhte sie die Schärfe, die alle Schönheit besitzt.

24

Kurz vor Weihnachten kam Dirk Stroeve zu mir und lud mich ein, das Fest bei ihm zu feiern. Er hatte eine für ihn bezeichnende Vorliebe für diesen Tag und wollte ihn mit den entsprechenden Feierlichkeiten im Kreise seiner Freunde verbringen. Seit zwei oder drei Wochen hatte keiner von uns Strickland gesehen; ich nicht, weil ich mich Bekannten widmen mußte, die sich kurze Zeit in Paris aufhielten, und Stroeve nicht, weil er sich noch heftiger als sonst mit ihm gestritten hatte und nichts mehr mit ihm zu tun haben wollte. Strickland war unmöglich, und Stroeve hatte geschworen, nie wieder mit ihm zu sprechen. Aber die Weihnachtszeit stimmte ihn milde, und der Gedanke, daß Strickland den Weihnachtstag allein verbringen sollte, war ihm unangenehm; er übertrug seine eigenen Gefühle auf ihn und konnte den Gedanken nicht ertragen, daß der einsame Künstler am Feste der Brüderlichkeit seiner

Schwermut überlassen werden sollte. Stroeve hatte in seinem Atelier einen Christbaum aufgestellt, und ich vermutete, daß von den festlich geschmückten Zweigen lächerliche kleine Geschenke für uns herabhängen würden; aber er hatte Angst, Strickland wiederzusehen; es war ein wenig demütigend, solch unerhörte Beleidigungen so leicht zu verzeihen, und er wollte, daß ich bei der Aussöhnung, zu der er entschlossen war, anwesend war.

Wir gingen miteinander die Avenue de Clichy hinunter, aber Strickland war nicht im Café. Es war zu kalt, um draußen zu sitzen, und wir nahmen auf den Lederbänken im Inneren Platz. Es war heiß und stickig, und die Luft war grau von Rauch. Strickland kam nicht, doch nach kurzer Zeit sahen wir den französischen Maler, der gelegentlich mit ihm Schach spielte. Ich kannte ihn flüchtig, und er setzte sich an unseren Tisch. Stroeve fragte ihn, ob er Strickland gesehen hätte.

»Er ist krank«, erwiderte er. »Wußten Sie das nicht?«

»Ernst?«

»Sehr, soviel ich weiß.«

Stroeve wurde blaß.

»Warum hat er mir nicht geschrieben und es mir mitgeteilt? Wie dumm von mir, mit ihm zu streiten! Wir müssen sofort zu ihm gehen. Sicher hat er niemand, der sich um ihn kümmert. Wo wohnt er denn?«

»Ich habe keine Ahnung«, sagte der Franzose.

Es stellte sich heraus, daß keiner von uns wußte, wo er zu finden war. Stroeve wurde immer betrübter.

»Er könnte sterben, und keine Seele würde davon erfahren. Es ist furchtbar. Ich kann den Gedanken nicht ertragen. Wir müssen ihn so bald wie möglich finden.«

Ich versuchte Stroeve begreiflich zu machen, daß es sinnlos war, ziellos durch Paris zu eilen. Wir mußten zuerst einen Plan ausdenken.

»Ja, aber in der Zwischenzeit kann er sterben, und wenn wir hinkommen, ist es vielleicht zu spät.«

»Bleiben Sie sitzen und lassen Sie uns nachdenken«, sagte ich ungeduldig.

Die einzige Adresse, die ich kannte, war das Hôtel des Belges, aber Strickland hatte es längst verlassen, und niemand würde sich dort an ihn erinnern. Da er die fixe Idee hatte, seinen Aufenthaltsort geheimzuhalten, war es unwahrscheinlich, daß er beim Ausziehen gesagt hatte, wohin er gehen werde. Überdies waren seit damals fünf Jahre vergangen. Ich glaubte ziemlich sicher zu sein, daß er nicht weit weggezogen war. Da er weiterhin dasselbe Café besuchte wie damals, als er in dem Hotel gewohnt hatte, war es wahrscheinlich, daß es am günstigsten lag. Plötzlich erinnerte ich mich, daß er den Auftrag, ein Porträt zu malen, durch den Bäcker bekommen hatte, bei dem er sein Brot kaufte, und ich hatte die Idee, daß man dort seine Adresse erfahren könnte. Ich verlangte ein Adreßbuch und suchte die Bäcker heraus. In der unmittelbaren Nachbarschaft gab es fünf, und man mußte nur zu allen hingehen. Stroeve begleitete mich ungern. Sein Plan war, die Seitenstraßen der Avenue de Clichy abzulaufen und in jedem Haus zu fragen, ob Strickland dort wohne. Meine Methode erwies sich schließlich doch als erfolgreich, denn im zweiten Geschäft, in dem wir nach ihm fragten, bestätigte die Frau hinter dem Ladentisch, daß sie ihn kenne. Sie wußte nicht genau, wo er wohnte, aber es mußte in einem der drei Häuser gegenüber sein. Das Glück war uns hold, und im ersten, in dem wir es versuchten, sagte uns die Concierge, er wohne im obersten Stockwerk.

»Er scheint krank zu sein«, sagte Stroeve.

»Schon möglich«, antwortete die Concierge gleichmütig. »*En effet*, ich habe ihn seit einigen Tagen nicht gesehen.«

Stroeve rannte vor mir die Treppe hinauf, und als ich oben ankam, fand ich ihn im Gespräch mit einem Arbeiter in Hemdsärmeln, der die Tür geöffnet hatte, an die Stroeve geklopft hatte. Er zeigte auf eine andere Tür. Er glaubte, daß der Mann, der dort wohnte, Maler sei. Er hatte ihn seit einer Woche nicht gesehen. Stroeve tat so, als wollte er klopfen, drehte sich aber dann mit einer hilflosen Gebärde nach mir um. Ich sah, daß er von panischer Angst ergriffen war.

»Und wenn er tot ist?«

»Er nicht«, sagte ich.

Ich klopfte. Keine Antwort. Ich drückte auf die Klinke und fand die Tür unversperrt. Ich trat ein, und Stroeve folgte mir. Das Zimmer war dunkel. Ich konnte lediglich erkennen, daß es eine Mansarde mit einem schrägen Dach war; durch ein Dachfenster drang ein schwacher Schimmer, kaum mehr als ein weniger tiefes Dunkel.

»Strickland!« rief ich.

Keine Antwort. Es war wirklich ziemlich eigenartig, und Stroeve, der direkt hinter mir stand, schienen die Knie zu zittern. Einen Augenblick lang zögerte ich, ein Streichholz anzuzünden. In der Ecke konnte ich undeutlich ein Bett erkennen, und ich fragte mich, ob das Licht eine daraufliegende Leiche sichtbar machen würde.

»Haben Sie kein Zündholz, Sie Narr?«

Stricklands barsche Stimme, die aus der Dunkelheit kam, ließ mich zusammenfahren.

Stroeve schrie auf.

»O mein Gott, ich dachte, Sie wären tot.«

Ich zündete ein Streichholz an und sah mich nach einer Kerze um. Einen Augenblick lang sah ich ein winziges Zimmer, halb Schlafzimmer, halb Atelier, in dem nichts stand als ein Bett, Bilder, die mit der Vorderseite zur Wand gekehrt waren, eine Staffelei, ein Tisch und ein Sessel. Es gab keinen Teppich auf dem Fußboden und keinen Kamin. Auf dem von Farben, Spachteln und allerlei Kram bedeckten Tisch lag auch ein Kerzenstumpf. Ich zündete ihn an. Strickland lag zusammengekrümmt im Bett, weil es zu klein für ihn war, und hatte sich, um sich zu wärmen, mit allen seinen Kleidern zugedeckt. Man sah auf den ersten Blick, daß er hohes Fieber hatte. Stroeve ging zu ihm hin und sagte mit vor Erregung schwankender Stimme:

»Ach, mein armer Freund, was ist mit Ihnen los? Ich hatte keine Ahnung, daß Sie krank sind. Warum haben Sie es mich nicht wissen lassen? Ich hätte alles für Sie getan, was in meiner Macht steht. Haben Sie daran gedacht, was ich gesagt habe? Ich habe es nicht so gemeint. Ich hatte unrecht. Es war dumm von mir, es übelzunehmen.«

»Scheren Sie sich zum Teufel«, sagte Strickland.

»Jetzt seien Sie vernünftig. Ich will es Ihnen bequem machen. Haben Sie niemanden, der sich um Sie kümmert?«

Er blickte sich bestürzt in der schmutzigen Mansarde um und versuchte, das Bettzeug zu richten. Strickland, der mühsam atmete, schwieg verdrossen. Er warf mir einen ärgerlichen Blick zu. Ich stand ganz ruhig und schaute ihn an.

»Wenn Sie etwas für mich tun wollen, können Sie mir Milch holen«, sagte er schließlich. »Ich bin seit zwei Tagen nicht imstande aufzustehen.«

Neben dem Bett stand eine leere Flasche, in der Milch gewesen war, und auf einem Stück Zeitungspapier lagen ein paar Brotkrumen.

»Was haben Sie gegessen?« fragte ich.

»Nichts.«

»Seit wann?« rief Stroeve. »Wollen Sie damit sagen, daß Sie seit zwei Tagen nichts gegessen und getrunken haben? Das ist schrecklich.«

»Ich habe Wasser getrunken.«

Sein Blick ruhte einen Augenblick lang auf einer großen Kanne, die in Reichweite stand.

»Ich werde sofort gehen«, sagte Stroeve. »Möchten Sie irgend etwas?«

Ich schlug vor, ein Fieberthermometer, Weintrauben und Brot zu kaufen. Stroeve, glücklich, sich nützlich machen zu können, polterte die Treppe hinunter.

»Verfluchter Narr!« murmelte Strickland.

Ich fühlte ihm den Puls. Er schlug schnell und schwach. Dann stellte ich ihm ein paar Fragen, aber er antwortete nicht, und als ich in ihn drang, drehte er sein Gesicht gereizt zur Wand. Es blieb mir nichts übrig, als schweigend zu warten. Nach zehn Minuten kam Stroeve keuchend zurück. Außer dem, was ich vorgeschlagen hatte, brachte er Kerzen, Fleischbrühe und eine Spirituslampe. Er war ein praktischer kleiner Kerl und begann unverzüglich, eine Milchsuppe mit eingebrocktem Brot zuzubereiten. Ich maß Stricklands Temperatur. Er hatte über vierzig. Offenbar war er sehr krank.

25

Bald darauf verließen wir ihn. Dirk wollte nach Hause zum Abendessen, und ich hatte vor, einen Arzt aufzutreiben und ihn zu Strickland zu bringen. Aber als wir aus der muffigen Mansarde auf die Straße hinunter in die frische Luft kamen, bat mich der Holländer, gleich mit ihm in sein Atelier zu gehen. Er hatte etwas im Sinn, das er mir nicht sagen wollte, aber er bestand darauf, daß ich ihn unbedingt begleiten müsse. Da ich nicht glaubte, daß ein Arzt im Augenblick mehr tun könnte, als wir schon getan hatten, willigte ich ein. Blanche Stroeve deckte gerade den Tisch. Dirk ging auf sie zu und nahm sie bei den Händen.

»Liebste, du mußt mir einen Gefallen tun«, sagte er.

Sie schaute ihn mit der ernsten Heiterkeit an, die einer ihrer Reize war. Sein rotes Gesicht glänzte vor Schweiß, und er sah in seiner Aufregung komisch aus, aber seine runden, erstaunten Augen glänzten ungeduldig.

»Strickland ist schwer krank. Er kann sterben. Er liegt allein in einer schmutzigen Dachstube, und kein Mensch kümmert sich um ihn. Ich möchte, daß du mir erlaubst, ihn herzubringen.«

Sie zog ihre Hände schnell zurück – ich hatte sie noch nie eine so jähe Bewegung machen sehen –, und ihre Wangen färbten sich rot.

»O nein.«

»Ach, mein Liebes, sag nicht nein. Ich könnte es nicht ertragen, ihn dort zu lassen, wo er ist. Ich müßte immer an ihn denken und könnte nicht schlafen.«

»Ich habe ja nichts dagegen, wenn du ihn pflegst.«

Ihre Stimme klang kalt und abweisend.

»Aber er wird sterben.«

Stroeve rang nach Atem. Er wischte sich sein Gesicht ab. Er wandte sich flehend zu mir um, aber ich wußte nicht, was ich sagen sollte.

»Er ist ein großer Künstler.«

»Was geht mich das an? Ich hasse ihn.«

»Ach, meine Liebe, mein Schatz, das meinst du nicht im Ernst. Ich flehe dich an, erlaube mir, ihn herzubringen. Wir können es ihm bequem machen. Vielleicht können wir ihn retten. Er wird dir keine Unannehmlichkeit bereiten. Ich werde alles tun. Wir werden ihm im Atelier ein Bett aufstellen. Wir können ihn nicht wie einen Hund sterben lassen. Das wäre unmenschlich.«

»Warum kann er nicht in ein Krankenhaus gehen?«

»Ein Krankenhaus! Er braucht die Pflege liebender Hände. Er muß mit unendlichem Feingefühl behandelt werden.«

Ich war überrascht zu sehen, wie erregt sie war. Sie deckte den Tisch weiter, aber ihre Hände zitterten.

»Du machst mich richtig böse. Glaubst du, daß er, wenn du krank wärst, einen Finger rühren würde, um dir zu helfen?«

»Aber was macht das aus? Ich hätte doch dich zur Pflege. Es wäre nicht notwendig. Und außerdem, mit mir ist das etwas anderes; ich bin unwichtig.«

»Du hast nicht mehr Rückgrat als ein Straßenköter. Du legst dich auf den Boden und bittest die Leute, dich mit Füßen zu treten.«

Stroeve stieß ein kurzes Lachen aus. Er glaubte den Grund für die Haltung seiner Frau zu kennen.

»Ach, mein armer Schatz, du denkst an den Tag, an dem er hierherkam, um meine Bilder anzusehen. Was macht es aus, wenn er sie für schlecht hielt? Es war dumm von mir, sie ihm zu zeigen. Ich gebe zu, daß sie nicht besonders gut sind.«

Er blickte sich traurig im Atelier um. Auf der Staffelei stand das halbfertige Bild eines lächelnden italienischen Bauern, der eine Weintraube über den Kopf eines dunkeläugigen Mädchens hielt.

»Selbst wenn sie ihm nicht gefielen, hätte er höflich sein sollen. Er durfte dich nicht beleidigen. Er hat dir seine Verachtung gezeigt, und du leckst ihm noch die Hand dafür. Oh, ich hasse ihn!«

»Liebes Kind, er hat Genie. Du meinst doch nicht, daß ich mir einbilde, auch Genie zu haben. Ich wünschte, ich hätte es; aber ich erkenne es, wenn ich es sehe, und ich verehre es mit meinem ganzen Herzen. Es ist das Wunderbarste auf der Welt. Es ist eine schwere Bürde für die, welche es besitzen. Wir sollten ihnen gegenüber sehr nachsichtig und sehr geduldig sein.«

Etwas bestürzt über die häusliche Szene stand ich abseits und fragte mich, warum Stroeve darauf bestanden hatte, daß ich ihn begleitete. Ich sah, daß seine Frau den Tränen nahe war.

»Aber nicht nur weil er ein Genie ist, bitte ich dich, mir zu erlauben, ihn herzubringen, sondern weil er ein Mensch ist, ein armer kranker Mensch.«

»Er kommt mir unter keinen Umständen ins Haus – unter keinen Umständen.«

Stroeve wandte sich an mich.

»Sagen Sie ihr, daß es um Leben und Tod geht. Es ist unmöglich, ihn in diesem erbärmlichen Loch zu lassen.«

»Es ist ganz klar, daß es viel leichter wäre, ihn hier zu pflegen«, sagte ich, »aber natürlich würde es viele Ungelegenheiten bereiten. Ich vermute, daß Tag und Nacht jemand bei ihm sein muß.«

»Meine Liebe, du gehörst doch nicht zu den Menschen, die einer kleinen Unannehmlichkeit ausweichen.«

»Wenn er herkommt, werde ich gehen«, sagte Mrs. Stroeve heftig.

»Ich erkenne dich nicht wieder. Du bist doch sonst so gut und freundlich.«

»Ach, um Himmels willen, laß mich in Ruhe. Du machst mich rasend.«

Dann brach sie in Tränen aus. Sie sank auf einen Stuhl und vergrub ihr Gesicht in den Händen. Ihre Schultern zuckten krampfhaft. Im nächsten Augenblick kniete Dirk neben ihr, umschlang sie, küßte sie, gab ihr die verschiedensten Kosenamen, und die locker sitzenden Tränen rannen ihm über die Wangen. Doch sie befreite sich und wischte sich die Augen ab.

»Laß mich in Ruhe«, sagte sie nicht unfreundlich; dann wandte sie sich zu mir, mit dem Versuch eines Lächelns: »Was müssen Sie von mir denken?«

Stroeve blickte sie bestürzt an und zögerte. Seine Stirn war gerunzelt, und seine roten Lippen spitzten sich. Er erinnerte seltsam an ein beunruhigtes Meerschweinchen.

»Dann heißt es also nein, Liebling?« sagte er schließlich.

Sie machte eine müde Geste. Sie war erschöpft.

»Es ist dein Atelier. Alles gehört dir. Wenn du ihn herbringen willst, kann ich dich nicht daran hindern.«

Ein plötzliches Lächeln erhellte sein rundes Gesicht.

»Dann willigst du ein? Ich wußte es ja. O mein Schatz!«

Plötzlich fuhr sie auf. Sie sah ihn mit verstörtem Blick an. Sie preßte ihre Hände ans Herz, als wäre ihr sein Schlagen unerträglich.

»Ach, Dirk, seit wir uns kennen, habe ich dich noch nie gebeten, etwas für mich zu tun.«

»Du weißt, es gibt nichts auf der Welt, was ich für dich nicht tun würde.«

»Ich bitte dich, bring Strickland nicht her. Jeden anderen, den du willst. Bring einen Dieb, einen Trunkenbold, einen Landstreicher, und ich verspreche dir, ich werde alles, was ich kann, freudig für sie tun. Aber ich flehe dich an, bring Strickland nicht her.«

»Aber warum?«

»Ich fürchte mich vor ihm. Ich weiß nicht warum, aber er hat etwas an sich, das mich erschreckt. Er wird Unglück bringen. Ich fühle es. Ich weiß es. Wenn du ihn herbringst, kann es nur ein böses Ende nehmen.«

»Wie unvernünftig!«

»Nein, nein. Ich weiß, daß ich recht habe. Etwas Schreckliches wird geschehen.«

»Weil wir eine gute Tat tun?«

Sie atmete jetzt schwer und in ihrem Gesicht lag eine unerklärliche Angst. Ich weiß nicht, was sie dachte. Ich hatte das Gefühl, daß sie von einer unbestimmten Furcht besessen war, die ihr alle Selbstbeherrschung raubte. Für gewöhnlich war sie so ruhig; ihre Erregung war überraschend. Stroeve sah sie eine Zeitlang bestürzt an.

»Du bist meine Frau, ich liebe dich mehr als alles auf der Welt. Niemand soll zu uns kommen, ohne deine ausdrückliche Einwilligung.«

Sie schloß einen Augenblick lang die Augen, und ich dachte, sie würde ohnmächtig. Ich ärgerte mich ein wenig über sie. Ich hatte nicht erwartet, daß sie eine solch neurotische Frau war. Dann hörte ich wieder Stroeves Stimme. Sie klang seltsam in der herrschenden Stille.

»Warst du nicht auch einmal in bitterer Not und eine helfende Hand streckte sich dir entgegen? Du weißt, was das bedeutet. Würdest du nicht gern jemandem eine Gefälligkeit erweisen, wenn du die Gelegenheit hättest?«

Die Worte waren ziemlich gewöhnlich, und für mich lag darin etwas so Ermahnendes, daß ich beinahe lächeln mußte. Ich war erstaunt über die Wirkung, die sie auf Blanche Stroeve hatten. Sie zuckte ein wenig zusammen und blickte ihren Gatten lange an. Seine Augen waren auf den Boden geheftet. Ich weiß nicht, warum er verlegen zu sein schien. Ein leichtes Rot färbte ihre Wangen, dann aber wurde ihr Gesicht blaß, gespenstisch; man hatte das Gefühl, daß sich das Blut von der gesamten Oberfläche ihres Körpers zurückgezogen hatte; sogar ihre Hände waren bleich. Ein Schauer durchrann sie. Das Schweigen in dem Atelier schien Gestalt anzunehmen, fast körperlich greifbar zu werden. Ich war bestürzt.

»Bring Strickland her, Dirk. Ich werde mein Bestes für ihn tun.«

»Mein Schatz«, sagte er lächelnd.

Er wollte sie in seine Arme nehmen, aber sie wich ihm aus.

»Laß die Zärtlichkeiten vor Fremden, Dirk«, sagte sie. »Ich komme mir dabei so albern vor.«

Sie benahm sich wieder ganz normal, und niemand hätte vermuten können, daß sie kurz vorher so leidenschaftlich erregt gewesen war.

26

Am nächsten Tag übersiedelten wir Strickland. Es bedurfte fester Entschlossenheit und noch größerer Geduld, ihn zum Kommen zu bewegen, aber er war in der Tat zu krank, um Stroeves dringenden Bitten und meiner Entschlossenheit wirksamen Widerstand entgegenzusetzen. Wir zogen ihn an, während er leise fluchte, brachten ihn die Treppe hinunter, in eine Droschke und endlich in Stroeves Atelier. Als wir dort ankamen war er so erschöpft, daß er uns wortlos erlaubte, ihn ins Bett zu legen. Er war sechs Wochen krank. Einmal sah es so aus, als hätte er nur noch wenige Stunden zu leben, und ich bin überzeugt, daß er ohne die Hartnäckigkeit des Holländers nicht durchgekommen wäre. Ich habe nie einen schwierigeren Patienten gekannt. Nicht daß er anspruchsvoll und unzufrieden gewesen wäre; im Gegenteil, er beklagte sich nie, bat um nichts, war vollkommen ruhig, aber er schien die Sorge, die man sich um ihn machte, übelzunehmen; alle Fragen nach seinem Befinden oder seinen Wünschen beantwortete er mit Sticheleien, einer höhnischen Bemerkung oder einem Fluch. Ich fand ihn abscheulich, und sobald er außer Gefahr war, zögerte ich nicht, es ihm zu sagen.

»Scheren Sie sich zum Teufel«, antwortete er kurz.

Dirk Stroeve gab seine Arbeit ganz auf und pflegte Strickland zärtlich und teilnahmsvoll. Er verstand sich darauf, es ihm behaglich zu machen, und zeigte eine Geschicklichkeit, ihn zum Einnehmen der vom Arzt verordneten Medizinen zu überreden, die ich ihm nie zugetraut hätte. Keine Mühe war ihm zu groß. Obwohl seine Mittel für seine Bedürfnisse und die seiner Frau ausreichten, hatte er bestimmt kein Geld zum Verschwenden; aber jetzt war er äußerst großzügig beim Kauf von nicht saisongemäßen und daher teuren Leckerbissen, die Stricklands unberechenbaren Appetit reizen mochten. Ich werde nie die Ausdauer vergessen, mit der er ihn überredete, etwas zu sich zu nehmen. Stricklands Grobheit verstimmte ihn nie; wenn er mürrisch war, schien er keine Notiz davon zu nehmen; wenn er aggressiv war, lachte er nur vergnügt. Als es Strickland wieder etwas besser ging und er sich damit amüsierte, Dirk auszulachen, machte dieser absichtlich lächerliche Dinge, um seinen Spott zu erregen. Dabei warf er mir kurze glückliche Blicke zu, um mir zu verstehen zu geben, um wieviel besser es dem Patienten ging. Stroeve war einzigartig.

Am meisten aber überraschte mich Blanche. Sie erwies sich nicht nur als fähige, sondern als eine hingebungsvolle Krankenpflegerin. Nichts an ihr erinnerte daran, daß sie sich gegen den Wunsch ihres Mannes, Strickland ins Atelier zu bringen, so leidenschaftlich gewehrt hatte. Sie bestand darauf, ihren Teil zur Pflege des Kranken beizutragen. Sie machte sein Bett so, daß es möglich war, das Leintuch zu wechseln, ohne ihn zu stören. Sie wusch ihn. Als ich ihre Tüchtigkeit erwähnte, sagte sie mir mit dem ihr eigenen freundlichen Lächeln, daß sie einige Zeit in einem Krankenhaus gearbeitet habe. Nichts deutete darauf hin, daß sie Strickland so ungeheuer haßte. Sie sprach nicht viel mit ihm, aber sie las ihm jeden Wunsch von den Augen ab. Zwei Wochen lang war es nötig, daß die ganze Nacht über jemand bei ihm blieb; sie übernahm diese Aufgabe abwechselnd mit ihrem Gatten. Ich fragte mich, was sie während dieser langen dunklen Nächte, die sie an seinem Bette saß, dachte. Strickland sah unheimlich aus, wie er, magerer denn je, mit seinem zerzausten roten Bart und den fiebrig ins Leere starrenden Augen dalag; durch seine Krankheit schienen sie größer geworden, und ein unnatürliches Leuchten war in ihnen.

»Spricht er in der Nacht jemals mit Ihnen?« fragte ich sie einmal.

»Nie.«

»Haben Sie noch immer eine solche Abneigung gegen ihn wie vorher?«

»Mehr denn je.«

Sie schaute mich mit ihren ruhigen grauen Augen an. Ihr Ausdruck war so gelassen, und es war kaum zu glauben, daß sie einer so heftigen Erregung fähig war, wie ich sie mit eigenen Augen gesehen hatte.

»Hat er sich jemals für das, was Sie für ihn tun, bedankt?«

»Nein«, sagte sie lächelnd.

»Er ist ein Unmensch.«

»Er ist ein Scheusal.«

Stroeve war natürlich entzückt von ihr. Er konnte sich nicht genug tun, ihr seine Dankbarkeit für die aufrichtige Hingabe zu zeigen, mit der sie die Pflichten auf sich nahm, die er ihr aufgebürdet hatte. Aber das Benehmen von Blanche und Strickland verwirrte ihn ein wenig.

»Wissen Sie, ich habe gesehen, daß sie oft stundenlang beisammensitzen, ohne ein Wort zu sagen.«

Eines Tages, als es Strickland bereits so viel besser ging, daß er ein oder zwei Tage darauf aufstehen wollte, saß ich bei ihnen im Atelier. Dirk und ich sprachen miteinander. Mrs. Stroeve nähte, und ich glaubte es sei Stricklands Hemd, das sie ausbesserte. Er lag auf dem Rücken; er sprach kein Wort. Einmal sah ich, wie seine Augen auf Blanche Stroeve gerichtet waren; und eine seltsame Ironie lag in seinem Blick. Sie fühlte seinen Blick, sah auf, und einen Augenblick lang starrten die beiden einander an. Ihr Ausdruck war mir unverständlich. In ihren Augen war eine seltsame Verlegenheit, und vielleicht – aber warum? – Bestürzung. Gleich darauf schaute Strickland weg und sah teilnahmslos zur Zimmerdecke, sie aber starrte ihn weiter an, und ihr Blick war jetzt völlig rätselhaft.

Einige Tage später begann Strickland aufzustehen. Er war nichts als Haut und Knochen. Seine Kleider hingen an ihm wie Fetzen an einer Vogelscheuche. Sein ungepflegter Bart, die langen Haare, die immer schon ein wenig überlebensgroßen, jetzt noch durch die Krankheit schärfer hervortretenden Gesichtszüge verliehen ihm ein außergewöhnliches Aussehen, aber es war sonderbar, daß es trotzdem nicht häßlich war. In dieser Plumpheit lag etwas Monumentales. Ich weiß nicht, wie ich den Eindruck, den er auf mich machte, wiedergeben soll. Es war nicht eigentlich Geistigkeit, die sich offenbarte, obwohl die Hülle des Fleisches fast durchscheinend war, denn in seinem Gesicht lag eine übermäßige Sinnlichkeit; und doch schien diese Sinnlichkeit irgendwie durchgeistigt. In ihm war etwas Ursprüngliches. Er schien an jenen dunklen Naturkräften teilzuhaben, welche die alten Griechen in Gestalten, halb Mensch, halb Tier, dem Satyr und dem Faun verkörperten. Ich dachte an Marsyas, dem der Gott die Haut abzog, weil er es gewagt hatte, ihm im Gesang gleichzukommen. Strickland schien in seinem Herzen seltsame Harmonien und unentdeckte Bilder zu tragen, ich sah für ihn ein Ende mit Qual und Verzweiflung voraus. Wieder hatte ich das Gefühl, daß er vom Teufel besessen war; und doch konnte man nicht sagen, daß es ein böser Teufel war, denn es war eine ursprüngliche Kraft, die jenseits von Gut und Böse lag.

Er war noch zu schwach, um zu malen, und so saß er schweigend in Gott weiß was für Träume versunken oder lesend im Atelier. Die Bücher, die er mochte, waren sonderbar; manchmal fand ich ihn in die Gedichte von Mallarmé vertieft, und er las sie, wie ein Kind liest, die Wörter mit den Lippen formend, und ich fragte mich, welch unbekannte Gefühle ihm diese subtilen Rhythmen und dunklen Worte vermittelten; ein anderes Mal fand ich ihn gefesselt von den Kriminalromanen Gaboriaus. Es amüsierte mich, daß sich in der Wahl seiner Bücher die unvereinbaren Seiten seiner phantastischen Natur deutlich zeigten. Sonderbarerweise dachte er selbst in seinem geschwächten Zustand nicht an Bequemlichkeit. Stroeve liebte die Bequemlichkeit, und in seinem Atelier standen zwei gepolsterte Lehnstühle und ein großer Diwan. Strickland mied sie, nicht aufgrund eines gespielten Stoizismus, denn ich fand ihn, als ich eines Tages ins Atelier kam und er allein war, auf einem dreibeinigen Hocker sitzen, sondern weil er sie nicht mochte. Am liebsten saß er auf einem Küchenstuhl ohne Armlehne. Sein Anblick ärgerte mich oft. Ich habe nie einen Menschen gekannt, dem seine Umgebung so völlig gleichgültig war.

27

Zwei bis drei Wochen vergingen. Eines Morgens, nachdem ich einen Abschnitt meiner Arbeit beendet hatte, gedachte ich mir einen freien Tag zu gönnen. Ich ging in den Louvre. Ich wanderte umher, betrachtete die Bilder, die ich so gut kannte, und überließ meine Phantasie dem Spiel mit den Gefühlen, die sie hervorriefen. Als ich die lange Galerie betrat, sah ich plötzlich Stroeve. Ich lächelte, denn seine runde und doch so lebhafte Erscheinung erheiterte mich immer. Und als ich näher kam, bemerkte ich, daß er sehr unglücklich zu sein schien. Er sah betrübt aus und doch lächerlich, wie ein Mann, der in allen seinen Kleidern ins Wasser gefallen ist und der das Gefühl hat, nur wie ein Narr auszusehen, obwohl er gerade erst dem Leben zurückgegeben wurde. Er drehte sich um, starrte mich an, aber ich merkte, daß er mich nicht sah. Seine runden blauen Augen blickten gequält durch die Brillengläser.

»Stroeve«, sagte ich.

Er zuckte zusammen und lächelte dann, aber sein Lächeln war kläglich.

»Warum faulenzen Sie auf so schändliche Weise?« fragte ich fröhlich.

»Es ist schon lange her, daß ich im Louvre war. Ich wollte sehen, ob es etwas Neues gibt.«

»Aber Sie haben mir gesagt, Sie müßten in dieser Woche ein Bild fertig malen.«

»Strickland malt in meinem Atelier.«

»Na und?«

»Ich habe es ihm selbst vorgeschlagen. Er ist nicht kräftig genug, um schon nach Hause zurückzukehren. Ich dachte, wir könnten dort beide malen. Es gibt in dem Viertel eine Menge Leute, die ein Atelier teilen. Ich dachte, es wäre lustig. Ich habe mir immer vorgestellt, es müsse angenehm sein, jemanden zum Plaudern zu haben, wenn man müde von der Arbeit ist.«

All das sagte er langsam, und nach jedem Satz machte er eine kurze verlegene Pause. Seine freundlichen närrischen Augen hielt er auf mich gerichtet. Sie waren voller Tränen.

»Ich glaube, ich verstehe Sie nicht«, sagte ich.

»Strickland kann nicht arbeiten, wenn noch jemand im Atelier ist.«

»Verdammt noch einmal, es ist Ihr Atelier! Er muß sich doch nach Ihnen richten.«

Er blickte mich traurig an. Seine Lippen bebten.

»Was ist geschehen?« fragte ich ziemlich scharf.

Er zögerte und wurde rot. Unglücklich starrte er auf eines der Bilder an der Wand.

»Er ließ mich nicht weitermalen. Er sagte, ich solle verschwinden.«

»Aber warum haben Sie ihm nicht gesagt, er soll sich zum Teufel scheren?«

»Er hat mich hinausgeworfen. Ich konnte doch nicht gut mit ihm kämpfen. Er hat mir meinen Hut nachgeworfen und die Tür zugesperrt.«

Ich war wütend auf Strickland und zornig über mich selbst, weil Dirk Stroeve eine so lächerliche Figur machte und ich beinahe lachen mußte.

»Und was hat Ihre Frau gesagt?«

»Sie war weggegangen, um einzukaufen.«

»Wird er sie hineinlassen?«

»Ich weiß es nicht.«

Ich starrte Stroeve ganz verblüfft an. Er stand da wie ein Schüler, an dem der Lehrer etwas auszusetzen hat.

»Soll ich Strickland hinauswerfen?« fragte ich.

Er zuckte ein wenig zusammen, und sein glänzendes Gesicht wurde dunkelrot.

»Nein. Sie sollten lieber nichts unternehmen.«

Er nickte mir zu und ging weg. Es war klar, daß er aus irgendeinem Grund über die Sache nicht weiter reden wollte. Ich verstand nichts mehr.

28

Die Erklärung kam eine Woche später. Es war etwa zehn Uhr abends; ich hatte in einem Restaurant allein gegessen und saß, nachdem ich in meine kleine Wohnung zurückgekehrt war, lesend im Wohnzimmer. Ich hörte das schrille Klingeln der Glocke, ging in den Korridor und öffnete die Tür. Stroeve stand vor mir.

»Darf ich reinkommen?« fragte er.

Im Dunkel des Treppenhauses konnte ich ihn nicht gut sehen, aber in seiner Stimme war etwas, das mich überraschte. Wenn ich nicht gewußt hätte, daß er nicht trank, hätte ich gedacht, daß er betrunken war. Ich führte ihn ins Wohnzimmer und bat ihn, Platz zu nehmen.

»Gott sei Dank, daß ich Sie angetroffen habe«, sagte er.

»Was ist denn los?« fragte ich, erstaunt über seine Heftigkeit.

Jetzt betrachtete ich ihn genauer. Gewöhnlich hatte er ein gepflegtes Äußeres, jetzt aber waren seine Kleider in Unordnung. Er sah plötzlich schmutzig aus. Ich war überzeugt, daß er getrunken hatte, und ich lächelte. Ich war im Begriff, ihn wegen seines Zustands aufzuziehen.

»Ich wußte nicht, wohin ich gehen sollte«, platzte er heraus. »Ich war schon früher hier, aber Sie waren nicht zu Hause.«

»Ich habe spät zu Abend gegessen«, sagte ich.

Ich änderte meine Meinung: nicht der Alkohol hatte ihn in diese offensichtliche Verzweiflung getrieben. Sein Gesicht, das sonst rosig aussah, war jetzt seltsam fleckig. Seine Hände zitterten.

»Ist etwas passiert?« fragte ich.

»Meine Frau hat mich verlassen.«

Er brachte die Worte nur mit Mühe hervor. Er atmete schwer, und Tränen begannen über seine runden Backen herabzurinnen. Ich wußte nicht, was ich sagen sollte. Mein erster Gedanke war, daß ihr seine Vernarrtheit in Strickland zuviel geworden war und daß sie, aufgrund seines neuesten zynischen Benehmens, darauf bestanden hatte, daß er hinausgeworfen werden sollte. Ich wußte, daß sie trotz ihrer ruhigen Art temperamentvoller Ausbrüche fähig war; und da sich Stroeve noch immer weigerte, war sie ohne Zweifel mit dem Schwur, nie wiederzukehren, aus dem Atelier gestürzt. Aber der kleine Mann war so tief betrübt, daß mir das Lächeln verging.

»Mein lieber Freund, seien Sie doch nicht unglücklich. Sie wird zurückkommen. Sie dürfen das, was Frauen im Zorn sagen, nicht so ernst nehmen.«

»Sie verstehen das nicht. Sie liebt Strickland.«

»Was?« Ich war entsetzt, aber dann verwarf ich den Gedanken als völlig absurd. »Wie können Sie nur so dumm sein! Wollen Sie sagen, daß Sie auf Strickland eifersüchtig sind?« Ich lachte beinahe. »Sie wissen sehr genau, daß sie ihn nicht ausstehen kann.«

»Sie verstehen das nicht«, stöhnte er.

»Sie sind ein hysterischer Narr«, sagte ich ein wenig ungeduldig. »Trinken Sie ein Glas Whisky mit Soda, und Sie werden sich besser fühlen.«

Ich nahm an, daß Dirk sich aus irgendeinem Grund – und Gott weiß, welche Findigkeit Männer besitzen, um sich selber zu quälen – in den Kopf gesetzt hatte, daß sich seine Frau etwas aus Strickland machte, und mit dem ihm eigenen Talent, sich ungeschickt zu benehmen, hatte er sie vielleicht so beleidigt, daß sie, um ihn zu ärgern, bewußt seinen Verdacht bestärkt hatte.

»Hören Sie«, sagte ich, »gehen wir in Ihr Atelier zurück. Wenn Sie sich töricht benommen haben, müssen Sie sich entschuldigen. Ihre Frau scheint mir nicht zu der Sorte von Frauen zu gehören, die jemandem etwas nachtragen.«

»Wie kann ich denn ins Atelier zurückgehen?« sagte er matt. »Sie sind doch dort. Ich habe es ihnen überlassen.«

»Dann hat nicht Ihre Frau Sie, sondern Sie haben Ihre Frau verlassen.«

»Um Himmels willen, reden Sie doch nicht so mit mir.«

Noch immer konnte ich ihn nicht ernst nehmen. Nicht einen Augenblick lang glaubte ich, was er mir erzählt hatte. Aber offensichtlich war er zutiefst verzweifelt.

»Da Sie hergekommen sind, um mit mir darüber zu reden, sollten Sie mir schon die ganze Geschichte erzählen.«

»Heute nachmittag konnte ich es nicht mehr aushalten. Ich ging zu Strickland und sagte ihm, er sei gesund genug, um nach Hause zurückzukehren. Ich brauchte das Atelier selbst.«

»Niemandem außer Strickland hätte man das sagen müssen«, sagte ich. »Was sagte er?«

»Er lachte kurz auf. Sie wissen, wie er lacht, nicht, als wäre er amüsiert, sondern als wäre man ein verdammter Narr. Er sagte, er gehe sofort. Er begann seine Sachen zusammenzupacken. Sie erinnern sich, daß ich das aus seinem Zimmer holte, was er meiner Meinung nach brauchen würde.

Er bat Blanche um Packpapier und ein Stück Schnur, um ein Paket zu machen.«

Stroeve schwieg, rang nach Atem, und ich glaubte, er würde ohnmächtig. Das war nun wirklich nicht die Geschichte, die ich erwartet hatte.

»Sie war sehr blaß, aber sie brachte das Papier und die Schnur. Er sagte nichts. Er machte das Paket und pfiff vor sich hin. Er nahm keine Notiz von uns beiden. In seinen Augen war ein ironisches Lächeln. Mein Herz war schwer wie Blei. Ich fürchtete, daß etwas passieren würde, und wünschte, ich hätte nichts gesagt. Er sah sich nach seinem Hut um. Dann sprach sie: ›Dirk, ich gehe mit Strickland‹, sagte sie. ›Ich kann nicht mehr mit dir leben.‹ Ich versuchte zu sprechen, aber ich fand keine Worte. Strickland sagte überhaupt nichts. Er pfiff weiter, als hätte es nichts mit ihm zu tun.«

Wieder hielt Stroeve inne und wischte sich sein Gesicht ab. Ich verhielt mich ganz still. Ich glaubte ihm jetzt. Aber trotzdem konnte ich es nicht begreifen.

Dann erzählte er mir mit zitternder Stimme, während ihm die Tränen über die Wangen liefen, wie er zu ihr hingegangen war und versucht hatte, sie in seine Arme zu nehmen. Sie aber hatte sich ihm entzogen und ihn gebeten, sie nicht zu berühren. Er flehte sie an, ihn nicht zu verlassen. Er sagte ihr, wie leidenschaftlich er sie liebe, und erinnerte sie an all die ergebenen Zärtlichkeiten, mit denen er sie überhäuft hatte, und an das Glück ihres Zusammenlebens. Er machte ihr keine Vorwürfe.

»Bitte, Dirk, laß mich ruhig gehen«, sagte sie schließlich. »Begreifst du denn nicht, daß ich Strickland liebe? Wo er hingeht, werde auch ich hingehen.«

»Aber du mußt dir darüber im klaren sein, daß er dich nie glücklich machen wird. Um deinetwillen sollst du nicht mit ihm gehen. Du weißt nicht, was dir bevorsteht.«

»Es ist deine Schuld. Du hast darauf bestanden, daß er herkommt.«

Er wandte sich an Strickland.

»Haben Sie Mitleid mit ihr«, flehte er ihn an. »Sie können sie doch nicht so etwas Verrücktes tun lassen.«

»Sie kann machen, was sie will«, sagte Strickland. »Sie wird nicht gezwungen, mit mir zu kommen.«

»Ich habe mich entschieden«, sagte sie mit schwacher Stimme.

Stricklands beleidigende Ruhe raubte Stroeve den Rest seiner Selbstbeherrschung. Von blinder Raserei erfaßt, stürzte er sich, ohne zu wissen, was er tat, auf Strickland. Strickland, für den der Angriff völlig überraschend kam, taumelte, aber selbst nach seiner Krankheit war er sehr stark, und einen Augenblick später lag Stroeve, ohne daß er recht wußte wie, auf dem Fußboden.

»Sie komisches Männchen«, sagte Strickland.

Stroeve stand auf. Er merkte, daß seine Frau völlig ruhig geblieben war, und die Tatsache, daß er vor ihr lächerlich gemacht worden war, demütigte ihn noch mehr. Im Kampf hatte er seine Brille verloren und konnte sie nicht gleich finden. Sie hob sie auf und reichte sie ihm wortlos. Plötzlich schien ihm sein Unglück zu Bewußtsein zu kommen, und obwohl er wußte, daß er sich dadurch noch lächerlicher machte, begann er zu weinen. Er verbarg sein Gesicht in den Händen. Die anderen beobachteten ihn, ohne etwas zu sagen.

»Ach, meine Liebe«, stöhnte er, »wie kannst du so grausam sein?«

»Ich kann nicht anders, Dirk«, antwortete sie.

»Ich habe dich angebetet, wie nie zuvor eine Frau angebetet worden ist. Wenn dir irgend etwas an mir mißfallen hat, warum hast du es mir nicht gesagt? Ich hätte mich geändert. Ich habe für dich alles getan, was ich konnte.«

Sie antwortete nicht. Ihre Miene war starr, und er sah, daß er sie nur langweilte. Sie zog sich einen Mantel an und setzte ihren Hut auf. Sie bewegte sich auf die Tür zu, und er erkannte, daß sie im nächsten Augenblick weg sein würde. Schnell ging er zu ihr hin, fiel vor ihr auf die Knie und ergriff ihre Hände: er vergaß jede Selbstachtung.

»Ach, geh nicht weg, mein Liebling. Ich kann ohne dich nicht leben; ich werde mich umbringen. Wenn ich etwas getan habe, das dich gekränkt hat, bitte ich dich, mir zu verzeihen. Gib mir noch eine Gelegenheit. Ich werde mich noch mehr anstrengen, dich glücklich zu machen.«

»Steh auf, Dirk. Du benimmst dich völlig unmöglich.«

Er erhob sich taumelnd, wollte sie aber noch nicht gehen lassen.

»Wohin gehst du?« fragte er hastig. »Du weißt nicht, wie es in Stricklands Wohnung aussieht. Du kannst dort nicht leben. Es wäre entsetzlich.«

»Wenn ich mir nichts daraus mache, sehe ich nicht ein, warum du dir etwas daraus machen solltest.«

»Bleib noch eine Minute. Ich muß dir etwas sagen. Das kannst du mir doch nicht verweigern.«

»Was soll es? Ich habe mich entschlossen. Du kannst nichts sagen, was mich davon abbringen würde.«

Er schluckte und legte die Hand auf sein Herz, um den Schmerz des Schlagens zu lindern.

»Ich will dich nicht bitten, deine Absicht zu ändern, aber ich möchte, daß du mir noch einen Augenblick lang zuhörst. Es ist das letzte, worum ich dich bitte. Verweigere mir das nicht.«

Sie schwieg und schaute ihn mit ihren nachdenklichen Augen an, die jetzt so gleichgültig auf ihn blickten. Sie ging ins Atelier zurück und lehnte sich an den Tisch.

»Nun?«

Stroeve versuchte sich zu fassen.

»Du mußt ein bißchen vernünftig sein. Du weißt, du kannst nicht von Luft leben. Strickland besitzt keinen Penny.«

»Das weiß ich.«

»Du wirst schrecklichste Not leiden. Du weißt, warum er so lange brauchte, um zu genesen. Er war halb verhungert.«

»Ich kann für ihn Geld verdienen.«

»Auf welche Weise?«

»Ich weiß es nicht. Ich werde einen Weg finden.«

Ein fürchterlicher Gedanke ging dem Holländer durch den Kopf, und er schauderte.

»Ich glaube, du bist verrückt. Ich weiß nicht, was über dich gekommen ist.«

Sie zuckte die Achseln.

»Darf ich jetzt gehen?«

»Warte noch eine Sekunde.«

Traurig sah er sich in dem Atelier um; er hatte es geliebt, weil ihre Gegenwart es lebendig und behaglich gemacht hatte; einen Moment schloß er die Augen, dann blickte er sie lange an, wie um sich ihr Bild für immer in sein Gedächtnis einzuprägen. Er stand auf und nahm seinen Hut.

»Nein, ich werde gehen.«

»Du?«

Sie war überrascht. Sie wußte nicht, was er meinte.

»Ich kann den Gedanken nicht ertragen, daß du in dieser schrecklichen, schmutzigen Dachstube lebst. Schließlich ist dies ebensogut deine Wohnung wie meine. Du wirst dich hier wohlfühlen. Wenigstens wird dir die ärgste Not erspart bleiben.«

Er ging zu der Schublade, in welcher er sein Geld aufbewahrte, und nahm einige Banknoten heraus.

»Ich möchte dir die Hälfte von dem geben, was ich hier habe.«

Er legte das Geld auf den Tisch. Weder Strickland noch Blanche sprachen ein Wort.

Dann fiel ihm etwas anderes ein.

»Willst du so gut sein, meine Kleider zusammenzupacken und sie bei der Concierge zu lassen? Ich werde sie morgen abholen.« Er versuchte zu lächeln. »Leb wohl, Geliebte! Ich bin dankbar für all das Glück, das du mir in der Vergangenheit geschenkt hast.«

Er ging hinaus und schloß die Tür hinter sich. Vor meinem geistigen Auge sah ich, wie Strickland seinen Hut auf den Tisch warf, sich auf einen Stuhl setzte und eine Zigarette rauchte.

29

Ich schwieg eine kleine Weile und dachte über das nach, was mir Stroeve erzählt hatte. Ich konnte mich mit seiner Schwäche nicht abfinden, und er spürte mein Mißfallen.

»Sie wissen so gut wie ich, wie Strickland gelebt hat«, sagte er zitternd. »Ich konnte sie nicht unter solchen Umständen leben lassen, ich konnte es einfach nicht.«

»Das ist Ihre Sache«, antwortete ich.

»Was hätten Sie an meiner Stelle getan?« fragte er.

»Sie geht mit offenen Augen in dieses Abenteuer. Wenn sie gewisse Unannehmlichkeiten in Kauf nehmen muß, ist es ihre eigene Sache.«

»Sicher haben Sie recht, aber Sie lieben sie nicht.«

»Lieben Sie sie denn noch?«

»Ach, mehr denn je. Strickland ist nicht der Mann, der eine Frau glücklich macht. Es kann nicht von Dauer sein. Sie soll wissen, daß ich sie nicht im Stich lassen werde.«

»Heißt das, daß Sie bereit sind, sie wieder aufzunehmen?«

»Ich würde nicht zögern. Wahrhaftig, sie wird mich mehr brauchen denn je. Wenn sie allein, gedemütigt und gebrochen ist, wäre es doch schrecklich, wenn sie nicht wüßte, wohin sie gehen soll.«

Er schien ihr nichts nachzutragen. Vermutlich war es gemein von mir, seinen Mangel an Gesinnung empörend zu finden. Wahrscheinlich erriet er, was in mir vorging, denn er sagte:

»Ich konnte nicht erwarten, daß sie mich ebenso liebt wie ich sie. Ich bin ein Narr. Ich gehöre nicht zu den Männern, die von den Frauen geliebt werden. Das habe ich immer gewußt. Ich kann ihr keinen Vorwurf daraus machen, daß sie sich in Strickland verliebt hat.«

»Ich habe noch keinen Mann getroffen, der so wenig eitel ist wie Sie«, sagte ich.

»Ich liebe sie viel mehr als mich selbst. Ich glaube, Eitelkeit spielt bei der Liebe nur mit, wenn man sich selbst am meisten liebt. Schließlich passiert es andauernd, daß sich ein verheirateter Mann in jemand anderen verliebt; wenn es vorbei ist, kehrt er zu seiner Gattin zurück, und sie nimmt ihn auf, und jeder hält es für ganz natürlich. Warum sollte es mit Frauen anders sein?«

»Ich gebe zu, das ist logisch«, sagte ich lächelnd, »aber die meisten Männer sind aus anderem Holz und können es nicht.«

Doch während ich mit Stroeve sprach, zerbrach ich mir den Kopf über die Plötzlichkeit der ganzen Affäre. Ich konnte mir nicht vorstellen, daß er durch nichts gewarnt worden war. Ich erinnerte mich an den merkwürdigen Blick, den ich in den Augen von Blanche Stroeve gesehen hatte; vielleicht ließ sich dieser Blick dadurch erklären, daß sie sich undeutlich eines Gefühls in ihrem Herzen bewußt wurde, das sie in Staunen und Schrecken versetzte.

»Hatten Sie vor dem heutigen Tag keinen Verdacht, daß zwischen den beiden etwas war?« fragte ich.

Er gab eine Zeitlang keine Antwort. Auf dem Tisch lag ein

Bleistift, er ergriff ihn, und mechanisch zeichnete er einen Kopf auf das Löschpapier.

»Sagen Sie bitte, wenn Ihnen meine Fragen unangenehm sind«, sagte ich.

»Es erleichtert mir das Sprechen. Ach, wenn Sie wüßten, welch furchtbare Angst in meinem Herzen war.« Er warf den Bleistift weg. »Ja, ich wußte es schon seit zwei Wochen. Ich wußte es, bevor sie es wußte.«

»Warum in aller Welt haben Sie Strickland nicht fortgejagt?«

»Ich konnte es nicht glauben. Es schien so unwahrscheinlich. Sie konnte ihn nicht ausstehen. Es war mehr als unwahrscheinlich; es war unglaubhaft. Ich dachte, es wäre bloß Eifersucht. Wissen Sie, ich bin immer eifersüchtig gewesen, aber ich habe gelernt, es niemals zu zeigen; ich war eifersüchtig auf jeden Mann, den sie kannte; ich war eifersüchtig auf Sie. Ich wußte, daß sie mich nicht so liebte, wie ich sie liebte. Das war doch nur natürlich, nicht wahr? Aber sie erlaubte mir, sie zu lieben, und das genügte, um mich glücklich zu machen. Ich zwang mich, einige Stunden lang wegzugehen, um die beiden miteinander allein zu lassen. Ich wollte mich für diesen Verdacht, der meiner nicht würdig war, bestrafen; und als ich zurückkam, hatte ich das Gefühl, daß sie mich nicht wollten – nicht Strickland, ihm war es egal, ob ich da war oder nicht, sondern Blanche. Sie zuckte zurück, wenn ich sie küssen wollte. Als ich dann schließlich sicher war, wußte ich nicht, was tun; ich wußte, sie würden mich nur auslachen, wenn ich eine Szene machte. Ich dachte, wenn ich den Mund hielte und täte, als ob ich nichts merkte, würde alles gut werden. Ich entschloß mich, ihn in aller Ruhe, ohne Streit loszuwerden. Ach, wenn Sie nur wüßten, was ich gelitten habe.«

Dann erzählte er mir noch einmal, wie er Strickland gebeten hatte zu gehen. Er hatte den Augenblick sorgfältig gewählt und versucht, sein Ersuchen beiläufig klingen zu lassen. Aber er konnte das Zittern seiner Stimme nicht verbergen und fühlte selbst, wie sich in die Worte, die heiter und freundlich klingen sollten, die Bitterkeit seiner Eifersucht einschlich. Er hatte nicht erwartet, daß Strickland sofort auf ihn eingehen und Vorbereitungen treffen würde, auf der Stelle zu gehen, vor allem hatte er nicht mit dem Entschluß seiner Frau gerechnet, mit ihm zu gehen. Ich merkte, daß er jetzt von ganzem Herzen wünschte, den Mund gehalten zu haben. Er zog die Qual der Eifersucht der Qual der Trennung vor.

»Ich wollte ihn umbringen und habe mich nur lächerlich gemacht.«

Er schwieg lange Zeit. Dann sprach er einen Gedanken aus, der, wie ich wußte, ihn nicht zur Ruhe kommen ließ.

»Wenn ich nur gewartet hätte, wäre vielleicht alles gut geworden. Ich hätte nicht so ungeduldig sein sollen. Ach, armes Kind, wo habe ich dich hingetrieben!«

Ich zuckte die Achseln, sagte aber nichts. Ich empfand keine Sympathie für Blanche Stroeve, wußte aber, daß ich den armen Dirk nur quälen würde, wenn ich ihm sagte, was ich von ihr dachte.

Er hatte jetzt jenes Stadium der Erschöpfung erreicht, wo er nicht mehr aufhören konnte zu reden. Wieder überdachte er jedes Wort der Szene. Bald fiel ihm etwas ein, was er mir vorher nicht gesagt hatte; bald erörterte er, was er alles hätte sagen können; dann beklagte er seine Blindheit. Er bedauerte, das eine getan zu haben, und machte sich Vorwürfe, das andere unterlassen zu haben. Es wurde später und später, und schließlich war ich ebenso müde wie er.

»Was gedenken Sie jetzt zu unternehmen?« fragte ich endlich.

»Was kann ich tun? Ich werde warten, bis sie mich kommen läßt.«

»Warum verreisen Sie nicht für einige Zeit?«

»Nein, nein. Ich muß zur Hand sein, wenn sie mich braucht.«

Im Augenblick schien er völlig verloren. Er hatte keine Pläne gemacht. Als ich vorschlug, er solle schlafen gehen, sagte er, er könne nicht schlafen; er wollte weggehen und bis zum Morgen durch die Straßen wandern. Er war offensichtlich in einem Zustand, in dem man ihn nicht allein lassen konnte. Ich überredete ihn, bei mir zu übernachten, und legte ihn in mein eigenes Bett. Ich hatte einen Diwan in meinem Wohnzimmer, auf dem ich recht gut schlafen konnte. Stroeve war mittlerweile so erschöpft, daß er meiner Entschlossenheit keinen Widerstand leisten konnte. Ich gab ihm eine ausreichende Dosis Veronal, um seine Bewußtlosigkeit für einige Stunden zu garantieren. Ich hielt dies für den besten Dienst, den ich ihm erweisen konnte.

Aber das Bett, das ich mir selbst herrichtete, war doch ziemlich unbequem, und ich verbrachte eine schlaflose Nacht und dachte an das, was mir der unglückliche Holländer erzählt hatte. Über Blanche Stroeves Tat zerbrach ich mir nicht so sehr den Kopf, denn ich sah in ihr nur die Folge einer körperlichen Anziehung. Meiner Ansicht nach hatte sie sich aus ihrem Mann nie wirklich etwas gemacht, und was ich für Liebe gehalten hatte, war nichts als die weibliche Reaktion auf Liebkosungen und Behaglichkeit, welche die meisten Frauen mit Liebe verwechseln. Es ist ein passives Gefühl, das durch jedes Wesen hervorgerufen werden kann, so wie sich die Weinrebe an jedem Baum emporrankt. Und die Welt, klug wie sie ist, weiß um seine Stärke, wenn sie ein Mädchen drängt, den Mann zu heiraten, der sie haben will, und versichert, daß die Liebe sich einstellen werde. Es handelt sich dabei um ein Gefühl, das sich zusammensetzt aus Zufriedenheit über Sicherheit, dem Stolz auf Hab und Gut, dem Vergnügen, begehrt zu werden, und aus der Freude über einen Haushalt; und es ist nur die Folge liebenswerter Selbstgefälligkeit, daß Frauen ihm einen seelischen Wert zuschreiben. Es ist ein Gefühl, das gegenüber der Leidenschaft wehrlos ist. Ich hegte den Verdacht, daß Blanche Stroeves heftige Abneigung gegen Strickland von Anfang an ein vages Element sexueller Anziehung enthalten hatte. Wer bin ich, daß ich den Versuch wagen könnte, die geheimnisvollen Fäden des Geschlechtlichen zu entwirren? Vielleicht befriedigte Stroeves Leidenschaft diesen Teil ihres Wesens nicht ausreichend, und sie haßte Strickland, weil sie in ihm die Kraft fühlte, ihr zu geben, was sie brauchte. Ich glaube, sie war ganz aufrichtig, als sie sich gegen den Wunsch ihres Gatten sträubte, ihn ins Atelier zu bringen; ich glaube, daß sie ihn fürchtete, obwohl sie nicht wußte, warum; und ich erinnerte mich, wie sie das Unheil vorausgesehen hatte. Ich glaube, auf irgendeine Art war das Grauen, das sie vor ihm empfand, eine Übertragung des Grauens, das sie vor sich selbst empfand, weil er sie so seltsam beunruhigte. Sein Aussehen war wild und ungeschlacht; seine Augen blickten in die Ferne, und sein Mund war sinnlich; er war groß und kräftig und machte den Eindruck ungezähmter Leidenschaft; und vielleicht fühlte sie in ihm auch jenes unheimliche Element, das mich an die wilden Wesen aus der Frühgeschichte der Erde hatte denken lassen, als die Materie noch ihre anfängliche Verbindung mit der Erde bewahrte und eine eigene Seele zu besitzen schien. Wenn er überhaupt eine Wirkung auf sie hatte, mußte sie ihn entweder lieben oder hassen. Sie haßte ihn.

Und dann stelle ich mir vor, daß das tägliche Zusammensein mit dem kranken Mann sie seltsam erregte. Sie hob seinen Kopf, um ihm etwas zu essen zu geben, und er lag schwer auf ihrer Hand; wenn sie ihn fütterte, wischte sie ihm den sinnlichen Mund und den roten Bart ab. Sie wusch seine Glieder, die mit dichtem Haar bedeckt waren; und sie trocknete seine Hände, die trotz seiner Schwäche stark und sehnig waren. Seine Finger waren lang; es waren die geschickten, formenden Finger des Künstlers; und ich weiß nicht, welch beunruhigende Gedanken sie in ihr wachriefen. Er schlief sehr ruhig, ohne sich zu bewegen, so daß man ihn für tot hätte halten können, und er war wie ein wildes Waldtier, das nach langer Verfolgungsjagd rastet; und sie fragte sich, welche Bilder durch seine Träume zogen. Träumte er von der Nymphe, die vor dem heißen Begehren des Satyrs durch die Wälder Griechenlands flieht? Sie floh schnellfüßig und verzweifelt, aber er kam ihr Schritt für Schritt näher, bis sie seinen heißen Atem auf ihrer Wange fühlte; und schweigend floh sie weiter und schweigend verfolgte er sie, und als er endlich nach ihr griff, war es Schrekken, der ihr Herz durchschauerte oder war es Verzückung?

Blanche Stroeve befand sich in der unbarmherzigen Gewalt der Begierde. Vielleicht haßte sie Strickland noch immer, aber sie sehnte sich nach ihm, und alles, was bisher ihr Leben ausgefüllt hatte, wurde bedeutungslos. Sie war nicht mehr eine Frau, die freundlich und gereizt, aufmerksam und gedankenlos dahinlebte; sie war eine Mänade. Sie war Verlangen.

Aber vielleicht stimmt das nicht; es mag sein, daß ihr Mann sie nur gelangweilt hatte und sie aus kalter Neugier zu Strickland ging. Sie mochte kein besonderes Gefühl für ihn empfinden, sondern fügte sich – weil die Gelegenheit sich bot oder aus Trägheit – seinem Wunsch, um dann zu bemerken, daß sie hilflos in der Falle war, die sie sich selbst gestellt hatte. Wie konnte ich wissen, welche Gedanken und Gefühle hinter dieser friedlichen Stirn und hinter diesen kühlen grauen Augen wohnten?

Aber wenn man auch bei einem so unberechenbaren Geschöpf wie dem Menschen niemals ganz sicher sein kann, so gab es für Blanche Stroeves Verhalten Erklärungen, die auf alle Fälle nicht unwahrscheinlich waren. Strickland hingegen verstand ich überhaupt nicht. Ich zerbrach mir den Kopf, konnte aber seine Handlungsweise, die meiner Vorstellung von ihm so widersprach, keineswegs erklären. Es war weder ungewöhnlich, daß er das Vertrauen eines Freundes so herzlos brach, noch daß er überhaupt nicht zögerte, eine Laune zu befriedigen, auf die Gefahr hin, einen anderen ins Unglück zu stürzen. Das entsprach seinem Charakter. Er war ein Mensch ohne irgendeinen Sinn für Dankbarkeit. Er hatte kein Mitleid. Die Gefühle, die den meisten von uns gemeinsam sind, gab es für ihn nicht, und es wäre ebenso unsinnig gewesen, ihn zu tadeln, weil er sie nicht fühlte, als wollte man den Tiger tadeln, weil er wild und grausam ist. Aber diese Unberechenbarkeit war mir unverständlich.

Ich konnte nicht glauben, daß Strickland sich in Blanche Stroeve verliebt hatte. Ich hielt ihn der Liebe nicht für fähig. Ist sie doch ein Gefühl, bei dem Zärtlichkeit eine wesentliche Rolle spielt, aber Zärtlichkeit empfand Strickland weder für sich noch für andere; zur Liebe gehört das Verständnis für Schwäche, der Wunsch zu beschützen, das heftige Verlangen, Gutes zu tun und Freude zu machen – wenn auch nicht Selbstlosigkeit, so jedenfalls eine Selbstsucht, die sich wunderbar verbirgt; sie hat in gewisser Weise etwas Scheues an sich. Das waren keine Wesenszüge, die ich mir an Strickland vorstellen konnte. Liebe ist fesselnd; sie läßt den Liebenden sich selbst vergessen; selbst der Wissendste kann sich nicht vorstellen, daß diese Liebe enden wird; sie verleiht dem Gestalt, von dem er weiß, daß es eine Illusion ist, und obwohl er weiß, daß alles nur Illusion ist, liebt er sie mehr als die Wirklichkeit. Sie macht mehr aus dem Menschen und zugleich weniger. Er hört auf, er selbst zu sein. Er ist nicht länger ein Individuum, sondern ein Ding, ein Mittel zu einem Zweck, der seinem Ich fremd ist. Liebe ist nie ganz frei von Sentimentalität, und Strickland war von allen meinen Bekannten derjenige, der zu dieser Schwäche am wenigsten neigte. Ich konnte nicht glauben, daß er jemals jene Besitzergreifung über sich ergehen lassen würde, welche die Liebe ist; er konnte nie ein fremdes

Joch ertragen. Ich hielt ihn für fähig, alles aus seinem Herzen zu reißen, was sich zwischen ihn und dieses unbegreifliche Sehnen stellte, von dem er ständig getrieben wurde, auch wenn es mit Qual verbunden war und er mitgenommen und blutend zurückblieb. Sollte es mir gelungen sein, den komplizierten Eindruck wiederzugeben, den Strickland auf mich machte, so wird es nicht Anstoß erregen, wenn ich sage, daß ich das Gefühl hatte, er sei für die Liebe zu groß und zugleich zu klein.

Aber ich vermute, daß die Vorstellung, die jeder Mensch von Leidenschaft hat, durch seine Idiosynkrasien geformt wird und daß sie bei jedem Menschen anders aussieht. Ein Mann wie Strickland mußte in einer ihm eigenen Art lieben. Es ist sinnlos, seine Gefühle analysieren zu wollen.

31

Am nächsten Tag verließ mich Stroeve, obwohl ich ihn dringend bat, zu bleiben. Ich bot ihm an, seine Sachen aus dem Atelier zu holen, aber er bestand darauf, selbst hinzugehen; ich glaube, er hoffte, daß die beiden nicht daran gedacht hatten, sie zusammenzupacken, so daß er Gelegenheit haben würde, seine Frau wiederzusehen und vielleicht zu überreden, zu ihm zurückzukommen. Doch seine Habseligkeiten warteten bereits in der Portierloge auf ihn, und die Concierge sagte ihm, Blanche sei ausgegangen. Ich glaube nicht, daß er der Versuchung widerstand, ihr von seinem Mißgeschick zu berichten. Ich erfuhr, daß er es jedem erzählte, den er kannte; er erwartete Mitgefühl, machte sich aber nur lächerlich.

Er verhielt sich höchst unpassend. Da er wußte, wann seine Frau ihre Einkäufe machte, paßte er sie eines Tages auf der Straße ab, da er es nicht mehr länger ertragen konnte, sie nicht zu sehen. Sie wollte nicht mit ihm sprechen, aber er bestand darauf, mit ihr zu sprechen. Er sprudelte Worte der Entschuldigung heraus für alles, was er ihr gegenüber falsch gemacht hatte, er sagte ihr, daß er sie innig liebe, und bat sie, zu ihm zurückzukehren. Sie antwortete nicht; sie ging mit abgewandtem Gesicht eilig weiter. Ich stellte mir vor, wie er mit seinen kurzen dicken Beinen versuchte, mit ihr Schritt zu halten. Ein wenig keuchend vor Eile, sagte er ihr, wie unglücklich er sei; flehte sie an, sich seiner zu erbarmen; versprach, alles zu tun, was sie wolle, wenn sie ihm verzeihe. Er bot ihr an, eine Reise mit ihr zu machen. Er sagte ihr, daß Strickland ihrer bald überdrüssig sein würde. Als er mir die ganze unerquickliche kleine Szene wiederholte, war ich empört. Er hatte weder Verstand noch Würde bewiesen. Er hatte nichts unterlassen, was ihn in den Augen seiner Frau verächtlich machen konnte. Keine Grausamkeit ist größer als die einer Frau gegenüber einem Mann, der sie liebt und den sie nicht liebt; sie kennt dann keine Güte, nicht einmal Nachsicht, sie kennt nur wahnsinnige Erbitterung. Blanche Stroeve blieb plötzlich stehen und ohrfeigte ihren Mann so heftig sie konnte. Sie nutzte seine Verwirrung aus, um zu entkommen, und rannte die Treppe zum Atelier hinauf. Kein Wort war über ihre Lippen gekommen.

Als er mir dies erzählte, hielt er die Hand an seine Wange, als spüre er noch den Schmerz des Schlags, und in seinen Augen war ein Leid, das herzzerreißend, und eine Verwunderung, die drollig war. Er sah wie ein Schuljunge aus, und obwohl er mir sehr leid tat, mußte ich fast lachen.

Dann verfiel er darauf die Straße entlangzugehen, durch die sie gehen mußte, um in die Geschäfte zu kommen. Er stand an der Ecke auf der gegenüberliegenden Seite, wenn sie weiterging. Er wagte nicht, sie wieder anzusprechen, versuchte aber in seine runden Augen die flehentliche Bitte zu legen, die in seinem Herzen war. Vermutlich dachte er, daß der Anblick seines Elends sie rühren würde. Sie ließ sich nie im geringsten anmerken, daß sie ihn sah. Sie änderte niemals auch nur die Stunde, in der sie ihre Einkäufe machte, oder suchte eine andere Route. Ich bin der Ansicht, daß in ihrer Gleichgültigkeit eine gewisse Grausamkeit lag. Vielleicht genoß sie den Schmerz, den sie ihm zufügte. Ich fragte mich, warum sie ihn so sehr haßte.

Ich bat Stroeve, sich klüger zu benehmen. Sein Mangel an Rückgrat war ärgerlich.

»Es hat überhaupt keinen Sinn, so weiterzumachen«, sagte ich. »Ich glaube, es wäre klüger gewesen, ihr mit einem Stock über den Kopf zu schlagen. Sie würde Sie nicht so verachten, wie sie es jetzt tut.«

Ich schlug vor, er solle für einige Zeit in seine Heimat

fahren. Er hatte mir oft von der ruhigen Stadt, irgendwo im Norden Hollands, erzählt, wo seine Eltern noch lebten. Es waren arme Leute. Sein Vater war Zimmermann, und sie wohnten in einem alten, freundlichen und sauberen Häuschen aus roten Ziegelsteinen am Ufer eines langsam dahinfließenden Kanals. Die Straßen waren breit und leer; seit zwei Jahrhunderten lag der Ort im Sterben, aber die Häuser hatten die schlichte Vornehmheit ihrer Zeit. Reiche Kaufleute, die ihre Waren in das ferne Indien sandten, hatten in ihnen ein ruhiges und glückliches Leben geführt, und trotz ihres fortschreitenden Verfalls behielten sie noch das Flair ihrer glänzenden Vergangenheit. Man konnte den Kanal entlanggehen, bis man zu weiten grünen Feldern kam, mit verstreuten Windmühlen, mit schwarzen und weißen Rindern, die träge grasten. Mir schien, Dirk Stroeve würde in jener Umgebung mit ihren Erinnerungen an seine Kindheit sein Unglück vergessen. Aber er wollte nicht fahren.

»Ich muß hier sein, wenn sie mich braucht«, wiederholte er. »Es wäre schrecklich, wenn etwas Furchtbares passierte und ich nicht zur Hand wäre.«

»Und was soll Ihrer Meinung nach passieren?« fragte ich.

»Ich weiß es nicht. Aber ich habe Angst.«

Ich zuckte die Achseln.

Trotz all seines Schmerzes blieb Dirk Stroeve eine lächerliche Figur. Möglicherweise hätte er Mitgefühl erregt, wenn er abgemagert wäre. Aber er tat nichts dergleichen. Er blieb dick, und seine runden roten Backen leuchteten wie reife Äpfel. Er hielt viel auf ein ordentliches Äußeres, und er trug weiterhin seinen schmucken schwarzen Mantel und seinen steifen Hut, der ihm schon immer etwas zu klein war, und wirkte flott und elegant. Er bekam einen kleinen Bauch, und der Kummer konnte diesem nichts anhaben. Er sah mehr denn je wie ein wohlhabender Handlungsreisender aus. Es ist hart, wenn das Äußere eines Menschen so wenig mit seinem Innern übereinstimmt. Dirk Stroeve hatte die Leidenschaft Romeos in dem Körper von Sir Toby Belch. Er hatte ein liebenswürdiges und großmütiges Wesen und machte doch immer Fehler; er hatte ein echtes Gefühl für das, was schön war, und war doch nur fähig, Banalitäten zu schaffen; er hatte ein besonderes Zartgefühl und benahm sich unfein. Er konnte taktvoll sein, wenn es sich um die Angelegenheiten anderer handelte, aber nicht, wenn es sich um seine eigenen handelte. Welch grausamen Streich hatte ihm die Natur gespielt, als sie so viele unvereinbare Eigenschaften zusammenwarf und den Menschen inmitten der bestürzenden Gefühllosigkeit der Welt zurückließ.

32

Ich sah Strickland mehrere Wochen nicht. Ich ärgerte mich über ihn, und wenn ich eine Gelegenheit gehabt hätte, hätte ich ihm das gerne gesagt, aber ich hielt es nicht für sinnvoll, ihn zu diesem Zweck aufzusuchen. Ich scheue davor zurück, eine Haltung moralischer Entrüstung anzunehmen. Sie enthält immer eine Spur Selbstzufriedenheit, wodurch sie für jeden, der Sinn für Humor besitzt, peinlich wird. Ich muß schon sehr aufgebracht sein, um meinen Humor zu verlieren. Strickland hatte eine zynische Offenheit, die mich für alles, was an Pose gemahnte, feinfühlig machte.

Aber als ich eines Abends in der Avenue de Clichy an dem Café vorüberging, das Strickland oft besuchte und das ich jetzt mied, rannte ich geradewegs in ihn hinein. Er war in Begleitung von Blanche Stroeve, und die beiden waren dabei, zu Stricklands Stammplatz zu gehen.

»Wo zum Teufel waren Sie die ganze Zeit?« sagte er. »Ich dachte, Sie seien verreist.«

Seine Herzlichkeit bewies, daß er ganz genau wußte, daß ich nicht mit ihm zu sprechen wünschte. Er war nicht der Mann, bei dem es sich lohnte, höfliche Worte zu verschwenden.

»Nein«, sagte ich. »Ich war nicht verreist.«

»Warum sind Sie nicht hier gewesen?«

»Es gibt in Paris mehr als ein Café, wo man eine Mußestunde vertrödeln kann.«

Dann streckte mir Blanche die Hand entgegen und sagte mir guten Abend. Ich weiß nicht, warum ich erwartet hatte, sie wäre irgendwie verändert; sie trug dasselbe graue geschmackvolle und kleidsame Kleid, das sie so oft trug, und ihr Gesichtsausdruck war ebenso offen, ihr Blick ebenso ungetrübt wie damals, als sie im Atelier, von ihren Haushaltspflichten in Anspruch genommen, war.

»Kommen Sie und spielen wir eine Partie Schach«, sagte Strickland.

Ich weiß nicht, warum mir im Augenblick keine Ausrede einfiel. Ich folgte ihnen ziemlich mürrisch an den Tisch, an dem Strickland immer saß, und er verlangte das Brett und die Schachfiguren. Beide nahmen die Situation so sehr als eine Selbstverständlichkeit hin, daß ich es für unsinnig hielt, das Gegenteil zu tun. Mrs. Stroeve beobachtete das Spiel mit unergründlicher Miene. Sie war still, aber sie war immer still gewesen. Ich forschte auf ihrem Mund nach einem Ausdruck, der mir einen Anhaltspunkt über ihre Gefühle geben konnte; ich suchte in ihren Augen nach einem verräterischen Blitzen, irgendeiner Andeutung von Furcht oder Bitterkeit; ich suchte auf ihrer Stirn nach einer Falte, die sich möglicherweise dort eingegraben hatte. Ihr Gesicht war eine Maske, die nichts verriet. Ihre Hände lagen leicht gefaltet ruhig in ihrem Schoß. Ich wußte, von dem, was ich gehört hatte, daß sie eine Frau voll heftiger Leidenschaft war, und der kränkende Schlag, den sie Dirk, dem Mann, der sie so innig liebte, versetzt hatte, verriet ein heftiges Temperament und schreckliche Grausamkeit. Sie hatte die Sicherheit, die ihr der Schutz ihres Gatten gewährte, und die behagliche Sorgenlosigkeit eines wohlgeordneten Haushalts aufgegeben für etwas, das sie nur als ein außerordentliches Wagnis ansehen konnte. Es zeigte ein Verlangen nach Abenteuer, eine Bereitschaft, von der Hand in den Mund zu leben, die in Anbetracht der Sorgfalt, mit der sie ihr Heim pflegte, und ihrem Interesse an der Hauswirtschaft einigermaßen erstaunlich wirkte. Sie mußte eine Frau mit einem komplizierten Charakter sein, und der Widerspruch zu ihrem gesetzten Äußeren hatte etwas Dramatisches an sich.

Die Begegnung erregte mich, und meine Phantasie arbeitete angestrengt, während ich mich bemühte, mich auf das Spiel zu konzentrieren. Ich strengte mich immer an, Strickland zu schlagen, denn er war ein Spieler, der den Gegner, den er besiegte, verachtete; sein Triumph machte die Niederlage schwer erträglich. Wurde er aber geschlagen, so nahm er es äußerst gutgelaunt hin. Er war ein schlechter Gewinner und ein guter Verlierer. Wer glaubt, daß ein Mensch seinen Charakter nirgends so deutlich verrät wie bei einem Spiel, möge daraus seinen scharfsinnigen Schluß ziehen.

Als wir fertig waren, rief ich den Kellner, um die Getränke zu bezahlen, und ging weg. Die Begegnung war ohne Zwischenfall verlaufen. Kein Wort war gesagt worden, das mir zu denken gegeben hätte, und alle meine Vermutungen waren unberechtigt. Meine Neugier war geweckt. Ich konnte nicht sagen, wie die beiden miteinander auskamen. Ich hätte viel darum gegeben, unsichtbar zu sein, um sie in der Abgeschiedenheit des Ateliers sehen und hören zu können, was sie miteinander sprachen. Ich hatte nicht den geringsten Anhaltspunkt, um meine Phantasie damit arbeiten zu lassen.

33

Ein paar Tage später besuchte mich Dirk Stroeve.

»Ich hörte, daß Sie Blanche gesehen haben«, sagte er.

»Wie um alles in der Welt haben Sie das herausbekommen?«

»Jemand, der Sie mit den beiden sitzen sah, hat es mir erzählt. Warum haben Sie es mir nicht gesagt?«

»Ich dachte, es würde Sie nur schmerzen.«

»Und wenn, was macht es mir aus? Sie müssen wissen, daß ich die kleinste Kleinigkeit über sie hören möchte.«

Ich wartete darauf, daß er Fragen stellte.

»Wie sieht sie aus?« sagte er.

»Vollkommen unverändert.«

»Macht sie einen glücklichen Eindruck?«

Ich zuckte die Achseln.

»Wie kann ich das wissen? Wir waren in einem Café; wir spielten Schach; ich hatte keine Gelegenheit, mit ihr zu sprechen.«

»Ja, aber konnten Sie es nicht an ihrem Gesicht erkennen?«

Ich schüttelte den Kopf. Ich konnte nur wiederholen, daß sie durch kein Wort, durch keine bedeutungsvolle Gebärde einen Hinweis auf ihre Gefühle gegeben hatte. Er müsse besser wissen als ich, wie groß ihre Selbstbeherrschung sei. Er preßte seine Hände zusammen.

»Ach, ich habe solche Angst. Ich weiß, daß etwas im Gang ist, etwas Furchtbares, und ich kann nichts tun, um es aufzuhalten.«

»Was denn?« fragte ich.

»Ach, ich weiß es nicht«, stöhnte er und hielt sich den Kopf mit beiden Händen. »Ich sehe eine furchtbare Katastrophe voraus.«

Stroeve war immer leicht erregbar gewesen, aber jetzt war er völlig außer sich; man konnte nicht vernünftig mit ihm reden. Ich hielt es für ziemlich wahrscheinlich, daß Blanche Stroeve das Leben mit Strickland auf die Dauer nicht erträglich finden würde, aber eines der unrichtigsten Sprichwörter ist, daß man so liegt, wie man sich bettet. Die Erfahrung zeigt, daß die Menschen ständig Dinge tun, die ins Verderben führen müssen, und es doch durch irgendeinen Glücksfall fertigbringen, den Folgen ihrer Torheit zu entkommen. Wenn Blanche mit Strickland einen Streit hatte, brauchte sie ihn nur zu verlassen, denn ihr Gatte wartete demütig darauf, zu vergeben und zu vergessen. Ich war nicht geneigt, besondere Sympathie für sie zu empfinden.

»Sie lieben sie eben nicht«, sagte Stroeve.

»Schließlich gibt es keinen Beweis dafür, daß sie unglücklich ist. Nach all dem, was wir wissen, mag aus ihnen ein äußerst häusliches Paar geworden sein.«

Stroeve sah mich mit seinen traurigen Augen an.

»Ihnen macht das natürlich nicht viel aus, aber für mich ist es ernst, bitter ernst.«

Es tat mir leid, daß ich den Eindruck von Ungeduld oder Gleichgültigkeit gemacht hatte.

»Wollen Sie etwas für mich tun?« fragte Stroeve.

»Gern.«

»Wollen Sie für mich an Blanche schreiben?«

»Warum können Sie nicht selbst schreiben?«

»Ich habe ihr immer wieder geschrieben. Ich erwartete keine Antwort von ihr. Ich glaube nicht, daß sie die Briefe liest.«

»Sie vergessen die weibliche Neugier. Glauben Sie, daß sie widerstehen kann?«

»Sie kann – wenn es sich um mich handelt.«

Ich sah ihn schnell an. Er schlug seine Augen nieder. Diese Antwort schien mir ungewöhnlich demütigend. Er war sich bewußt, ihr so vollkommen gleichgültig zu sein, daß der Anblick seiner Handschrift nicht die geringste Wirkung auf sie hatte.

»Glauben Sie wirklich, daß sie jemals zu Ihnen zurückkommen wird?« fragte ich.

»Sie soll wissen, daß sie auf mich zählen kann, wenn es zum Schlimmsten kommt. Das möchte ich ihr sagen.«

Ich nahm ein Blatt Papier.

»Was wollen Sie, daß ich ihr schreibe?«

Ich schrieb folgendes:

Liebe Mrs. Stroeve,

Dirk bittet mich, Ihnen mitzuteilen, daß er, falls Sie ihn jemals brauchen, dankbar die Gelegenheit ergreifen wird, Ihnen zu Diensten zu sein. Er ist Ihnen nicht böse wegen dem, was geschehen ist. Seine Liebe zu Ihnen ist unverändert. Sie werden ihn stets unter der folgenden Adresse erreichen.

34

Aber obwohl ich nicht weniger als Stroeve davon überzeugt war, daß die Verbindung zwischen Strickland und Blanche unglücklich enden mußte, so erwartete ich doch nicht den tragischen Ausgang, den die Sache schließlich nahm. Der Sommer kam, schwül und drückend, und selbst die Nacht brachte keine Kühlung, für die zermürbten beanspruchten Nerven. Die von der Sonne ausgetrockneten Straßen schienen die Hitze abzugeben, die sie während des Tages aufgespeichert hatten, und die Passanten schleppten sich müde auf ihnen dahin. Strickland hatte ich seit Wochen nicht gesehen. Da ich mit anderen Dingen beschäftigt war, hatte ich aufgehört, an ihn und seine Angelegenheiten zu denken. Dirk hatte begonnen, mir mit seinen sinnlosen Klagen lästig zu werden, und ich mied seine Gesellschaft. Das Ganze war eine unerfreuliche Angelegenheit, und ich war nicht geneigt, mich weiterhin mit ihr zu befassen.

Eines Morgens saß ich im Pyjama bei der Arbeit. Meine Gedanken schweiften in die Ferne, ich dachte an die sonnigen Küsten der Bretagne und an die Frische der See. Neben mir stand die leere Schale, in der die Concierge mir meinen *café au lait* gebracht hatte, und ein Stück von einem *croissant*, das ich mangels Appetit nicht gegessen hatte. Ich hörte, wie die Concierge im Nebenraum das Badewasser ablaufen ließ. Es läutete, und ich ließ sie die Tür öffnen. Einen Augenblick später hörte ich Stroeves Stimme fragen, ob ich zu Hause sei. Ohne aufzustehen, rief ich ihm zu, er solle hereinkommen. Er stürzte ins Zimmer und trat an meinen Tisch heran.

»Sie hat sich umgebracht«, sagte er mit heiserer Stimme.

»Was sagen Sie da?« rief ich erschreckt.

Er bewegte seine Lippen, als ob er spräche, brachte aber keinen Ton heraus. Er stammelte wie ein Idiot. Mein Herz schlug heftig gegen die Rippen, und aus irgendeinem Grund wurde ich sehr wütend.

»Um Gottes willen, nehmen Sie sich zusammen, Mensch«, sagte ich. »Wovon um alles in der Welt sprechen Sie?«

Er fuchtelte verzweifelt mit den Händen herum, aber noch immer kam kein Wort aus seinem Mund. Vielleicht hatte er die Sprache verloren. Ich weiß nicht, was über mich kam; ich nahm ihn an den Schultern und schüttelte ihn. Rückblickend ärgert es mich, daß ich mich so lächerlich benommen habe. Vermutlich hatten die schlaflosen Nächte der letzten Zeit meine Nerven mehr mitgenommen als ich dachte.

»Ich muß mich setzen«, keuchte er schließlich.

Ich füllte ein Glas mit St. Galmier und gab es ihm zum Trinken. Ich hielt es ihm an den Mund, als wäre er ein Kind. Er schluckte etwas davon hinunter, und der Rest rann auf sein Hemd.

»Wer hat sich umgebracht?«

Ich weiß nicht, warum ich das fragte, denn ich wußte, wen er meinte. Er gab sich Mühe, sich zusammenzunehmen.

»Sie hatten gestern abend einen heftigen Streit. Er ging weg.«

»Ist sie tot?«

»Nein, sie wurde ins Krankenhaus gebracht.«

»Was reden Sie dann?« rief ich ungeduldig. »Warum haben Sie gesagt, sie hätte sich umgebracht?«

»Seien Sie mir nicht böse. Ich kann Ihnen nichts erzählen, wenn Sie so mit mir reden.«

Um meiner Erregung Herr zu werden, preßte ich beide Hände zusammen. Ich versuchte zu lächeln.

»Entschuldigen Sie. Lassen Sie sich Zeit. Überstürzen Sie sich nicht.«

Seine runden blauen Augen hinter der Brille waren starr vor Schreck. Die starken Gläser, die er trug, verzerrten sie.

»Als die Concierge heute morgen hinaufging, um einen Brief zu bringen, bekam sie auf ihr Läuten keine Antwort. Sie hörte jemanden stöhnen. Die Tür war nicht versperrt, und sie ging hinein. Blanche lag auf dem Bett. Es ging ihr furchtbar schlecht. Auf dem Tisch stand eine Flasche mit Oxalsäure.«

Stroeve verbarg sein Gesicht in den Händen und wiegte seinen Körper stöhnend hin und her.

»War sie bei Bewußtsein?«

»Ja. Oh, wenn Sie wüßten, wie sie leidet. Ich kann es nicht ertragen. Ich kann es nicht ertragen.«

Seine Stimme wurde kreischend.

»Verdammt noch mal. Nicht Sie müssen es ertragen«, rief ich ungeduldig. »Blanche muß es ertragen.«

»Wie können Sie so grausam sein?«

»Was haben Sie unternommen?«

»Es wurde nach einem Arzt geschickt und nach mir, und die Polizei wurde benachrichtigt. Ich hatte der Concierge zwanzig Francs gegeben und ihr gesagt, sie solle mich holen lassen, wenn etwas passiert.«

Er machte eine kurze Pause, und ich merkte, daß das, was er mir zu berichten hatte, sehr schwer zu sagen war.

»Als ich kam, wollte sie nicht mit mir sprechen. Sie sagte den andern, sie sollten mich wegschicken. Ich beteuerte, daß ich ihr alles vergeben hätte, aber sie wollte nicht zuhören. Sie versuchte, ihren Kopf gegen die Wand zu schlagen. Der Arzt sagte mir, ich dürfe nicht bei ihr bleiben. Immer wieder sagte sie: ›Schickt ihn fort!‹ Ich ging und wartete im Atelier. Und als der Krankenwagen kam und sie auf eine Tragbahre gelegt wurde, mußte ich in die Küche gehen, damit sie nicht merke, daß ich dort war.«

Während ich mich anzog – denn Stroeve bat mich dringend, gleich mit ihm ins Krankenhaus zu gehen –, erzählte er mir, daß er für seine Frau ein Privatzimmer genommen habe, um ihr wenigstens das unerfreuliche Zusammensein mit andern in einem Krankensaal zu ersparen. Unterwegs erklärte er mir, warum er meine Anwesenheit wünsche; falls sie sich noch immer weigerte, ihn zu sehen, würde sie vielleicht mich sehen wollen. Er bat mich, ihr noch einmal zu sagen, daß er sie noch immer liebe; er würde ihr keine Vorwürfe machen, sondern wünsche nur, ihr zu helfen; er würde keinen Anspruch auf sie erheben und würde nach ihrer Genesung nicht versuchen, sie zur Rückkehr zu ihm zu überreden; sie sei vollkommen frei.

Doch als wir ins Krankenhaus kamen, ein finsteres, trostloses Gebäude, dessen bloßer Anblick genügte, um einen niedergeschlagen zu machen, und nachdem wir von einem Beamten zum anderen, endlose Treppen hinauf und durch lange, kahle Korridore geschickt worden waren und den zuständigen Arzt fanden, wurde uns gesagt, daß die Patientin zu krank sei, um an diesem Tag Besuch zu empfangen. Der Arzt war ein kleiner bärtiger Mann in Weiß, mit einem unhöflichen Benehmen. Offenbar sah er einen Fall als einen Fall an und besorgte Angehörige als eine Plage, die man mit Entschlossenheit behandeln mußte. Außerdem war die Angelegenheit für ihn etwas Alltägliches; für ihn war es nur eine hysterische Frau, die sich mit ihrem Liebhaber gestritten und Gift genommen hatte; das passierte andauernd. Anfangs hielt er Dirk für die Ursache des Unglücks und war unnötigerweise schroff zu ihm. Als ich erklärte, daß er der Gatte sei, gewillt, ihr zu vergeben, sah ihn der Arzt plötzlich mit einem neugierigen, forschenden Blick an. Ich glaubte darin leisen Spott zu erkennen; Stroeve hatte wirklich das Aussehen eines Hahnreis. Der Arzt zuckte leicht die Schultern.

»Es besteht keine unmittelbare Gefahr«, sagte er als Antwort auf unsere Fragen. »Man weiß nicht, wieviel sie genommen hat. Es mag sein, daß sie mit dem Schrecken davonkommen wird. Frauen versuchen ständig aus Liebe Selbstmord zu verüben, aber gewöhnlich geben sie acht, daß es nicht gelingt. Es handelt sich gewöhnlich um eine Geste, um bei ihrem Liebhaber Mitleid oder Angst zu erregen.«

In seinem Ton lag eiskalte Verachtung. Es war klar, daß Blanche Stroeve für ihn nur eine Zahl war, die der Statistik für Selbstmordversuche in Paris während des laufenden Jahres hinzugefügt wurde. Er war beschäftigt und konnte keine Zeit mehr mit uns vergeuden. Wenn wir morgen zu einer bestimmten Zeit kämen und es Blanche besser gehe, könne ihr Gatte sie möglicherweise sehen.

35

Ich weiß nicht, wie wir diesen Tag hinter uns brachten. Stroeve konnte es nicht ertragen, allein zu sein, und ich tat alles Menschenmögliche, um ihn abzulenken. Ich ging mit ihm in den Louvre, er tat, als betrachte er die Bilder, aber ich merkte, daß seine Gedanken ununterbrochen bei seiner Frau waren. Ich zwang ihn zu essen, und nach dem Mittagessen überredete ich ihn, sich hinzulegen, aber er konnte nicht schlafen. Meine Einladung, für einige Tage bei mir zu bleiben, nahm er gern an. Ich gab ihm Bücher zu lesen, aber nach ein paar Seiten legte er das Buch hin und starrte unglücklich ins Leere. Am Abend spielten wir unzählige Partien Pikett, und in dem Bestreben, mich nicht zu enttäuschen, versuchte er tapfer, Interesse zu zeigen. Schließlich gab ich ihm ein Schlafmittel, und er versank in einen unruhigen Schlummer.

Als wir wieder ins Krankenhaus gingen, stießen wir auf eine Schwester. Sie sagte uns, daß es Blanche etwas besser gehe, und ging hinein, um zu fragen, ob sie ihren Mann sehen wolle. Wir hörten Stimmen im Zimmer, in dem sie lag, und bald darauf kam die Krankenschwester zurück und sagte uns, daß die Patientin niemanden sehen wolle. Wir hatten der Krankenschwester gesagt, daß sie, für den Fall, daß Blanche sich weigerte, Dirk zu empfangen, fragen solle, ob sie mich empfangen wolle; aber auch das schlug sie ab. Dirks Lippen zitterten.

»Ich wage nicht, darauf zu bestehen«, sagte die Krankenschwester. »Sie ist zu krank. Vielleicht wird sie in ein paar Tagen ihre Meinung ändern.«

»Will sie irgend jemand anderen sehen?« fragte Dirk mit so leiser Stimme, daß es fast ein Flüstern war.

»Sie sagt, sie möchte nur in Frieden gelassen werden.«

Dirks Hände bewegten sich sonderbar. Es war, als hätten sie mit seinem Körper nichts zu tun.

»Würden Sie ihr sagen, daß, wenn sie irgend jemand andern zu sprechen wünscht, ich ihn bringen werde? Ich möchte nur, daß sie glücklich ist.«

Die Schwester schaute ihn mit ihren ruhigen, freundlichen Augen an, die all das Grauen und Leid der Welt gesehen hatten, und trotzdem, erfüllt von der Vision einer Welt ohne Sünde, eine große Heiterkeit ausstrahlten.

»Ich werde es ihr sagen, sobald sie ein wenig ruhiger ist.«

Dirk, der voller Mitleid war, bat sie, ihr die Botschaft sofort zu überbringen.

»Es wird sie möglicherweise gesund machen. Ich flehe Sie an, fragen Sie sie jetzt.«

Mit einem schwachen mitleidigen Lächeln ging die Schwester in das Zimmer zurück. Wir hörten ihre leise Stimme, und dann die Antwort, in einer Stimme, die ich nicht erkannte:

»Nein, nein, nein.«

Die Schwester kam wieder heraus und schüttelte den Kopf.

»War das ihre Stimme?« fragte ich. »Ihre Stimme klang so fremd.«

»Es hat den Anschein, als wären ihre Stimmbänder von der Säure verätzt worden.«

Dirk stieß einen leisen Schmerzensschrei aus. Ich bat ihn, zu gehen und am Eingang auf mich zu warten, da ich der Schwester noch etwas sagen wollte. Er fragte nicht, warum, sondern entfernte sich schweigend. Er schien alle Willenskraft verloren zu haben; er war wie ein folgsames Kind.

»Hat sie Ihnen gesagt, warum sie es getan hat?« fragte ich.

»Nein, sie will nicht sprechen. Sie liegt ganz ruhig auf dem Rücken. Sie rührt sich oft stundenlang nicht. Aber sie weint ununterbrochen. Ihr Kissen ist schon ganz feucht. Sie ist zu schwach, um ein Taschentuch zu benutzen, und die Tränen rinnen ihr einfach über das Gesicht.«

Mein Herz krampfte sich plötzlich zusammen. In diesem Augenblick hätte ich Strickland umbringen können, und ich merkte, daß meine Stimme zitterte, als ich der Krankenschwester auf Wiedersehen sagte.

Dirk wartete auf der Treppe auf mich. Er schien nichts zu sehen und bemerkte nicht, daß ich neben ihm war, bis ich seinen Arm berührte. Wir gingen schweigend weiter. Ich versuchte mir vorzustellen, was das arme Geschöpf zu diesem furchtbaren Schritt getrieben hatte. Ich nahm an, daß Strickland wußte, was geschehen war, denn irgend jemand von der Polizei mußte ihn aufgesucht und er mußte seine Aussage gemacht haben. Ich wußte nicht, wo er war. Ich vermutete, daß er in die schäbige Dachstube zurückgekehrt war, die ihm als Atelier diente. Wie merkwürdig war es doch, daß sie ihn nicht sehen wollte. Vielleicht weigerte sie sich, ihn holen zu lassen, weil sie wußte, daß er sich weigern würde zu kommen. Ich fragte mich, in welch einen Abgrund von Grausamkeit sie geblickt haben mußte, daß sie vor lauter Entsetzen ihrem Leben ein Ende bereiten wollte.

36

Die folgende Woche war schrecklich. Stroeve ging zweimal am Tag ins Krankenhaus, um sich nach seiner Frau zu erkundigen, die sich noch immer weigerte, ihn zu empfangen; anfangs kam er erleichtert und hoffnungsvoll zurück, weil ihm gesagt wurde, sie scheine gesund zu werden, und dann verzweifelt, weil die Komplikation, die der Arzt befürchtet hatte, eingetreten und eine Genesung ausgeschlossen war. Die Schwester hatte Mitleid mit seinem Schmerz, aber sie konnte ihm wenig Tröstliches sagen. Die arme Frau lag ganz still da und weigerte sich zu sprechen; ihre Augen blickten starr, als lauere sie auf das Kommen des Todes. Es konnte sich nur noch um ein oder zwei Tage handeln; und als Stroeve spät am Abend zu mir kam, wußte ich, daß er mir ihren Tod mitteilen wollte. Er war völlig erschöpft. Seine Beredsamkeit hatte ihn verlassen, und er sank müde auf mein Sofa nieder. Ich fühlte, daß keine teilnahmsvollen Worte halfen, und ließ ihn ruhig dort liegen. Da ich fürchtete, herzlos zu scheinen, wenn ich läse, setzte ich mich ans Fenster und rauchte eine Pfeife, bis er zu sprechen begann.

»Sie waren sehr gut zu mir«, sagte er schließlich. »Alle Menschen waren sehr gut zu mir.«

»Unsinn«, sagte ich verlegen.

»Im Krankenhaus hat man mir gesagt, ich könne warten. Man gab mir einen Sessel, und ich saß vor der Tür. Als sie bewußtlos wurde, erlaubte man mir, hineinzugehen. Ihr Mund und ihr Kinn waren von der Säure ganz verätzt. Es war furchtbar, ihre wunderschöne Haut dermaßen entstellt zu sehen. Sie starb sehr friedlich, so daß ich nicht wußte, daß sie tot war, bis die Schwester es mir sagte.«

Er war zu müde, um zu weinen. Matt lag er auf dem Rükken, als wäre alle Kraft aus seinen Gliedern entwichen, und kurze Zeit später bemerkte ich, daß er eingeschlafen war. Es war sein erster natürlicher Schlaf seit einer Woche. Die Natur, die manchmal so grausam ist, kann auch gnädig sein. Ich deckte ihn zu und löschte das Licht. Als ich am Morgen erwachte, schlief er noch. Er hatte sich nicht gerührt. Die goldgeränderte Brille war noch auf seiner Nase.

37

Blanche Stroeves Tod machte schreckliche Formalitäten aller Art notwendig, aber schließlich durften wir sie begraben. Nur Dirk und ich folgten dem Leichenwagen zum Friedhof. Wir fuhren im Schritt, aber auf dem Weg zurück ging es im Trab, und die Art, in welcher der Kutscher des Leichenwagens seine Pferde mit der Peitsche antrieb, hatte für mich etwas besonders Grauenhaftes. Es war, als würde er den Toten mit einem Achselzucken beiseite schieben. Ab und zu erblickte ich den hin- und herschwankenden Leichenwagen vor uns, und unser Kutscher trieb unsere zwei Pferde an, um nicht zurückzubleiben. Auch ich hatte den dringenden Wunsch, die ganze Sache zu vergessen. Diese Tragödie, die mich im Grunde nichts anging, begann mir lästig zu werden, und indem ich mir einredete, es Stroeve zuliebe zu tun, wandte ich mich erleichtert anderen Dingen zu.

»Glauben Sie nicht, daß es besser für Sie wäre, von hier wegzufahren?« sagte ich. »Es kann jetzt für Sie keinen Grund mehr geben, in Paris zu bleiben.«

Er antwortete nicht, aber ich fuhr unbarmherzig fort:

»Haben Sie irgendwelche Pläne für die nächste Zukunft gemacht?«

»Nein.«

»Sie müssen versuchen, sich zusammenzunehmen. Warum fahren Sie nicht nach Italien und fangen an zu arbeiten?«

Wieder gab er keine Antwort, aber der Kutscher unseres Wagens kam mir zu Hilfe. Er verlangsamte für einen Augenblick das Tempo, lehnte sich zurück und sagte etwas. Da ich nicht verstand, was er wollte, steckte ich den Kopf zum Fenster hinaus; er wollte wissen, wo wir abgesetzt zu werden wünschten. Ich sagte ihm, er solle eine Minute warten.

»Sie sollten mit mir zu Mittag essen«, sagte ich zu Dirk. »Ich werde ihm sagen, er soll uns zum Place Pigalle fahren.«

»Lieber nicht. Ich möchte ins Atelier gehen.«

Ich zögerte einen Augenblick.

»Möchten Sie, daß ich mit Ihnen komme?« fragte ich dann.

»Nein. Ich bin lieber allein.«

»Gut.«

Ich gab dem Kutscher die entsprechende Anweisung, und wir fuhren schweigend weiter. Dirk war seit dem unglückseligen Vormittag, an dem Blanche ins Krankenhaus gebracht worden war, nicht im Atelier gewesen. Ich war froh, daß ich ihn nicht zu begleiten brauchte, und als ich ihn an der Haustür verließ, ging ich erleichtert weg. Ich fand neues Vergnügen an den Straßen von Paris und blickte mit lächelnden Augen auf die hin- und hereilenden Menschen. Der Tag war schön und sonnig, und ich fühlte in mir eine tiefere Freude am Leben. Ich konnte nicht anders; ich vergaß Stroeve und seine Sorgen. Ich wollte mich freuen.

38

Ich sah ihn fast eine Woche lang nicht. Dann holte er mich eines Abends kurz nach sieben ab und lud mich zum Essen ein. Er war in tiefstes Schwarz gekleidet, und auf seinem steifen Hut war ein breites schwarzes Band. Er sah aus, als hätte er bei einer einzigen Katastrophe seine ganze Verwandtschaft bis zu den Cousins zweiten Grades verloren. Seine Rundlichkeit und seine dicken, roten Backen standen in ziemlichem Widerspruch zu seiner Trauer. Es war grausam, daß sein größtes Unglück etwas von einem Possenspiel an sich hatte.

Er erzählte mir, daß er sich entschlossen hätte wegzufahren, wenn auch nicht nach Italien, wie ich vorgeschlagen hatte, sondern nach Holland.

»Ich fahre morgen ab. Vielleicht sehen wir uns heute überhaupt zum letztenmal.«

Ich widersprach, und er lächelte gezwungen.

»Ich war seit fünf Jahren nicht daheim. Ich glaubte, ich hätte alles vergessen; ich schien mich von meinem Vaterhaus so weit entfernt zu haben, daß ich vor dem Gedanken zurückschreckte, es wieder zu besuchen; aber jetzt habe ich das Gefühl, daß es meine einzige Zuflucht ist.«

Ihm war arg mitgespielt worden, und seine Gedanken schweiften zur zärtlichen Liebe seiner Mutter zurück. Der Spott, den er jahrelang ertragen hatte, schien ihn nun niederzudrücken, und der letzte Schlag, die Treulosigkeit seiner Frau, hatte ihn der Widerstandsfähigkeit beraubt, die ihn allen Spott so heiter hatte hinnehmen lassen. Er konnte nicht länger mit jenen lachen, die ihn auslachten. Er war ein Ausgestoßener. Er erzählte mir von seiner Kindheit in dem sauberen Backsteinhaus und von der leidenschaftlichen Ordnungsliebe seiner Mutter. Ihre Küche war ein Wunder an blitzender Sauberkeit. Jedes Ding stand immer an seinem Platz, und nirgends war ein Stäubchen zu sehen. Die Sauberkeit war bei ihr zur Manie geworden. Ich sah eine nette kleine alte Frau mit Apfelbäckchen vor mir, die jahrelang vom Morgen bis zum Abend schuftete, um ihr Haus peinlich in Ordnung zu halten. Sein Vater war ein magerer alter Mann, aufrecht und still, und seine Hände hatten Schwielen von der Arbeit eines ganzen Lebens; abends las er laut die Zeitung, während seine Frau und seine Tochter (jetzt mit dem Kapitän eines Fischerbootes verheiratet) sich über ihre Näharbeit beugten, um ja keine Zeit zu verlieren. Niemals passierte etwas in der kleinen Stadt, die hinter dem Fortschritt der Zivilisation zurückgeblieben war; und ein Jahr folgte aufs andere, bis der Tod kam wie ein Freund, um jenen, die so fleißig gearbeitet hatten, Ruhe zu schenken.

»Mein Vater wollte, daß ich Zimmermann werde wie er. Seit fünf Generationen hat sich bei uns dasselbe Handwerk vom Vater auf den Sohn weitervererbt. Vielleicht ist es Lebensweisheit, in seines Vaters Fußstapfen zu treten und weder nach rechts noch nach links zu schauen. Als Junge sagte ich, ich würde die Tochter des Sattlers heiraten, der nebenan wohnte. Sie war ein kleines Mädchen mit blauen Augen und einem flachsfarbenen Zopf. Sie hätte mein Haus blitzblank gehalten, und ich hätte einen Sohn gehabt, der das Geschäft nach mir geführt hätte.«

Stroeve seufzte ein wenig und schwieg. In Gedanken malte er sich aus, was hätte sein können, und es erfüllte ihn Sehnsucht nach dem sicheren Leben, das er abgelehnt hatte.

»Die Welt ist hart und grausam. Wir sind hier, und keiner weiß, warum; wir gehen, und keiner weiß, wohin. Wir müssen sehr bescheiden sein. Wir müssen die Schönheit der Stille erkennen. Wir müssen so unauffällig durchs Leben gehen, daß uns die Schicksalsgöttin nicht bemerkt. Laßt uns die Liebe der einfachen und unwissenden Menschen suchen! Ihre Unwissenheit ist besser als all unser Wissen. Laßt uns schweigen, zufrieden in unserer kleinen Ecke, demütig und fromm wie sie! Das ist die wahre Lebensweisheit.«

Mir schien, daß sich in diesen Worten seine gebrochene Kraft offenbarte, und ich lehnte mich gegen seine Entsagung auf. Aber ich behielt meine Meinung für mich.

»Wie kamen Sie dazu, Maler zu werden?« fragte ich.

Er zuckte die Achseln.

»Es zeigte sich, daß ich eine gewisse Fertigkeit im Zeichnen hatte. In der Schule bekam ich Preise dafür. Meine arme Mutter war sehr stolz auf diese Begabung und schenkte mir einen Kasten mit Wasserfarben. Sie zeigte meine Skizzen dem Pastor, dem Arzt und dem Richter. Ich wurde nach Amsterdam geschickt, um mich um ein Stipendium zu bewerben, und ich erhielt es. Das arme Ding, sie war so stolz; und obwohl es ihr beinahe das Herz brach, sich von mir zu trennen, lächelte sie und zeigte mir ihren Kummer nicht. Sie freute sich, daß ihr Sohn ein Künstler würde. Sie schränkten sich ein und sparten, damit ich genug zum Leben hätte, und als mein erstes Bild ausgestellt wurde, kamen sie nach Amsterdam, mein Vater, meine Mutter und meine Schwester, und meine Mutter weinte, als sie es sah.« Seine freundlichen Augen strahlten. »Und jetzt hängt an jeder Wand des alten Hauses eines meiner Bilder in einem schönen Goldrahmen.«

Er strahlte vor Glück und Stolz. Ich dachte an seine schlechten Bilder mit ihren malerischen Bauern, Zypressen und Olivenbäumen. Sie mußten sich seltsam ausnehmen in ihren prunkvollen Rahmen an den Wänden des bäuerlichen Hauses.

»Die gute Seele glaubte mir etwas besonders Gutes zu tun, als sie mich Künstler werden ließ, aber vielleicht wäre es für mich trotzdem besser gewesen, wenn ich auf meinen Vater gehört hätte und ein rechtschaffener Zimmermann geworden wäre.«

»Würden Sie jetzt, wo Sie wissen, was die Kunst zu bieten hat, Ihr Leben ändern wollen? Würden Sie all die Freude, die sie Ihnen geschenkt hat, missen wollen?«

»Kunst ist das Erhabenste auf der Welt«, antwortete er nach einer Pause.

Er sah mich einen Augenblick lang nachdenklich an; er schien zu zögern; dann sagte er:

»Wußten Sie, daß ich Strickland aufgesucht habe?«

»Sie?«

Ich war erstaunt. Ich hatte gedacht, er könnte seinen Anblick nicht ertragen. Stroeve lächelte matt.

»Sie wissen bereits, daß ich nicht genug Stolz habe.«

»Was wollen Sie damit sagen?«

Er erzählte mir eine seltsame Geschichte.

39

Als ich Stroeve verließ, nachdem wir die arme Blanche begraben hatten, ging er schweren Herzens in das Haus. Irgend etwas trieb ihn in das Atelier, ein dunkles, selbstquälerisches Verlangen, und dennoch fürchtete er den Schmerz, der ihn erwartete. Er schleppte sich die Stiegen hinauf; seine Füße schienen ihn nicht tragen zu wollen; und vor der Tür verweilte er lange Zeit und versuchte, seinen Mut zusammenzunehmen und hineinzugehen. Es war ihm entsetzlich schlecht. Er wollte plötzlich die Treppe hinunter- und mir nachlaufen und mich bitten, mit ihm hineinzugehen; er hatte das Gefühl, daß jemand im Atelier sei. Er erinnerte sich, wie oft er auf dem Treppenabsatz ein paar Minuten gewartet hatte, um nach dem Stiegensteigen Atem zu holen, und wie seine Ungeduld, Blanche zu sehen, ihm diesen wieder genommen hatte. Sie zu sehen war für ihn immer wieder eine Freude, und selbst wenn er kaum eine Stunde fortgewesen war, erregte ihn die Aussicht darauf so sehr, als wären sie einen Monat lang getrennt gewesen. Plötzlich konnte er nicht glauben, daß sie tot war. Was geschehen war, konnte nur ein Traum sein; ein schrecklicher Traum; und wenn er den Schlüssel umdrehte und die Tür öffnete, würde er sie sehen, leicht über den Tisch gebeugt, in der anmutigen Haltung der Frau von Chardins *Tischgebet*, die er so sehr liebte. Schnell nahm er den Schlüssel aus seiner Tasche, öffnete und trat ein.

Die Wohnung sah nicht verlassen aus. Die Ordnungsliebe seiner Frau war eines der Merkmale, die ihm so sehr gefallen hatten; seine eigene Erziehung hatte ihm ein feines Verständnis für die Freude an Ordnung mitgegeben; und wenn er sah, wie sie jedes Ding instinktiv an seinen richtigen Platz stellte, wurde es ihm warm ums Herz. Das Schlafzimmer sah aus, als hätte sie es eben verlassen: die Bürsten lagen fein säuberlich auf dem Toilettentisch, eine links und eine rechts neben dem Kamm; jemand hatte das Bett gemacht, auf dem sie ihre letzte Nacht im Atelier verbracht hatte, und ihr Nachthemd lag zusammengelegt auf dem Kissen. Es war unvorstellbar, daß sie niemals mehr in dieses Zimmer zurückkommen würde.

Aber er hatte Durst und ging in die Küche, um sich ein Glas Wasser zu holen. Auch hier war alles in Ordnung. Auf einem Gestell standen die Teller, die sie für das Essen an dem Abend ihres Streits mit Strickland verwendet hatte, und sie waren sorgfältig gewaschen worden. Die Messer und die Gabeln waren in eine Schublade geräumt worden. Unter einer Glasglocke befanden sich Käsereste, und in einer Blechdose lag ein Stück hartes Brot. Sie war jeden Tag einkaufen gegangen und hatte nur das unbedingt Notwendige gekauft, so daß von einem Tag zum andern nichts übrigblieb. Stroeve wußte aufgrund der Erkundigungen, die er bei der Polizei eingezogen hatte, daß Strickland unmittelbar nach dem Essen aus dem Haus gegangen war, und die Tatsache, daß Blanche alles wie gewöhnlich abgewaschen hatte, entsetzte ihn. Ihr methodisches Vorgehen ließ ihren Selbstmord geplant erscheinen. Ihre Selbstbeherrschung war erschreckend. Plötzlich fühlte er einen Stich im Herzen, und seine Knie wurden so schwach, daß er beinahe umfiel. Er ging in das Schlafzimmer zurück und warf sich auf das Bett. Er rief laut ihren Namen:

»Blanche! Blanche!«

Der Gedanke an ihr Leiden war unerträglich. Er hatte plötzlich eine Vision von ihr, sah sie in der Küche stehen – die kaum größer als ein Schrank war – und die Teller und die Gläser, die Gabeln und Löffel abwaschen, geschwind die Messer an dem Messerbrett polieren; dann alles wegräumen, den Ausguß scheuern und das Abwaschtuch zum Trocknen aufhängen – es war noch dort, ein grauer zerrissener Lappen. Dann blickte sie sich um, um sich zu überzeugen, daß alles sauber und nett sei. Er sah, wie sie ihre aufgekrempelten Ärmel herunterrollte und ihre Schürze abnahm – die Schürze hing an einem Haken hinter der Tür – und die Flasche mit der Oxalsäure nahm und mit ihr ins Schlafzimmer ging.

Der Schmerz ließ ihn vom Bett auffahren und trieb ihn aus dem Zimmer. Er ging in das Atelier. Es war dunkel, denn die Vorhänge vor dem großen Fenster waren zugezogen, und er schob sie schnell zurück; aber er brach in Schluchzen aus, als er mit einem raschen Blick den Raum überschaute, in dem er so glücklich gewesen war. Auch hier war nichts verändert. Strickland war seine Umgebung gleichgültig, und er hatte im Atelier des anderen gelebt, ohne daran zu denken, etwas zu ändern. Es war bewußt künstlerisch. Es entsprach Stroeves Vorstellung von der passenden Umgebung für einen Künstler. An den Wänden war alter Brokat, und das Klavier war mit einem schönen verblichenen Seidentuch bedeckt; in einer Ecke stand eine Nachbildung der Venus von Milo und in einer anderen eine der Mediceischen Venus. Es gab einige italienische Schränkchen mit Delfter Porzellan und einige Basreliefs. In einem schönen Goldrahmen war eine Kopie von Velasquez' Innozenz X., die Stroeve in Rom gemacht hatte, und eine Reihe von Stroeves Bildern, alle prunkvoll gerahmt, war so placiert, daß ihre dekorative Wirkung am besten zur Geltung kam. Stroeve war immer sehr stolz auf seinen Geschmack gewesen. Er hatte seinen Sinn für die romantische Atmosphäre eines Ateliers nicht verloren, und obwohl ihm dessen Anblick jetzt wie ein Dolch ins Herz stach, rückte er einen Louis-Quinze-Tisch ein wenig zurecht, der zu seinen Schätzen gehörte. Plötzlich erblickte er eine Leinwand, die mit der Vorderseite an der Wand lehnte. Sie war viel größer als die, welche er selbst gewöhnlich verwendete, und er fragte sich, was sie hier tat. Er ging hin und beugte sich vor, um es anzusehen. Es war ein Akt. Sein Herz begann schnell zu schlagen, denn er erriet sofort, daß es sich um ein Bild von Strickland handelte. Wütend lehnte er es hastig wieder an die Wand – was hatte es zu bedeuten, daß er es hiergelassen hatte? – aber durch die Bewegung fiel es mit der Vorderseite auf den Boden. Einerlei, wessen Bild es war, er konnte es nicht dort im Staub liegen lassen, und er stellte es auf; aber dann gewann die Neugierde die Oberhand. Er wollte es sich genau anschauen, nahm es daher und stellte es auf die Staffelei. Dann trat er zurück, um es sich genauer anzusehen.

Er atmete schwer. Es war das Bild einer Frau, die auf einem Sofa lag, den einen Arm unter ihrem Kopf und den anderen längs ihres Körpers; ein Bein war angezogen, das andere war ausgestreckt. Die Pose war klassisch. Stroeve wurde schwindlig. Es war Blanche. Kummer, Eifersucht und Wut erfaßten ihn, und er schrie mit heiserer Stimme; er war unfähig, Worte zu formen; er ballte seine Fäuste und erhob sie drohend gegen einen unsichtbaren Feind. Er schrie aus voller Kehle. Er war außer sich. Er konnte es nicht ertragen. Das war zuviel. Mit wildem Blick sah er sich nach einem Werkzeug um; er wollte das Bild zerstückeln; es sollte keine Minute länger existieren. Aber er konnte kein geeignetes Werkzeug finden; er wühlte in seinen Malsachen herum, fand aber nichts; er wurde rasend. Endlich stieß er auf das, was er suchte, ein großes Schabeisen, und stürzte sich mit einem Freudenschrei darauf. Er ergriff es, als wäre es ein Dolch, und rannte auf das Bild zu.

Als Stroeve mir dies erzählte, regte er sich so sehr auf wie damals, als sich der Vorfall zugetragen hatte; er ergriff ein Messer, das auf dem Tisch zwischen uns lag, und schwang es. Er hob den Arm, als wollte er zustoßen, öffnete dann die Hand und ließ es mit Geklirr zu Boden fallen. Er sah mich mit einem nervösen Lächeln an. Er sagte nichts.

»Schießen Sie los«, sagte ich.

»Ich weiß nicht, wie mir geschah. Ich wollte gerade ein großes Loch in das Bild machen, ich hatte meinen Arm zum Schlag erhoben, als ich es plötzlich sah.«

»Was sah?«

»Das Bild. Es war ein Kunstwerk. Ich konnte es nicht anrühren. Ich erschrak.«

Stroeve schwieg wieder und starrte mich mit offenem Mund und seinen blauen, runden, hervorstehenden Augen an.

»Es war ein großartiges, ein wunderbares Bild. Ich wurde von Ehrfurcht ergriffen. Beinahe hätte ich ein furchtbares Verbrechen begangen. Ich trat ein wenig zurück, um es besser sehen zu können, und mein Fuß stieß gegen das Schabeisen. Es schauderte mich.«

Ich fühlte tatsächlich etwas von der Erregung, die ihn ergriffen hatte. Ich war merkwürdig beeindruckt. Es war, als wäre ich plötzlich in eine Welt versetzt worden, in der es andere Werte gab. Ich stand daneben, ratlos, wie ein Fremder in einem Land, in dem die Menschen auf alltägliche Dinge ganz anders reagieren, als er es gewohnt ist. Stroeve versuchte mir das Bild zu schildern, aber er sprach so unzusammenhängend, daß ich erraten mußte, was er meinte. Strickland hatte die Fesseln, die ihn bis dahin gefangengehalten hatten, gesprengt. Er hatte nicht sich selbst gefunden, wie es so schön heißt, sondern eine neue Seele mit ungeahnten Kräften. Es war nicht nur die kühne Vereinfachung der Zeichnung, die eine starke und einmalige Persönlichkeit erkennen ließ; es war nicht nur die Malerei, obwohl das Fleisch mit einer leidenschaftlichen Sinnlichkeit gemalt war, die etwas Übernatürliches an sich hatte; es war nicht nur die Dichte, aufgrund deren man das Gewicht des Körpers geradezu spürte; es war auch eine neue und aufwühlende Geistigkeit, welche die Phantasie in ungeahnte Bahnen lenkte und auf dunkle, leere Räume hinwies, die nur von den ewigen Sternen erleuchtet wurden und wo sich die Seele, vollkommen hilflos, an die Aufdeckung neuer Geheimnisse wagte.

Wenn dies schwülstig klingt, so deshalb, weil Stroeve schwülstig sprach. (Wir wissen, daß sich Menschen in Augenblicken der Erregung unwillkürlich poetischer Ausdrücke bedienen.) Stroeve versuchte ein Gefühl auszudrücken, das er bis dahin nicht gekannt hatte, und er wußte nicht, wie er es in alltägliche Worte fassen sollte. Er war wie der Mystiker, der sich bemüht, das Unaussprechliche zu beschreiben. Aber eines wurde mir klar: die Menschen sprechen leichthin von Schönheit, und da sie kein Gefühl für Worte besitzen, verwenden sie dieses eine so sorglos, daß es seine Kraft verliert; und das, wofür es steht, wird seiner Erhabenheit beraubt, da es seinen Namen mit hundert trivialen Dingen teilt. Schön nennen die Leute ein Kleid, einen Hund, eine Predigt; und wenn sie der Schönheit ins Auge blicken, erkennen sie sie nicht. Das falsche Pathos, mit dem sie ihre unbedeutenden Gedanken zu schmükken suchen, läßt sie unempfindlich werden. Wie ein Scharlatan, der eine vielleicht zeitweise vorhandene geistige Kraft vortäuscht, verlieren sie die Fähigkeit, die sie mißbraucht haben. Aber Stroeve, der unbesiegbare Hanswurst, brachte der Schönheit eine Liebe und ein Verständnis entgegen, die ebenso ehrlich und echt waren wie seine eigene Seele. Sie bedeutete für ihn das, was Gott für den Gläubigen bedeutet, und wenn er sie sah, erschrak er.

»Was sagten Sie zu Strickland, als Sie ihn sahen?«

»Ich forderte ihn auf, mit mir nach Holland zu kommen.«

Ich war sprachlos. Ich konnte Stroeve nur mit offenem Mund anschauen.

»Beide haben wir Blanche geliebt. Im Haus meiner Mutter wäre Platz für ihn gewesen. Ich glaube, der Umgang mit armen, einfachen Leuten hätte seiner Seele sehr gut getan. Ich glaube, er hätte von ihnen manches lernen können, was ihm sehr von Nutzen wäre.«

»Was sagte er?«

»Er lächelte ein wenig. Vermutlich hielt er mich für sehr dumm. Er sagte, er hätte andere Dinge zu tun.«

Ich wünschte, Strickland hätte sich anderer Worte bedient, als er diese abschlägige Antwort gab.

»Er gab mir das Bild von Blanche.«

Ich fragte mich, warum Strickland das getan hatte. Aber ich sagte nichts, und wir schwiegen eine Zeitlang.

»Was haben Sie mit allen Ihren Sachen gemacht?« sagte ich schließlich.

»Ich habe einen Juden ausfindig gemacht, der mir eine runde Summe dafür gab. Meine Bilder nehme ich mit nach Hause. Außer ihnen besitze ich jetzt nichts auf der Welt als einen Koffer mit Kleidern und ein paar Bücher.«

»Ich bin froh, daß Sie nach Hause fahren«, sagte ich.

Ich hatte das Gefühl, daß seine einzige Rettung darin bestand, die ganze Vergangenheit hinter sich zu lassen. Ich hoffte, daß die Zeit den Kummer, der jetzt unerträglich schien, lindern und daß ein barmherziges Vergessen ihm helfen würde, die Last des Lebens noch einmal aufzunehmen. Er war noch jung, und in einigen Jahren würde er auf all sein Unglück mit einer Trauer zurückblicken, die nichts Unangenehmes an sich haben würde. Früher oder später würde er in Holland ein einfaches Mädchen heiraten, und ich war sicher, er würde glücklich sein. Ich lächelte bei dem Gedanken an die ungeheure Zahl schlechter Bilder, die er bis zu seinem Tod malen würde.

Am nächsten Tag brachte ich ihn zum Zug nach Amsterdam.

40

Während des folgenden Monats sah ich niemanden, der mit dieser traurigen Sache in Zusammenhang stand, da ich mit meinen eigenen Angelegenheiten beschäftigt war, und meine Gedanken hörten auf, sich damit zu beschäftigen. Aber eines Tages, als ich eine Besorgung machen wollte, begegnete ich Strickland. Sein Anblick brachte mir all das Grauen in Erinnerung, das ich gerne vergessen hätte, und ich empfand einen plötzlichen Widerwillen gegen seinen Urheber. Mit einem Nikken ging ich schnell weiter, denn es wäre kindisch gewesen, ihn zu schneiden; aber einen Augenblick später fühlte ich eine Hand auf meiner Schulter.

»Sie sind in großer Eile«, sagte er herzlich.

Es war charakteristisch für ihn, zu Leuten, die nichts mit ihm zu tun haben wollten, freundlich zu sein, und mein gleichgültiger Gruß konnte daran kaum Zweifel gelassen haben.

»Ja, das bin ich«, antwortete ich kurz.

»Ich werde mit Ihnen gehen«, sagte er.

»Warum?« fragte ich.

»Wegen des Vergnügens, in Ihrer Gesellschaft zu sein.«

Ich antwortete nicht, und er ging schweigend neben mir her, etwa eine Viertelmeile lang. Ich begann mir ein bißchen lächerlich vorzukommen. Schließlich kamen wir an einer Schreibwarenhandlung vorbei, und mir fiel ein, ich könnte Papier kaufen. Das wäre ein Grund, ihn loszuwerden.

»Ich gehe hier hinein«, sagte ich. »Auf Wiedersehen.«

»Ich werde auf Sie warten.«

Ich zuckte die Achseln und ging in den Laden. Ich überlegte, daß französisches Papier schlecht war und daß ich mich, da meine Absicht vereitelt worden war, nicht mit einem unnötigen Kauf zu belasten brauchte. Ich fragte nach etwas, von dem ich wußte, daß es nicht beschafft werden konnte, und eine Minute später trat ich wieder auf die Straße.

»Haben Sie bekommen, was Sie wollten?« fragte er.

»Nein.«

Wir gingen schweigend weiter und kamen dann zu einem Platz, in den mehrere Straßen mündeten. Ich blieb am Rand des Gehsteigs stehen.

»In welche Richtung gehen Sie?« erkundigte ich mich.

»In Ihre Richtung«, sagte er lächelnd.

»Ich gehe nach Hause.«

»Ich werde mit Ihnen kommen und eine Pfeife rauchen.«

»Sie könnten auf eine Einladung warten«, entgegnete ich eisig.

»Das würde ich tun, wenn ich das Gefühl hätte, daß die Möglichkeit besteht, eine zu bekommen.«

»Sehen Sie diese Mauer vor Ihnen?« sagte ich und zeigte darauf.

»Ja.«

»Dann müssen Sie meiner Ansicht nach auch sehen, daß mir Ihre Gesellschaft unerwünscht ist.«

»Ich gebe zu, daß ich das vage vermutet habe.«

Ich konnte ein Grinsen nicht unterdrücken. Es gehört zu meinen Charakterfehlern, daß ich gegen jemanden, der mich zum Lachen bringt, keine wirkliche Abneigung haben kann. Aber ich nahm mich zusammen.

»Ich halte Sie für abscheulich. Sie sind das ekelhafteste Subjekt, das ich je kennengelernt habe. Warum suchen Sie die Gesellschaft eines Menschen, der Sie haßt und verachtet?«

»Mein lieber Junge, was zum Teufel glauben Sie, daß ich mir aus Ihrer Meinung über mich mache?«

»Verdammt noch mal«, sagte ich noch heftiger, weil ich eine dunkle Ahnung hatte, daß mein Beweggrund nicht allzu ehrenwert war, »ich wünsche Sie nicht zu kennen.«

»Fürchten Sie, daß ich Sie verderben werde?«

Sein Ton gab mir das Gefühl, mich lächerlich zu machen. Ich merkte, daß er mich mit einem zynischen Lächeln von der Seite her ansah.

»Ich vermute, Sie sind in Geldnot«, bemerkte ich frech.

»Ich wäre ein verdammter Narr, wenn ich annähme, Sie würden mir Geld leihen.«

»Sie müßten schon sehr heruntergekommen sein, wenn Sie sich solch falschen Hoffnungen hingeben könnten.«

Er grinste.

»Sie werden so lange keine wirkliche Abneigung gegen mich haben, als ich Ihnen Gelegenheit gebe, dann und wann eine treffende Bemerkung anzubringen.«

Ich mußte mir auf die Lippen beißen, um nicht zu lachen. Was er sagte, war leider wahr, und ein weiterer Charakterfehler von mir ist, daß ich den Umgang mit jenen, seien sie auch noch so verdorben, genieße, die mir mit gleicher Münze heimzahlen können. Mein Abscheu vor Strickland ließ sich nur noch durch eine Anstrengung meinerseits aufrechterhalten. Ich erkannte meine moralische Schwäche, aber ich sah ein, daß meine Mißbilligung etwas von einer Pose an sich hatte; und ich wußte, wenn ich dieses Gefühl hatte, würde sein eigener feiner Instinkt es auch entdecken. Er lachte bestimmt heimlich über mich. Ich ließ ihm das letzte Wort und suchte Zuflucht in einem Achselzucken und in Schweigsamkeit.

41

Wir erreichten das Haus, in dem ich wohnte. Ich wollte ihn nicht auffordern mitzukommen, sondern stieg wortlos die Treppe hinauf. Er folgte mir und betrat unmittelbar nach mir die Wohnung. Er war nie zuvor dort gewesen, aber er warf nicht einmal einen flüchtigen Blick auf das Zimmer, obwohl ich mir Mühe gegeben hatte, es für das Auge anziehend zu machen. Auf dem Tisch stand eine Dose Tabak, und er nahm seine Pfeife heraus und stopfte sie. Er setzte sich auf den einzigen Stuhl, der keine Armlehnen hatte, und begann zu schaukeln.

»Wenn Sie sich's gemütlich machen wollen, warum setzen Sie sich dann nicht in einen Lehnstuhl?« fragte ich gereizt.

»Was kümmern Sie sich um meine Bequemlichkeit?«

»Ich kümmere mich nicht um Ihre«, entgegnete ich, »sondern nur um meine eigene. Es stört mich, wenn ich jemanden auf einem unbequemen Stuhl sitzen sehe.«

Er grinste, rührte sich aber nicht. Er rauchte schweigend, nahm keine weitere Notiz von mir und war offensichtlich in Gedanken versunken. Ich fragte mich, warum er gekommen war.

Wenn die Empfindsamkeit des Schriftstellers noch nicht durch lange Gewöhnung abgestumpft ist, wird er immer wieder durch den Drang irritiert werden, sich für die Besonderheiten der menschlichen Natur so brennend zu interessieren, daß sein Gefühl für Moral machtlos dagegen ist. Er empfindet bei der Betrachtung des Bösen eine künstlerische Befriedigung in sich, die ihn ein wenig erschreckt; aber wenn er ehrlich ist, muß er zugeben, daß die Mißbilligung, die er gegenüber gewissen Handlungen fühlt, nicht annähernd so stark ist wie seine Neugier nach ihren Motiven. Ein durch und durch schurkischer Charakter übt auf seinen Schöpfer eine Faszination aus, die eine Verletzung von Gesetz und Ordnung darstellt. Ich glaube, daß Shakespeare die Gestalt des Jago mit einer Lust erfand, die er nicht fühlte, als er Mondstrahlen mit seiner Phantasie verwebte und Desdemona erdachte. Es mag sein, daß der Schriftsteller in seinen Bösewichten eigene tiefverwurzelte Triebe befriedigt, welche die Sitten und Gebräuche einer zivilisierten Welt in die geheimnisvollen Winkel des Unterbewußten zurückgetrieben haben. Indem er seinen Gestalten Fleisch und Blut gibt, haucht er jenem Teil seines Ich Leben ein, der keine anderen Ausdrucksmöglichkeiten findet. Seine Befriedigung ist ein Gefühl der Befreiung.

Der Schriftsteller ist mehr am Verstehen interessiert als am Urteilen.

Seite an Seite mit einem wirklich echten Abscheu vor Strickland wohnte in meiner Seele eine kühle Neugier, seine Motive zu erforschen. Ich zerbrach mir den Kopf über ihn, und ich war erpicht darauf, zu erfahren, was er von der Tragödie hielt, die er in dem Leben von Leuten verursacht hatte, die ihn so freundlich behandelt hatten. Kühn setzte ich das Skalpell an.

»Stroeve hat mir erzählt, daß das Bild, das Sie von seiner Frau gemalt haben, das beste war, das Sie je gemacht haben.«

Strickland nahm die Pfeife aus dem Mund, und in seinen Augen blitzte ein Lächeln auf.

»Die Arbeit daran hat mir großen Spaß gemacht.«

»Warum haben Sie es ihm gegeben?«

»Ich hatte es beendet. Es hatte keinen Nutzen mehr für mich.«

»Wissen Sie, daß Stroeve es beinahe vernichtet hat?«

»Es war nicht ganz befriedigend.«

Er war ein paar Augenblicke lang still, dann nahm er seine Pfeife wieder aus dem Mund und grinste.

»Wissen Sie, daß der kleine Mann mich besucht hat?«

»Waren Sie nicht eher gerührt über das, was er zu sagen hatte?«

»Nein. Ich hielt es für verdammt dumm und sentimental.«

»Es scheint Ihnen entfallen zu sein, daß Sie sein Leben zerstört haben«, bemerkte ich.

Er rieb sich nachdenklich das bärtige Kinn.

»Er ist ein sehr schlechter Maler.«

»Aber ein sehr guter Mensch.«

»Und ein ausgezeichneter Koch«, fügte Strickland spöttisch hinzu.

Seine Gefühllosigkeit war unmenschlich, und ich war nicht geneigt, ein Blatt vor den Mund zu nehmen.

»Aus purer Neugier würde es mich interessieren zu erfahren, ob Sie wegen des Todes von Blanche Stroeve auch nur die geringsten Gewissensbisse gehabt haben.«

Ich wartete auf eine Veränderung des Ausdrucks in seinem Gesicht, aber es blieb teilnahmslos.

»Weshalb sollte ich?« fragte er.

»Lassen Sie mich Ihnen die Tatsachen in Erinnerung bringen. Sie waren todkrank, und Dirk Stroeve brachte Sie in sein Haus. Er pflegte Sie wie eine Mutter. Er opferte für Sie seine Zeit, seine Bequemlichkeit und sein Geld. Er entriß Sie dem Tod.«

Strickland zuckte die Achseln.

»Den lächerlichen kleinen Mann freut es, für andere Leute etwas zu tun. Das ist sein Leben.«

»Angenommen, Sie schuldeten ihm keinen Dank, mußten Sie ihm seine Frau nehmen? Bis Sie auf der Bildfläche erschienen, waren die beiden glücklich. Warum konnten Sie sie nicht in Ruhe lassen?«

»Was läßt Sie glauben, daß die beiden glücklich waren?«

»Das war klar.«

»Sie sind ein scharfsinniger Bursche. Glauben Sie, daß sie ihm je hätte verzeihen können, was er für sie getan hat?«

»Was meinen Sie damit?«

»Wissen Sie nicht, warum er sie geheiratet hat?«

Ich schüttelte den Kopf.

»Sie war Gouvernante in der Familie irgendeines römischen Fürsten, und der Sohn des Hauses verführte sie. Sie dachte, er würde sie heiraten. Sie wurde mit Sack und Pack auf die Straße gesetzt. Sie war schwanger, und sie versuchte, Selbstmord zu begehen. Stroeve fand sie und heiratete sie.«

»Das paßt zu ihm. Ich habe nie jemanden gekannt, der ein so mitleidvolles Herz hat.«

Ich hatte mich oft gefragt, warum dieses schlecht zueinanderpassende Paar geheiratet hatte, doch diese Erklärung war mir nie in den Sinn gekommen. Das war vielleicht der Grund für die besondere Eigenart von Dirks Liebe zu seiner Frau. Ich hatte bemerkt, daß es nicht nur Leidenschaft war. Ich erinnerte mich auch, daß ich mir eingebildet hatte, ihre Reserviertheit verberge etwas; jetzt aber sah ich darin mehr als den Wunsch, ein schändliches Geheimnis zu verbergen. Ihre Stille war wie die unheimliche Ruhe, die über einer Insel brütet, über die ein Sturm hinweggefegt ist. Ihre Heiterkeit war die Heiterkeit der Verzweiflung. Strickland unterbrach meinen Gedankengang durch eine Bemerkung, deren abgrundtiefer Zynismus mich erschreckte.

»Eine Frau kann einem Mann das Leid, das er ihr angetan hat, verzeihen«, sagte er, »aber sie kann ihm nie die Opfer verzeihen, die er für sie gebracht hat.«

»Es muß für Sie beruhigend sein zu wissen, daß Sie bestimmt nicht Gefahr laufen, sich den Haß der Frauen zuzuziehen, mit denen Sie in Berührung kommen«, entgegnete ich.

Ein leises Lächeln trat auf seine Lippen.

»Sie sind immer bereit, einer schlagfertigen Antwort Ihre Grundsätze zu opfern«, antwortete er.

»Was geschah mit dem Kind?«

»Ach, es kam tot zur Welt, drei oder vier Monate nachdem sie geheiratet hatten.«

Dann kam ich zu der Frage, die mir am problematischsten zu sein schien.

»Würden Sie mir sagen, warum Sie sich überhaupt um Blanche Stroeve bemüht haben?«

Er zögerte so lange mit der Antwort, daß ich meine Frage beinahe wiederholt hätte.

»Wie soll ich das wissen?« sagte er endlich. »Sie konnte mich nicht ausstehen. Es amüsierte mich.«

»Ach so.«

Er wurde plötzlich wütend.

»Verdammt noch mal, ich wollte sie.«

Aber gleich darauf beruhigte er sich wieder und blickte mich lächelnd an.

»Zuerst war sie entsetzt.«

»Haben Sie es ihr gesagt?«

»Es war kein Grund vorhanden. Sie wußte es. Ich sagte kein einziges Wort. Sie fürchtete sich. Schließlich nahm ich sie.«

Ich weiß nicht, warum die Art, in der er dies sagte, das Ungestüm seines Verlangens besonders erkennen ließ. Es war beunruhigend, ja beinahe erschreckend. Sein Leben war von materiellen Dingen seltsam getrennt, und es war, als übe sein Körper zu gewissen Zeiten fürchterliche Rache an seinem Geist. Der Satyr in ihm ergriff plötzlich von ihm Besitz, und er war einem Trieb hilflos ausgeliefert, der die Macht einer Naturgewalt hatte. Es war eine solch vollkommene Besessenheit, daß in seiner Seele kein Raum für Bedachtsamkeit und Dankbarkeit war.

»Aber warum wollten Sie sie mit sich nehmen?« fragte ich.

»Das wollte ich nicht«, antwortete er mit finsterem Blick. »Als sie erklärte, sie komme mit mir, war ich beinahe ebenso überrascht wie Stroeve. Ich sagte ihr, wenn ich genug von ihr hätte, würde sie weggehen müssen. Sie sagte, sie wolle es riskieren.« Er machte eine kurze Pause. »Sie hatte einen wunderschönen Körper, und ich wollte einen Akt malen. Als ich mein Bild beendet hatte, interessierte sie mich nicht mehr.«

»Und sie hat Sie von ganzem Herzen geliebt.«

Er sprang auf und ging in dem kleinen Zimmer auf und ab.

»Ich brauche keine Liebe. Ich habe keine Zeit dafür. Liebe ist Schwäche. Ich bin ein Mann, und manchmal brauche ich eine Frau. Wenn ich meine Leidenschaft befriedigt habe, wende ich mich anderen Dingen zu. Ich kann meine Begierde nicht besiegen, aber ich hasse sie; sie hält meinen Geist gefangen; ich freue mich auf die Zeit, wo ich von jeglicher Begierde frei sein werde und mich ungestört meiner Arbeit hingeben kann. Weil die Frauen nichts können als lieben, messen sie der Liebe eine lächerliche Wichtigkeit bei. Sie wollen uns einreden, daß sie das ganze Leben sei. Sie ist ein unbedeutender Teil. Ich kenne die

Wollust; sie ist normal und gesund. Liebe ist eine Krankheit. Frauen sind die Werkzeuge meiner Lust; ihren Anspruch, Gefährtinnen, Partnerinnen und Kameradinnen zu sein, dulde ich nicht.«

Ich hatte Strickland noch nie so viel auf einmal reden hören. Er sprach voll leidenschaftlicher Entrüstung. Aber weder hier noch anderswo kann ich Anspruch darauf erheben, seine Worte genau wiederzugeben: sein Wortschatz war gering, und er hatte kein Talent, Sätze zu formen, so daß man seine Meinung aus Ausrufen, aus seinem Gesichtsausdruck, aus Gesten und abgedroschenen Phrasen zusammensetzen mußte.

»Sie hätten zu einer Zeit leben sollen, als die Frauen Leibeigene und die Männer Sklavenhalter waren«, sagte ich.

»Ich bin nichts als ein völlig normaler Mann.«

Ich mußte über diese Bemerkung, die in vollem Ernst vorgebracht worden war, lachen; aber er fuhr fort, wie ein eingesperrtes Tier im Zimmer auf und ab zu gehen, in der Absicht, seine Empfindungen auszudrücken, hatte aber mit der Schwierigkeit zu kämpfen, sich verständlich zu machen.

»Wenn eine Frau liebt, ist sie nicht eher zufrieden, bis sie sich unserer Seele bemächtigt hat. Weil sie schwach ist, will sie herrschen, und nur das stellt sie zufrieden. Sie ist beschränkt und ärgert sich über das Abstrakte, das sie nicht begreifen kann. Sie beschäftigt sich mit materiellen Dingen und ist eifersüchtig auf das Ideal. Die Seele des Mannes durchwandert die höchsten Regionen des Universums, und sie möchte sie in ihrem Haushaltsbuch einschließen. Erinnern Sie sich an meine Frau? Ich merkte, wie Blanche allmählich all ihre Tricks versuchte. Mit unendlicher Geduld wollte sie mich fangen und binden. Sie wollte mich auf ihr Niveau hinunterziehen; sie machte sich nichts aus mir; sie wollte nur, daß ich ihr gehöre. Sie war gewillt, alles in der Welt für mich zu tun, außer dem einen, was ich wollte: mich in Ruhe zu lassen.«

Ich schwieg eine Weile.

»Was glaubten Sie, daß sie machen würde, als Sie sie verließen?«

»Sie hätte zu Stroeve zurückgehen können«, sagte er gereizt. »Er war bereit, sie aufzunehmen.«

»Sie sind ein Unmensch«, antwortete ich. »Mit Ihnen über

solche Dinge zu reden, ist ebenso sinnlos, wie einem blind Geborenen Farben zu beschreiben.«

Er blieb vor meinem Sessel stehen und blickte mit einem Ausdruck verächtlichen Staunens auf mich herab.

»Ist es für Sie nicht völlig gleichgültig, ob Blanche Stroeve lebendig oder tot ist?«

Ich dachte über die Frage nach, denn ich wollte wahrheitsgemäß antworten, nach bestem Wissen und Gewissen.

»Es mag ein Mangel an Anteilnahme meinerseits sein, wenn es mir nicht viel ausmacht, daß sie tot ist. Das Leben hatte ihr noch eine Menge zu bieten. Ich finde es entsetzlich, daß sie auf so grausame Art ums Leben kam, und schäme mich, weil es mich nicht wirklich berührt.«

»Sie haben nicht den Mut Ihrer Überzeugung. Das Leben hat keinen Wert. Blanche Stroeve beging nicht Selbstmord, weil ich sie verließ, sondern weil sie eine dumme, unausgeglichene Frau war. Aber wir haben wirklich genug über sie gesprochen; sie war eine völlig unbedeutende Person. Kommen Sie, ich werde Ihnen meine Bilder zeigen.«

Er sprach, als wäre ich ein Kind, das Ablenkung brauchte. Ich ärgerte mich, aber nicht so sehr über ihn als über mich selbst. Ich dachte an das glückliche Leben, daß dieses Paar, Stroeve und seine Frau, in dem behaglichen Atelier am Montmartre geführt hatten, an ihre Einfachheit, Güte und Gastfreundschaft; es schien mir grausam, daß es durch ein unbarmherziges Schicksal zerbrochen worden war; aber das grausamste von allem war, daß es in Wirklichkeit nicht viel ausmachte. Das Leben ging weiter, und niemand hatte durch all das Unglück auch nur den geringsten Schaden erlitten. Mir war so, als würde Dirk, ein Mensch, dessen emotionale Reaktionen stärker waren als die Tiefe seines Gefühls, bald vergessen; und Blanches Leben, begonnen mit Gott weiß was für großen Hoffnungen und Träumen, hätte genausogut nie gelebt sein können. Alles schien sinnlos und nichtig.

Strickland hatte seinen Hut genommen und schaute mich an.

»Kommen Sie mit?«

»Warum suchen Sie meine Bekanntschaft?« fragte ich ihn. »Sie wissen doch, daß ich Sie hasse und verachte.«

Er war gutgelaunt.

»In Wirklichkeit ärgern Sie sich nur über mich, weil ich mich nicht im geringsten darum kümmere, was Sie über mich denken.«

Ich fühlte, wie mir das Blut ins Gesicht stieg. Es war unmöglich, ihm begreiflich zu machen, daß seine gefühllose Selbstsucht empörend war. Ich wünschte sehnlichst, den Panzer seiner vollkommenen Gleichgültigkeit zu durchdringen. Ich wußte aber auch, daß an dem, was er sagte, etwas Wahres war. Unbewußt vielleicht schätzen wir die Macht, die wir über Menschen haben, danach ein, ob sie unsere Meinung über sie beachten, und wir hassen jene, auf die wir keinen derartigen Einfluß haben. Vermutlich ist das die bitterste Kränkung für den menschlichen Stolz. Aber ich wollte ihn nicht merken lassen, daß ich verstimmt war.

»Ist es überhaupt irgend jemandem möglich, die anderen gänzlich außer acht zu lassen?« sagte ich, wenn auch mehr zu mir selbst als zu ihm. »In Ihrem ganzen Dasein sind Sie von anderen abhängig. Es wäre ein absurdes Unterfangen, wollten Sie versuchen, nur für sich selbst und aus sich selbst heraus zu leben. Früher oder später werden Sie krank, müde und alt sein, und dann werden Sie in die Herde zurückkriechen. Würden Sie sich nicht schämen, wenn Sie in Ihrem Herzen den Wunsch nach Trost und Mitgefühl spüren? Sie versuchen etwas Unmögliches. Früher oder später wird das menschliche Wesen in Ihnen sich nach den gemeinschaftlichen Verbindungen der Menschheit sehnen.«

»Kommen Sie und schauen Sie sich meine Bilder an.«

»Haben Sie jemals an den Tod gedacht?«

»Warum sollte ich? Darauf kommt es nicht an.«

Ich starrte ihn an. Reglos, mit einem spöttischen Lächeln in den Augen stand er vor mir; doch trotz alledem erschien er mir einen Augenblick lang wie ein feuriger, gequälter Geist, der nach etwas Größerem strebte, als es ein an das Fleisch gebundenes Wesen zu fassen vermochte. Ich bekam einen flüchtigen Eindruck von der Jagd nach dem Unbeschreiblichen. Ich sah den Mann vor mir in seinem schäbigen Anzug, mit seiner großen Nase und den glänzenden Augen, seinem roten Bart und dem zerzausten Haar; und ich hatte das seltsame Gefühl, daß es nur eine Hülle sei und daß ich mich in Gesellschaft eines körperlosen Geistes befinde.

»Wir wollen gehen und uns Ihre Bilder ansehen«, sagte ich.

42

Ich wußte nicht, warum Strickland mir plötzlich angeboten hatte, sie mir zu zeigen. Ich nahm die Gelegenheit gern wahr. Die Arbeit eines Menschen verrät ihn. Im gesellschaftlichen Verkehr zeigt er nur die Oberfläche, von der er wünscht, daß die Welt sie akzeptiert, aber wirklich kennenlernen kann man ihn nur aufgrund von Schlüssen, die man aus unbedeutenden, ihm unbewußten Handlungen zieht, und aufgrund seines Mienenspiels, wenn er sich unbeachtet glaubt. Zuweilen vervollkommnen Menschen die Maske, die sie angelegt haben, dermaßen, daß sie im Laufe der Zeit tatsächlich die Person werden, die sie zu sein scheinen. Aber in einem Buch oder Bild liefert sich der Mensch, so wie er ist, schutzlos aus. Seine Anmaßung wird nur seine Leere bloßlegen. Die Latte, gemalt, um wie Eisen auszusehen, wird als Latte erkannt. Ein banaler Geist kann nicht durch Vorspiegelung von Originalität verborgen werden. Dem scharfen Beobachter kann niemand auch nur eine ganz zufällige Arbeit vorlegen, ohne die tiefsten Geheimnisse seiner Seele zu enthüllen.

Ich muß gestehen, daß ich, als ich in dem Haus, in dem Strickland wohnte, die endlose Treppe hinaufstieg, nicht wenig aufgeregt war. Ich hatte das Gefühl, am Beginn eines überraschenden Abenteuers zu stehen. Neugierig sah ich mich im Zimmer um. Es war noch kleiner und kahler, als ich es in Erinnerung hatte. Ich fragte mich, was jene meiner Bekannten sagen würden, die riesige Ateliers beanspruchten und beteuerten, daß sie nicht arbeiten könnten, wenn nicht alle Voraussetzungen erfüllt wären.

»Sie sollten sich dorthin stellen«, sagte er und zeigte auf eine Stelle, von wo aus ich seiner Meinung nach wahrscheinlich das, was er mir zeigen wollte, am vorteilhaftesten sehen konnte.

»Vermutlich wollen Sie nicht, daß ich spreche«, sagte ich.

»Nein, hol Sie der Teufel. Ich will, daß Sie den Mund halten.«

Er stellte ein Bild auf die Staffelei und ließ es mich ein paar Minuten lang betrachten; dann nahm er es herunter und stellte ein anderes an seine Stelle. Ich glaube, er zeigte mir ungefähr dreißig Gemälde. Es war das Ergebnis der sechs Jahre, während deren er gemalt hatte. Er hatte nie ein Bild verkauft. Die Gemälde waren verschieden groß. Die kleineren waren Stilleben, und die ganz großen waren Landschaftsbilder. Es waren auch etwa ein halbes Dutzend Porträts darunter.

»Das ist alles«, sagte er schließlich.

Ich wünsche, ich könnte sagen, ich hätte ihre Schönheit und große Originalität sofort erkannt. Nun, da ich viele von ihnen wiedergesehen habe und die übrigen mir durch Reproduktionen vertraut sind, wundere ich mich darüber, daß ich beim ersten Anblick bitter enttäuscht war. Ich fühlte nichts von dem eigentümlichen Schauer, den Kunst hervorzurufen vermag. Der Eindruck, den Stricklands Bilder auf mich machten, war verwirrend; und Tatsache ist, und das kann mir immer vorgeworfen werden, daß ich nie auch nur im geringsten daran dachte, eines zu kaufen. Ich habe eine großartige Gelegenheit verpaßt. Die meisten von ihnen haben den Weg in Museen genommen, und der Rest ist der hochgeschätzte Besitz reicher Kunstliebhaber. Ich versuche, Entschuldigungen für mich zu finden. Ich glaube, daß mein Geschmack gut ist, aber ich bin mir dessen bewußt, daß er nicht originell ist. Ich weiß sehr wenig über Malerei und wandere auf Wegen, die andere für mich gebahnt haben. Damals bewunderte ich die Impressionisten am meisten. Ich wünschte sehnlichst, einen Sisley und einen Degas zu besitzen, und verehrte Manet. Seine *Olympia* erschien mir als das großartigste Bild der Moderne, und *Le Déjeuner sur l'Herbe* bewegte mich tief. Diese Werke waren für mich das letzte Wort in der Malerei.

Ich will die Bilder, die Strickland mir zeigte, nicht beschreiben. Bildbeschreibungen sind immer langweilig, und außerdem sind sie allen Kunstliebhabern vertraut. Heute, da er auf die moderne Malerei solch ungeheuren Einfluß ausgeübt hat und andere das Land, das er als einer der ersten entdeckte, auf einer Karte verzeichnet haben, würden einen Stricklands Bilder beim ersten Anblick nicht ganz so unvorbereitet treffen; aber es muß in Erinnerung gerufen werden, daß ich niemals etwas derartiges gesehen hatte. Zuallererst verblüffte mich, was ich für Unbeholfenheit seiner Technik hielt. Gewöhnt an die Zeichnung der alten Meister und überzeugt, daß Ingres der größte Zeichner der modernen Zeit war, meinte ich, daß Strickland sehr schlecht zeichne. Ich wußte nichts von der Vereinfachung, nach der er strebte. Ich erinnere mich an ein Stilleben, mit einem Teller, auf dem Orangen lagen, und es ärgerte mich, daß der Teller nicht rund war und die Orangen verzerrt waren. Die Porträts waren etwas größer als lebensgroß und wirkten dadurch plump. Mir erschienen die Gesichter wie Karikaturen. Sie waren in einer Art gemalt, die mir völlig neu war. Die Landschaftsbilder verwirrten mich noch mehr. Es gab ein paar Bilder vom Wald von Fontainebleau und einige von Straßen in Paris: mein erstes Gefühl war, daß sie von einem betrunkenen Droschkenkutscher gemalt sein könnten. Ich war ganz verblüfft. Die Farbgebung schien mir außerordentlich undurchdacht. Es kam mir der Gedanke, daß das Ganze eine erstaunliche, unbegreifliche Farce war. Heute, da ich zurückblicke, beeindruckt mich Stroeves Scharfblick mehr denn je. Er sah von Anfang an, daß es sich hier um eine Revolution in der Kunst handelte, und erkannte das Geniale, das heute die ganze Welt gelten läßt, in seinen Anfängen.

Aber wenn ich auch verwirrt und aus der Fassung gebracht war, so war ich doch nicht unbeeindruckt. Selbst ich, in meiner ungeheuren Ignoranz, spürte, daß sich hier eine echte Kraft auszudrücken versuchte. Ich war erregt und interessiert. Ich fühlte, daß diese Bilder mir etwas zu sagen hatten, das zu wissen für mich von großer Bedeutung war, aber ich konnte nicht sagen, was es war. Sie kamen mir häßlich vor, aber sie wiesen auf ein Geheimnis von großer Bedeutung hin, ohne es preiszugeben. Sie hatten etwas ungewöhnlich Quälendes an sich. Sie erzeugten in mir ein Gefühl, das ich nicht erklären konnte. Sie sagten etwas, das in Worten nicht auszudrücken war. Ich stellte mir vor, daß Strickland in den materiellen Dingen undeutlich eine geistige Bedeutung sah, die so ungewöhnlich war, daß er sie nur mit unzureichenden Symbolen anzudeuten vermochte. Es war, als hätte er im Chaos des Universums neue Strukturen gefunden und versuche nun, diese unbeholfen und unter Seelenqual festzuhalten. Ich sah einen gequälten Geist vor mir, der um das Freiwerden des Ausdrucks kämpfte. Ich wandte mich ihm zu.

»Ich frage mich, ob Sie sich nicht im Mittel vergriffen haben«, sagte ich.

»Was, zum Teufel, meinen Sie?«

»Ich glaube, daß Sie etwas zu sagen versuchen; ich weiß nicht ganz, was es ist; aber ich bin nicht sicher, ob der beste Weg, es zu sagen, die Malerei ist.«

Wenn ich mir eingebildet hatte, daß ich durch die Betrachtung seiner Bilder einen Schlüssel zum Verständnis seines sonderbaren Charakters erhalten würde, hatte ich mich geirrt. Sie vergrößerten nur das Erstaunen, in das er mich versetzte. Ich war ratloser denn je. Das einzige, das mir klar zu sein schien – und vielleicht stimmte auch das nicht –, war, daß er leidenschaftlich um Befreiung aus einer Macht kämpfte, in deren Händen er war. Aber um welche Macht es sich handelte und in welche Richtung die Befreiung gehen würde, blieb ungeklärt. Jeder von uns ist auf der Welt allein. Er ist in einem ehernen Turm eingeschlossen und kann mit seinen Mitmenschen nur mit Hilfe von Zeichen in Verbindung treten, und diese Zeichen haben keine allgemein verständliche Bedeutung, so daß ihr Sinn vage und unbestimmt ist. Kläglich versuchen wir, anderen die Reichtümer unseres Herzens zu übermitteln, aber sie haben nicht die Fähigkeit, sie anzunehmen; und daher gehen wir einsam nebeneinander, aber nicht miteinander, unfähig, unsere Mitmenschen zu verstehen, und unverstanden von ihnen. Wir sind wie Menschen, die in einem Land leben, dessen Sprache sie so schlecht beherrschen, daß sie, trotz all den schönen und klugen Dingen, die sie zu sagen hätten, zu den Banalitäten ihres Sprachführers verurteilt sind. Ihr Hirn kocht vor Ideen, aber sie können nur sagen, daß der Schirm der Tante des Gärtners im Hause ist.

Der entscheidende Eindruck, den ich empfing, war der einer ungeheuren Anstrengung, einen Seelenzustand auszudrücken, und in dieser Wirkung, so kam mir vor, mußte die Erklärung für all das gesucht werden, was mich so sehr verblüffte. Offensichtlich hatten Farben und Formen für Strickland eine Bedeutung, die nur ihm bekannt war. Er sah sich gezwungen, etwas, das er fühlte, mitzuteilen, und nur aus dieser Absicht heraus schuf er sie. Er zögerte nicht, zu vereinfachen oder zu entstellen, wenn er dadurch dem Unbekannten, das er suchte, näherkommen konnte. Tatsachen bedeuteten ihm nichts, denn er suchte in der Masse belangloser Zufälligkeiten das für ihn Bedeutsame. Es war, als hätte er die Seele des Universums wahrgenommen und müßte ihr Ausdruck verleihen. Obwohl mich diese Bilder aus der Fassung brachten und verwirrten, war ich von der Erregung, die in ihnen sichtbar war, zutiefst ergriffen; und mich überkam ein Gefühl, das Strickland gegenüber zu empfinden ich am wenigsten erwartet hätte. Ich empfand ein überwältigendes Mitleid.

»Ich glaube zu wissen, warum Sie sich Ihrem Gefühl für Blanche Stroeve hingaben«, sagte ich zu ihm.

»Warum?«

»Ich glaube, Ihr Mut ließ Sie im Stich. Die Schwäche Ihres Körpers übertrug sich auf Ihre Seele. Ich weiß nicht, von welchem unendlichen Verlangen Sie besessen sind, so daß Sie zu einer gefährlichen, einsamen Suche nach einem Ziel getrieben werden, in dem Sie von dem Geist, der Sie peinigt, endlich erlöst zu werden hoffen. Ich sehe Sie unaufhörlich zu einem Heiligtum pilgern, das vielleicht nicht existiert. Ich weiß nicht, nach welchem unerforschlichen Nirwana Sie streben. Wissen Sie selbst es? Vielleicht suchen Sie die Wahrheit und die Freiheit, und für einen Augenblick glaubten Sie, in der Liebe Erlösung zu finden. Ich glaube, daß Ihre erschöpfte Seele in den Armen einer Frau Ruhe suchte, und da Sie keine Ruhe fanden, haßten Sie sie. Sie hatten kein Mitleid mit ihr, weil Sie kein Mitleid mit sich selbst haben. Und Sie haben sie aus Angst getötet, weil Sie vor der Gefahr, der Sie kaum entronnen waren, noch zitterten.«

»Sie sind schrecklich sentimental, mein armer Freund«, sagte er.

Eine Woche später hörte ich zufällig, daß Strickland nach Marseille gefahren war. Ich sah ihn nie wieder.

43

Zurückblickend erkenne ich, daß das, was ich über Charles Strickland geschrieben habe, sehr unbefriedigend wirken muß. Ich habe Ereignisse mitgeteilt, von denen ich Kenntnis erhielt, aber sie bleiben unverständlich, weil ich die Ursache, die zu ihnen geführt hat, nicht kenne. Das Merkwürdigste – Stricklands Entschluß, Maler zu werden – scheint willkürlich zu sein; und obwohl es in seinen Lebensumständen Gründe dafür gegeben haben muß, kenne ich sie nicht. Aus seinem Benehmen konnte ich nichts schließen. Wenn ich, statt die mir bekannten Tatsachen über eine merkwürdige Persönlichkeit zu erzählen, einen Roman geschrieben hätte, hätte ich sicher vieles erfunden, um diesen Gesinnungswandel zu erklären. Ich hätte z. B. eine Berufung zur Kunst schon während der Kindheit aufgezeigt, die durch den Willen seines Vaters unterdrückt oder der Notwendigkeit, den Lebensunterhalt zu verdienen, geopfert wurde. Ich hätte geschildert, daß er ein geregeltes Leben nicht ertragen konnte; und durch den Kampf zwischen seiner Leidenschaft für die Kunst und den Pflichten seines Amtes hätte ich Sympathie für ihn erwecken können. Auf diese Weise hätte ich aus ihm eine imponierende Figur gemacht. Vielleicht wäre es möglich gewesen, in ihm einen neuen Prometheus zu sehen. Hier hätte sich vielleicht die Gelegenheit für eine moderne Abart des Helden geboten, der sich zum Heile der Menschheit den Qualen der Verdammten aussetzt. Das ist immer ein ergreifendes Thema.

Oder aber ich hätte seine Beweggründe in dem Einfluß der ehelichen Verbindung finden können. Es gibt ein Dutzend Möglichkeiten, wie dies bewerkstelligt werden kann. Eine versteckte Begabung mochte sich aufgrund der Bekanntschaft mit den Malern und Schriftstellern, deren Gesellschaft seine Frau suchte, zeigen; oder häusliche Zwistigkeiten verwiesen ihn auf sich selbst; eine Liebesaffäre mochte das Feuer, das, wie ich gezeigt haben konnte, in seinem Herzen schwelte, zu einer hellen Flamme entfachen. Ich glaube, dann hätte ich Mrs. Strickland ganz anders gezeichnet. Ich wäre von den Tatsachen abgewichen und hätte aus ihr eine nörgelnde, ermüdende Frau gemacht oder aber eine bigotte, die kein Verständnis für geistige Forderungen hat. Ich hätte aus Stricklands Ehe ein langes Martyrium gemacht, aus dem er nur fliehen konnte. Ich glaube, ich hätte seine Geduld mit der untauglichen Gattin und das Erbarmen das ihn zögern ließ, sich vom Joch zu befreien, nachdrücklich betont. Die Kinder hätte ich sicher weggelassen.

Eindrucksvoll wäre vielleicht auch gewesen, ihn mit einem alten Maler in Berührung zu bringen, der aufgrund drückender Not oder aufgrund des Wunsches nach geschäftlichem Erfolg dem Genius seiner Jugend untreu geworden war und der nun in Strickland diese Gaben erkennt, die er selbst vernachlässigt hat, und ihn anhält, allem zu entsagen und sich der göttlichen Tyrannei der Kunst zu unterwerfen. Ich glaube, die Schilderung des erfolgreichen alten Mannes, der, reich und geehrt, in einem andern das Leben lebt, das er, trotz besseren Wissens, nicht die Kraft gehabt hat selber zu führen, hätte der Ironie nicht entbehrt.

Die Tatsachen sind viel langweiliger. Strickland trat, als er die Schule verließ, ohne Widerwillen in das Büro eines Börsenmaklers ein. Bis er heiratete, führte er dasselbe Leben wie seine Kollegen, spekulierte ein wenig an der Börse und war bis zur Höhe von ein bis zwei Sovereign an dem Ausgang des Derby oder des Oxford-und-Cambridge-Rennens interessiert. Ich glaube, er hat in seiner Freizeit ein wenig geboxt. Auf seinem Kaminsims standen die Fotografien von Mrs. Langtry und Mary Anderson. Er las den *Punch* und die *Sporting Times*. Er ging nach Hampstead tanzen.

Es tut nicht viel zur Sache, daß ich ihn so lange aus den Augen verlor. Die Jahre, während deren er sich bemühte, in einer schwierigen Kunst Fertigkeit zu erlangen, waren eintönig, und ich glaube nicht, daß an den Tätigkeiten, zu denen er gezwungen wurde, um genügend Geld für seinen Unterhalt zu verdienen, etwas Bedeutsames war. Ein Bericht darüber wäre ein Bericht über Dinge, die auch anderen Leuten passierten. Ich glaube nicht, daß sie irgendeine Wirkung auf seinen Charakter hatten. Er dürfte Erfahrungen gesammelt haben, die reiches Material für einen Abenteuerroman aus dem modernen Paris bieten würden, aber er hielt sich heraus aus diesen Dingen, und wenn ich aus meinen Gesprächen mit ihm urteile, gab es in all jenen Jahren nichts, das einen besonderen Eindruck auf ihn gemacht hatte. Vielleicht war er, als er nach Paris ging, bereits zu alt, um dem Zauber seiner Umgebung zu verfallen. So seltsam es klingen mag, er schien mir immer nicht nur praktisch, sondern ungeheuer nüchtern zu sein. Ich vermute, daß sein Leben während dieser Periode romantisch war, aber er sah bestimmt keine Romantik darin. Es mag sein, daß man, um die Romantik des Lebens zu erkennen, etwas von einem Schauspieler in sich haben muß, der fähig ist, aus sich selbst herauszutreten, seine eigenen Handlungen mit objektivem und zugleich tiefem Interesse zu beobachten. Aber niemand war geradliniger als Strickland. Ich habe nie jemanden gekannt, der weniger befangen gewesen wäre. Aber es ist bedauerlich, daß ich keine Beschreibung der mühsamen Schritte geben kann, durch die er solche Meisterschaft in seiner Kunst erreichte; denn wenn ich ihnen zeigen könnte, wie er, von keinem Mißlingen entmutigt, unablässig die Verzweiflung von sich abwehrte, zäh und beharrlich angesichts des Zweifels an sich selbst, der des Künstlers erbittertster Feind ist, könnte ich ein gewisses Mitgefühl für eine Persönlichkeit erwecken, die, dessen bin ich mir nur allzu bewußt, völlig reizlos erscheinen muß. Aber darüber kann ich nichts berichten. Ich sah Strickland nie bei der Arbeit, noch ist mir bekannt, daß ihn ein anderer gesehen hat. Er behielt das Geheimnis seiner Kämpfe für sich. Wenn er in der Einsamkeit seines Ateliers verzweifelt mit dem Engel des Herrn rang, erlaubte er keiner Menschenseele, seine Qual zu ahnen.

Wenn ich zu seiner Beziehung mit Blanche Stroeve komme, ärgert es mich, daß ich nur Bruchstücke von Fakten zur Verfügung habe. Um meine Erzählung verständlich zu machen, sollte ich die Entwicklung dieser tragischen Verbindung schildern, aber ich weiß nichts von den drei Monaten, während deren sie zusammenlebten. Ich weiß nicht, wie sie sich vertrugen oder worüber sie miteinander sprachen. Schließlich hat der Tag vierundzwanzig Stunden, und Gefühlshöhepunkte können nur in seltenen Augenblicken erreicht werden. Ich kann mir nur vorstellen, wie sie die übrige Zeit verbrachten. Während es hell war und solange Blanche durchhielt, malte Strickland vermutlich, und es muß sie geärgert haben, ihn in seine Arbeit versunken zu sehen. Sie existierte dann für ihn nicht als Geliebte, sondern nur als Modell; und dann lebten sie stundenlang schweigend nebeneinander dahin. Das muß sie mit Angst erfüllt haben. Als Strickland andeutete, daß ihre Hingabe an ihn so etwas wie einen Triumph über Dirk Stroeve bedeutete, weil dieser ihr in äußerster Not zu Hilfe gekommen war, ließ er manch düstere Möglichkeit offen. Ich hoffe, daß es nicht stimmte. Es schiene mir eher grauenhaft. Aber wer vermag die Tiefen des menschlichen Herzens zu ergründen? Gewiß nicht jene, die von ihm nur geziemende Regungen und normale Empfindungen erwarten. Als Blanche sah, daß Strickland ihr fernblieb, ungeachtet seiner leidenschaftlichen Augenblicke, muß sie bestürzt gewesen sein, und selbst in jenen Augenblicken dürfte sie erkannt haben, daß sie für ihn kein Individuum, sondern ein Werkzeug der Lust war; er blieb ein Fremder, und sie versuchte ihn mit armseliger List an sich zu binden. Sie versuchte ihn mit Komfort zu umgarnen und sah nicht, daß Komfort ihm nichts bedeutete. Sie bemühte sich, ihm seine Lieblingsgerichte zu kochen, und sah nicht, daß ihm Nahrung gleichgültig war. Sie hatte Angst davor, ihn allein zu lassen. Sie verfolgte ihn mit Aufmerksamkeiten, und als seine Leidenschaft erloschen war, versuchte sie diese zu erregen, denn dann hatte sie wenigstens die Illusion, ihn zu besitzen. Vielleicht wußte sie, intelligent, wie sie war, daß die Ketten, die sie schmiedete, nur seinen Zerstörungstrieb reizten, so wie man beim Anblick eines Spiegels Lust hat, einen Ziegelstein hineinzuwerfen; aber ihr unvernünftiges Herz ließ sie einen Weg beibehalten, von dem sie wußte, daß er verhängnisvoll war. Sie muß sehr unglücklich gewesen sein. Aber die Blindheit der Liebe verleitete sie, zu glauben, was sie wünschte, und ihre Liebe war so groß, daß es ihr unmöglich schien, sie sollte nicht von einer ebensolchen Liebe erwidert werden.

Aber meine Studie von Stricklands Charakter leidet an einem noch schwerwiegenderen Mangel als der Unkenntnis vieler Tatsachen. Weil sie augenfällig waren, habe ich über seine Beziehungen zu Frauen geschrieben, und doch waren sie nur ein unbedeutender Teil seines Lebens. Es ist eine Ironie, daß diese Beziehungen andere Menschen auf so tragische Weise in Mitleidenschaft gezogen haben. Sein wirkliches Leben bestand aus Träumen und aus sehr harter Arbeit.

Hierin liegt die Unwirklichkeit der Dichtung. Denn für Männer ist die Liebe gewöhnlich nur eine Episode, die ihren Platz hat zwischen den anderen täglichen Angelegenheiten, und der Nachdruck, der in Romanen darauf gelegt wird, verleiht ihr eine Wichtigkeit, die nicht in Übereinstimmung mit dem Leben steht. Es gibt nur wenige Männer, für die sie das Wichtigste in der Welt ist, und diese sind nicht die interessantesten; sogar Frauen, denen das Thema Liebe von höchstem Interesse ist, empfinden Verachtung für sie. Sie fühlen sich durch sie geschmeichelt und gereizt, haben aber das unangenehme Gefühl, daß sie arme Geschöpfe sind. Doch selbst während der kurzen Zeitspannen, in denen sie verliebt sind, beschäftigen sich Männer mit anderen Dingen, die ihre Gedanken ablenken: Geschäfte, mit denen sie ihren Lebensunterhalt verdienen, nehmen ihre Aufmerksamkeit in Anspruch; sie beschäftigen sich mit Sport; sie können sich für Kunst interessieren. Größtenteils behalten sie ihre verschiedenen Tätigkeiten auf verschiedenen Gebieten bei und gehen einer nach, während sie die andere einstweilen ausschließen. Sie haben die Fähigkeit, sich auf das, was sie im Augenblick beschäftigt, zu konzentrieren, und es stört sie, wenn man mit etwas anderem dazwischentritt. Der Unterschied zwischen Männern und Frauen als Liebenden besteht darin, daß Frauen den ganzen Tag lang lieben können, Männer aber nur zeitweise.

Bei Strickland nahm Sexualität einen sehr geringen Raum ein. Sie war nebensächlich. Sie war lästig. Seine Seele strebte anderswohin. Er hatte heftige leidenschaftliche Ausbrüche, und gelegentlich wurde sein Körper von so heftiger Begierde erfaßt, daß er zu Orgien der Wollust getrieben wurde, aber er haßte die Triebe, die ihn seiner Selbstbeherrschung beraubten. Ich glaube sogar, daß er den unvermeidlichen Partner seiner Ausschweifung haßte. Sobald er die Herrschaft über sich selbst wiedergewonnen hatte, schauderte er beim Anblick der Frau, an der er Gefallen gefunden hatte. Seine Gedanken schwebten dann friedlich im siebenten Himmel, und er empfand ihr gegenüber den Abscheu, den vielleicht der bunte Schmetterling, der über den Blumen gaukelt, vor der schmutzigen Puppe empfindet, aus der er triumphierend geschlüpft ist. Ich vermute, daß Kunst eine Manifestation des Geschlechtstriebs ist. Durch den Anblick einer schönen Frau, der Bucht von Neapel unter dem gelben Mond und der *Grablegung* des Tizian wird im menschlichen Herzen ein ähnliches Gefühl hervorgerufen. Es ist möglich, daß Strickland die normale Befreiung durch das Geschlechtsleben haßte, weil es ihm im Vergleich zur Befriedigung durch künstlerisches Schaffen brutal erschien. Es erscheint sogar mir seltsam, von einem Mann, den ich als grausam, selbstsüchtig, brutal und sinnlich beschrieben habe, zu sagen, daß er ein großer Idealist war. Aber es entspricht den Tatsachen.

Er lebte armseliger als ein Handwerker. Er arbeitete schwerer. Er machte sich nichts aus jenen Dingen, mit denen die meisten Leute ihr Leben angenehm gestalten und verschönen. Geld war ihm gleichgültig. Er machte sich nichts aus Ruhm. Man kann ihn nicht loben, weil er der Versuchung widerstand, einen jener Kompromisse mit der Welt zu schließen, zu denen die meisten von uns bereit sind. Er kannte keine solche Versuchung. Es kam ihm nie in den Sinn, daß Kompromisse möglich seien. Er lebte in Paris einsamer als ein Einsiedler in der Wüste von Theben. Er verlangte nichts von seinen Mitmenschen, außer daß sie ihn in Ruhe lassen sollten. Zielbewußt schlug er eine Richtung ein, und um diese zu verfolgen, war er bereit, nicht nur sich selbst zu opfern – das können viele –, sondern auch andere. Er hatte eine Vision.

Strickland war hassenswert, aber ich glaube trotzdem, daß er groß war.

44

Den Ansichten von Malern über Kunst kommt eine gewisse Bedeutung zu, und dies ist für mich der geeignete Platz, das, was ich von Stricklands Meinung über die großen Künstler der Vergangenheit weiß, niederzuschreiben. Ich fürchte, ich habe sehr wenig, was sich zu erzählen lohnt. Strickland war kein gewandter Redner und hatte nicht die Gabe, was er zu sagen hatte, in treffende Worte zu kleiden, an die sich der Zuhörer erinnert. Er hatte keinen Witz. Sein Humor war bitter, wie man gesehen haben wird, falls es mir gelungen ist, die Art seines Sprechens wiederzugeben. Seine Entgegnungen waren grob. Er brachte einen manchmal zum Lachen, indem er die Wahrheit sagte, aber das ist eine Art von Humor, die ihre Wirkung nur aufgrund ihrer Ungewöhnlichkeit erzielt; wäre sie allgemein gebraucht, würde sie nicht länger amüsieren.

Strickland war, wenn ich so sagen darf, kein Mann von großer Intelligenz, und seine Ansichten über Malerei waren keinesfalls außergewöhnlich. Ich habe ihn nie von jenen sprechen hören, deren Werk eine gewisse Analogie mit seinem eigenen hatte – von Cézanne zum Beispiel, oder von van Gogh; und ich bezweifle sehr, daß er ihre Bilder jemals gesehen hat. Die Impressionisten interessierten ihn nicht besonders. Ihre Technik beeindruckte ihn, aber ich glaube, er hielt ihre Auffassung für gewöhnlich. Als Stroeve lang und breit über die Vortrefflichkeit Monets redete, sagte Strickland: »Ich ziehe Winterhalter vor.« Aber wahrscheinlich sagte er es nur, um ihn zu ärgern, und damit hatte er sicher Erfolg.

Zu meiner Enttäuschung kann ich über keine Extravaganzen in seinen Ansichten über die alten Meister berichten. An seinem Charakter ist so viel Seltsames, daß ich das Gefühl habe, es würde das Bild abrunden, wenn seine Ansichten unerhört wären. Ich spüre die Notwendigkeit, ihm phantastische Theorien über seine Vorgänger zuzuschreiben, und nicht ohne gewisse Enttäuschung bekenne ich, daß er über diese ungefähr so dachte wie alle anderen. Ich glaube nicht, daß er El Greco kannte. Für Velasquez empfand er eine große, aber irgendwie unwillige Bewunderung. Chardin entzückte ihn, und Rembrandt versetzte ihn in Ekstase. Er beschrieb den Eindruck, den Rembrandt auf ihn machte, mit einer Derbheit, die ich nicht wiederholen kann. Der einzige Maler, von dem man überhaupt nicht erwartet hätte, daß er ihn interessieren würde, war Brueghel der Ältere. Ich wußte damals sehr wenig von ihm, und Strickland konnte sich nicht ausdrücken. Ich erinnere mich, was er über ihn sagte, weil es so unbefriedigend war.

»Er ist in Ordnung«, sagte Strickland. »Ich wette, Malen war für ihn die Hölle.«

Als ich später in Wien mehrere Gemälde von Peter Brueghel sah, glaubte ich zu verstehen, warum er Stricklands Aufmerksamkeit erregt hatte. Auch er war ein Mann mit einer ihm eigenen Vision der Welt. Ich machte damals, in der Absicht, etwas über ihn zu schreiben, zahlreiche Notizen, aber ich habe sie verloren, und ich habe jetzt nichts als die Erinnerung an ein Gefühl. Seine Mitmenschen schienen für ihn grotesk zu sein, und er war sehr böse auf sie, weil sie grotesk waren; das Leben war für ihn ein Durcheinander von lächerlichen, gemeinen Ereignissen, ein geeigneter Gegenstand des Gelächters, und doch machte ihn das Lachen traurig. Brueghel machte auf mich den Eindruck eines Mannes, der mit Hilfe eines Mediums Gefühle auszudrücken bemüht war, die sich zum Ausdruck in einem anderen besser eigneten. Es mag sein, daß das unklare Wissen darum Stricklands Mitgefühl erregte. Vielleicht versuchten beide, als Maler Ideen in Farben zu gestalten, die eigentlich literarisch waren.

Strickland muß um diese Zeit fast siebenundvierzig gewesen sein.

45

Ich habe bereits gesagt, daß ich dieses Buch nie geschrieben hätte, wenn ich nicht zufällig nach Tahiti gefahren wäre. Dorthin kam Charles Strickland nach vielen Wanderungen, und dort malte er die Bilder, die seinen Ruhm am entscheidendsten begründet haben. Vermutlich kann kein Künstler den Traum, von dem er besessen ist, voll verwirklichen, und Strickland, der sich unablässig mit technischen Problemen herumschlug, gelang es vielleicht weniger als anderen, die Vision auszudrücken, die er vor seinem geistigen Auge sah. Aber in Tahiti waren die Umstände günstig für ihn; er fand in seiner Umgebung die Gegebenheiten, die notwendig waren, um seine Inspiration zu aktivieren, und seine späteren Bilder geben zumindest eine Vorstellung von dem, was er suchte. Sie zeigen der Phantasie etwas Neues und Fremdes. Es ist, als wäre sein Geist, der unbehaust auf der Suche nach einer Wohnung umhergeirrt war, in diesem fernen Land endlich fähig gewesen, sich in einen Körper zu kleiden. Um die abgedroschene Phrase zu verwenden: hier fand er sich selbst.

Es mag selbstverständlich scheinen, daß mein Besuch auf dieser abgelegenen Insel mein Interesse für Strickland sofort wieder wachrief, aber die Arbeit, mit der ich beschäftigt war, beanspruchte meine Aufmerksamkeit voll und ganz, und erst nachdem ich einige Tage dort war, erinnerte ich mich überhaupt an seine Verbindung mit diesem Ort. Schließlich hatte ich ihn fünfzehn Jahre nicht gesehen, und seit neun Jahren war er schon tot. Aber ich glaube, daß meine Ankunft in Tahiti auch Angelegenheiten, die für mich von weit unmittelbarerer Bedeutung waren, aus meinem Kopf verdrängt hätte; und selbst nach einer Woche fiel es mir nicht leicht, meine Gedanken vernünftig zu ordnen. Ich erinnere mich, daß ich am ersten Morgen früh aufwachte, und als ich die Terrasse des Hotels betrat, rührte sich noch nichts. Ich spazierte zur Küche hinüber, aber sie war versperrt, und auf einer Bank davor schlief ein eingeborener Junge. Da keine Chance zu bestehen schien, in nächster Zeit ein Frühstück zu bekommen, schlenderte ich zum Strand hinunter. Die Chinesen arbeiteten schon fleißig in ihren Läden. Der Himmel hatte noch die Blässe der Morgendämmerung, und über der Lagune lag ein geisterhaftes Schweigen. In einer Entfernung von zehn Meilen hütete die Insel Murea gleich einer Gralsburg ihr Geheimnis.

Ich traute kaum meinen Augen. Die Tage, die vergangen waren, seit ich Wellington verlassen hatte, erschienen mir außerordentlich und ungewöhnlich. Wellington ist ordentlich und sauber und englisch; es erinnert einen an eine Hafenstadt der Südküste. Während der drei folgenden Tage war die See stürmisch. Graue Wolken jagten über den Himmel. Dann legte sich der Wind, und die See war still und blau. Der Pazifik wirkt einsamer als andere Meere; seine Ausdehnung scheint gewaltiger, und die alltäglichste Reise auf ihm vermittelt das Gefühl eines Abenteuers. Die Luft, die man atmet, ist ein Elixier, das auf das Unerwartete vorbereitet. Nichts bringt den Menschen dem goldenen Reiche der Phantasie näher als eine Fahrt nach Tahiti. Murea, die Schwesterinsel, kommt in felsiger Pracht in Sicht, geheimnisvoll aus dem verlassenen Meer aufragend wie die unwirkliche Gestalt eines Zauberstabs. Mit ihrer zerklüfteten Silhouette ist sie wie ein Montserrat des Pazifiks, und man könnte sich vorstellen, daß dort polynesische Ritter mit seltsamen Riten Geheimnisse hüten, die zu kennen dem Menschen nicht ziemt. Die Schönheit der Insel offenbart sich, wenn beim Näherkommen die wunderschöne Bergspitze deutlich Gestalt annimmt, dennoch wahrt sie ihr Geheimnis, wenn man vorüberfährt, und dunkel und unverletzlich scheint sie sich in steinige, unzugängliche Grimmigkeit zu hüllen. Man wäre nicht überrascht, würde sie, wenn man näher kommt und nach einer Öffnung im Riff sucht, dem Blick entschwinden und nur die blaue Einsamkeit des Pazifiks bliebe zurück.

Tahiti ist eine hochaufragende grüne Insel mit tiefen Senkungen von dunklerem Grün, in denen man stille Täler ahnt; ihre finsteren Tiefen, in denen kühle Bäche murmeln und plätschern, sind voller Geheimnisse, und man fühlt, daß das Leben auf diesen schattigen Plätzen seit ewigen Zeiten auf ein und dieselbe Weise geführt wurde. Aber auch hier ist etwas Trauriges und Furchtbares. Doch dieser Eindruck verfliegt und diente nur dazu, den Genuß des Augenblicks zu vergrößern. Es ist wie Trauer, die man in den Augen eines Spaßmachers sehen kann, wenn eine Gesellschaft über seine witzigen Einfälle lacht; seine Lippen lächeln und seine Späße werden noch fröhlicher, weil er sich inmitten des Gelächters noch unerträglicher einsam fühlt. Denn Tahiti lächelt und ist freundlich; es ist wie eine liebreizende Frau, die mit ihrem Charme und ihrer Schönheit wohlwollend verschwenderisch umgeht; nichts wirkt versöhnender als die Einfahrt in den Hafen von Papeete. Die Schoner, die am Hafendamm vor Anker liegen, sind sauber und ordentlich, die kleine Stadt entlang der Bucht ist weiß und gepflegt, und die Flamboyants, die sich scharlachrot gegen den blauen Himmel heben, tragen ihre Farbe wie einen leidenschaftlichen Schrei zur Schau. Sie sind mit einer schamlosen Heftigkeit sinnlich, die einem den Atem stocken läßt. Und das Volk, das sich beim Anlegen des Dampfers auf dem Kai drängt, ist fröhlich und heiter; es ist ein lärmendes, freundliches, lebhaftes Volk, ein Meer von braunen Gesichtern. Man hat den Eindruck einer farbigen Bewegung, die sich vom hellen Blau des Himmels abhebt. Alles geschieht mit großer Geschäftigkeit: das Ausladen des Gepäcks, die Zollrevision; und alle lächeln einander zu. Es ist sehr heiß. Man ist fast geblendet von der Farbenpracht.

46

Ich war noch nicht lange auf Tahiti, als ich Captain Nichols kennenlernte. Er kam eines Morgens auf mich zu, als ich auf der Terrasse des Hotels frühstückte, und stellte sich vor. Er hatte gehört, daß ich mich für Charles Strickland interessierte, und sagte, er sei gekommen, um mit mir über ihn zu sprechen. In Tahiti ist man genauso auf Klatsch erpicht wie in einem englischen Dorf, und es hatte sich wie ein Lauffeuer verbreitet, daß ich ein paar Erkundigungen nach Bildern von Strickland eingezogen hatte. Ich fragte den Fremden, ob er gefrühstückt hätte.

»Ja, ich nehme meinen Kaffee sehr früh«, antwortete er, »aber ich hätte nichts gegen einen Schluck Whisky.«

Ich rief den chinesischen Boy.

»Glauben Sie, daß es zu früh dafür ist?« sagte der Captain.

»Das müssen Sie mit Ihrer Leber ausmachen«, erwiderte ich.

»Ich bin eigentlich Abstinenzler«, sagte er und schenkte sich ein gutes halbes Glas voll Canadian Club ein.

Beim Lächeln zeigte er seine schlechten, verfärbten Zähne. Er war ein ungefähr mittelgroßer sehr magerer Mann, mit kurzgeschnittenem grauem Haar und einem dichten grauen Schnurrbart. Er hatte sich seit ein paar Tagen nicht rasiert. Sein Gesicht war stark durchfurcht und von langer Sonnenbestrahlung braungebrannt. Er hatte kleine blaue Augen, die erstaunlich listig waren. Sie bewegten sich schnell, folgten meiner unbedeutendsten Gebärde und verliehen ihm das Aussehen eines durchtriebenen Schurken. Doch für den Augenblick war er nichts als Herzlichkeit und Kameradschaft. Er trug einen schmutzigen Khaki-Anzug, und seinen Händen hätte das Waschen nicht geschadet.

»Ich kannte Strickland gut«, sagte er, während er sich in seinen Stuhl zurücklehnte und die Zigarre anzündete, die ich ihm angeboten hatte. »Durch mich ist er auf die Insel gekommen.«

»Wo haben Sie ihn kennengelernt?« fragte ich.

»In Marseille.«

»Was machten Sie dort?«

Er setzte ein gewinnendes Lächeln auf.

»Nun, ich denke, ich war arbeitslos.«

Die äußere Erscheinung meines Freundes ließ darauf schließen, daß er sich jetzt in der gleichen mißlichen Lage befand, und ich machte mich darauf gefaßt, eine angenehme Bekanntschaft zu pflegen. Der Umgang mit Hafenvagabunden entschädigt stets für die geringfügigen Peinlichkeiten, die damit verbunden sind. Sie sind leicht zugänglich und leutselig. Sie tragen die Nase selten hoch, und die Einladung zu einem Drink ist ein sicherer Weg zu ihrem Herzen. Es bedarf keiner mühseligen Maßnahmen, um ihr Vertrauen zu gewinnen, und man kann sich nicht nur dies, sondern auch ihre Dankbarkeit erwerben, wenn man ihren Worten aufmerksam lauscht. Konversation sehen sie als das große Vergnügen ihres Lebens an, wobei sie die Vortrefflichkeit ihrer Sitten unter Beweis stellen; und größtenteils sind sie unterhaltende Erzähler. Der Umfang ihrer Erfahrung wird durch den Reichtum ihrer Phantasie angenehm ausgeglichen. Man kann nicht sagen, daß sie völlig ungefährlich sind, aber sie achten das Gesetz, wenn es mit Nachdruck behauptet wird. Es ist gewagt, mit ihnen Poker zu spielen, aber ihr Scharfsinn verleiht diesem großartigsten Spiel auf Erden einen besonderen Reiz. Ich habe Captain Nichols sehr gut kennengelernt, bis ich Tahiti verließ, und seine Bekanntschaft hat mich bereichert. Ich glaube nicht, daß die Zigarren und der Whisky, die er auf meine Kosten konsumierte (Cocktails wies er immer zurück, weil er eigentlich Abstinenzler war), und die paar Dollar, die er mit einer Grandezza, als erwiese er mir eine Gunst, aus meiner Tasche in die seine wandern ließ, die Unterhaltung mit ihm aufwogen. Ich bleibe sein Schuldner. Es täte mir leid, wenn mein Gewissen darauf bestünde, der vorliegenden Sache volle Aufmerksamkeit zu schenken und ihn nach wenigen Zeilen zu verabschieden.

Ich weiß nicht, warum Captain Nichols England verließ. Es war eine Angelegenheit, über die er sich ausschwieg, und bei Leuten von seiner Sorte ist eine direkte Frage nie sehr taktvoll. Er spielte auf ein unverdientes Mißgeschick an und betrachtete sich zweifellos als das Opfer der Ungerechtigkeit. Ich sah in meiner Phantasie verschiedene Arten von Betrug und Gewalttätigkeit und stimmte ihm verständnisvoll zu, als er andeutete, daß die Behörden in England so verdammt genau arbeiteten. Aber es war erfreulich, daß keine der Unannehmlichkeiten, die er in seinem Vaterland erlitten, seinen glühenden Patriotismus beeinträchtigt hatte. Er erklärte oft, England sei das beste Land auf der Welt, und er fühlte sich Amerikanern, Bewohnern von Kolonien, Spaniern, Italienern, Portugiesen, Holländern und Südseeinsulanern weit überlegen.

Aber ich glaube nicht, daß er glücklich war. Er litt an schlechter Verdauung, und man konnte ihn oft eine Pepsin-Tablette lutschen sehen; morgens war sein Appetit gering, aber dieses Leiden allein hatte seine Stimmung wohl kaum beeinträchtigt. Er hatte einen wichtigeren Grund mit dem Leben unzufrieden zu sein. Vor acht Jahren hatte er überstürzt eine Frau geheiratet. Es gibt Männer, denen eine gnädige Vorsehung zweifellos ein Junggesellenleben bestimmt hat, die aber aus Eigensinn oder aufgrund von Umständen, denen sie nicht gewachsen sind, das Schicksal herausfordern. Es gibt auf der Welt nichts Bemitleidenswerteres als einen verheirateten Junggesellen. So ein Typ war Captain Nichols. Ich lernte seine Frau kennen. Ich schätzte sie auf achtundzwanzig, obwohl sie zu dem Typ gehörte, dessen Alter immer ungewiß ist; denn sie konnte mit zwanzig nicht anders ausgesehen haben, und mit vierzig würde sie nicht älter aussehen. Sie machte auf mich den Eindruck außerordentlicher Straffheit. Ihr unschönes Gesicht mit den schmalen Lippen war straff, ihre Haut spannte sich straff über die Knochen, ihr Lächeln war straff, ihre Kleider waren straff, der weiße Drillich, den sie trug, wirkte ganz so wie schwarzer Bombasin. Ich konnte mir nicht vorstellen, warum Captain Nichols sie geheiratet, und wenn er es schon getan, warum er sie nicht verlassen hatte. Vielleicht hatte er es öfters versucht, und seine Melancholie entsprang der Tatsache, daß es ihm nie gelang. Wie weit er auch ginge und an welchem noch so geheimen Ort er sich versteckte, Mrs. Nichols würde ihm folgen, unerbittlich wie das Schicksal und unbarmherzig wie das Gewissen. Er konnte ihr so wenig entkommen wie die Ursache der Wirkung entkommen kann.

Der Spitzbube gehört genau wie der Künstler und vielleicht auch der Gentleman keiner Klasse an. Er läßt sich weder durch die Ungeniertheit des Landstreichers noch durch die gesellschaftlichen Umgangsformen eines Fürsten aus der Fassung bringen. Mrs. Nichols aber gehörte einer ganz bestimmten Klasse an, die als kleinbürgerlich bekannt geworden ist. Ihr Vater war nämlich Polizist, und sicher ein tüchtiger. Ich weiß nicht, worin ihre Macht über den Captain bestand; aber ich glaube nicht, daß es Liebe war. Ich habe sie nie sprechen hören, aber es mag sein, daß sie zu Hause über große Beredsamkeit verfügte. Wie dem auch sei, Captain Nichols hatte eine Todesangst vor ihr. Zuweilen, wenn er mit mir auf der Terrasse des Hotels saß, bemerkte er plötzlich, daß sie draußen auf der Straße war. Sie rief ihn nicht; sie ließ sich nicht anmerken, daß sie von seiner Anwesenheit wußte; sie ging nur langsam auf und ab. Den Captain erfaßte dann ein seltsames Unbehagen; er blickte auf seine Uhr und seufzte.

»Nun, ich muß gehen«, sagte er.

Weder Witze noch Whisky konnten ihn dann zurückhalten. Dennoch war er ein Mann, der Orkanen und Taifunen furchtlos die Stirn geboten hatte und nicht gezögert hätte, ein Dutzend unbewaffneter Neger einzig mit einem Revolver in Schach zu halten. Manchmal schickte Mrs. Nichols ihre Tochter, ein blasses, mürrisches Kind von sieben Jahren, ins Hotel.

»Mutter braucht dich«, sagte sie in weinerlichem Ton.

»Schon gut, meine Liebe«, sagte Captain Nichols.

Er stand sofort auf und ging mit seiner Tochter die Straße

hinauf. Ich vermute, daß dies ein sehr hübsches Beispiel für den Sieg des Geistes über die Materie ist, und so hat meine Abschweifung wenigstens den Sinn einer Moral.

47

Ich habe versucht, die verschiedenen Dinge, die Captain Nichols mir von Strickland erzählte, in einen gewissen Zusammenhang zu bringen, und gebe sie hier, so gut ich kann, in richtiger Reihenfolge wieder. Sie lernten einander gegen Ende jenes Winters kennen, der auf meine letzte Begegnung mit Strickland in Paris folgte. Wie er die dazwischenliegenden Monate verbracht hatte, weiß ich nicht, doch das Leben muß ihm hart mitgespielt haben, denn Captain Nichols sah ihn zum erstenmal im Nachtasyl. Zu jener Zeit war in Marseille ein Streik, und Strickland, dessen Geldmittel erschöpft waren, war es offenbar nicht gelungen, die kleine Summe zu verdienen, die er brauchte, um Leib und Seele zusammenzuhalten.

Das Nachtasyl ist ein großes steinernes Gebäude, in dem Arme und Vagabunden für eine Woche ein Bett bekommen können, vorausgesetzt, daß ihre Papiere in Ordnung sind und sie die verantwortlichen Mönche davon überzeugen können, daß sie Arbeiter sind. Während er in der Menge stand, die auf das Öffnen der Türe wartete, fiel Strickland Captain Nichols durch seine Größe und seine sonderbare Erscheinung auf; sie warteten teilnahmslos, manche gingen auf und ab, einige lehnten an der Wand, andere saßen auf dem Gehsteig mit den Füßen im Rinnstein; und als sie der Reihe nach in den Aufnahmeraum marschierten, hörte er, wie der Mönch, der Stricklands Papiere studierte, ihn englisch anredete. Aber er hatte keine Gelegenheit, mit ihm zu sprechen, denn als er den Gemeinschaftsraum betrat, kam ein Mönch mit einer riesigen Bibel unterm Arm herein, bestieg eine Kanzel am anderen Ende des Raums und begann mit dem Gottesdienst, den die armen Ausgestoßenen als Preis für ihr Nachtquartier über sich ergehen lassen mußten. Ihm und Strickland wurden verschiedene Zimmer zugewiesen, und als er, nachdem er um fünf Uhr früh von einem resoluten Mönch aus dem Bett geworfen worden war, sein Bett gemacht und sein Gesicht gewaschen hatte, war

Strickland bereits verschwunden. Captain Nichols wanderte eine Stunde lang in eisiger Kälte durch die Straßen und schlug dann den Weg zur Place Victor Gélu ein, wo sich die Matrosen zu versammeln pflegen. Dort sah er Strickland wieder, der dösend am Sockel einer Statue lehnte.

Er stieß ihn an, um ihn zu wecken.

»Komm, wir gehen frühstücken, Kamerad«, sagte er.

»Scher dich zum Teufel«, antwortete Strickland.

Ich erkannte den begrenzten Wortschatz meines Bekannten, und ich war geneigt, Captain Nichols als zuverlässigen Zeugen anzusehen.

»Bankrott?« fragte der Captain.

»Verdammt nochmal«, antwortete Strickland.

»Komm mit mir. Ich werde dir ein Frühstück verschaffen.«

Nach kurzem Zögern raffte sich Strickland auf, und zusammen gingen sie zur Bouchée de Pain, wo Hungrige ein Stück Brot bekommen können, das sie aber an Ort und Stelle essen müssen, denn es ist verboten, damit fortzugehen. Dann gingen sie zur Cuillère de Soupe, wo man eine Woche lang um elf und um vier eine Schüssel dünne, salzige Suppe bekommen kann. Die beiden Gebäude liegen weit voneinander entfernt, so daß nur halb Verhungerte davon Gebrauch machen. Auf diese Weise hatten sie gefrühstückt, und damit begann die sonderbare Kameradschaft von Charles Strickland und Captain Nichols.

Sie müssen etwa vier Monate zusammen in Marseille verbracht haben. Ihr Leben verlief ohne Abenteuer, wenn man unter Abenteuer unerwartete und aufregende Ereignisse versteht, denn sie verbrachten ihre Tage damit, genug Geld für ein Nachtlager und Nahrung aufzutreiben, um den quälenden Hunger zu stillen. Ich wünsche, ich könnte hier die farbigen und lebendigen Bilder wiedergeben, mit denen Captain Nichols meine Phantasie anregte. Sein Bericht über ihre Entdeckungen der unteren Schichten einer Hafenstadt hätte ein bezauberndes Buch ergeben, und mit den verschiedenen Gestalten, die ihren Weg kreuzten, hätte man unschwer ein ziemlich vollständiges Verzeichnis von Spitzbuben aufstellen können. Aber ich muß mich mit einigen Abschnitten begnügen. Ich hatte den Eindruck eines intensiven und brutalen, wilden, bunten und munteren Lebens, neben dem das sonnige und gestikulierende Marseille, das ich kannte, mit seinen eleganten Hotels und Restaurants voll von wohlhabenden Leuten langweilig und banal erschien. Ich beneidete die Menschen, die mit eigenen Augen gesehen hatten, was Captain Nichols beschrieb.

Als die Tore des Nachtasyls für sie verschlossen waren, suchten Strickland und Captain Nichols die Gastfreundschaft von Tough Bill, dem Besitzer einer Seemannspension, einem riesigen Mulatten mit kräftigen Fäusten, der arbeitslosen Matrosen Nahrung und Obdach bot, bis er für sie eine Stelle gefunden hatte. Sie lebten einen Monat lang bei ihm und schliefen mit einem Dutzend anderer – Schweden, Neger, Brasilianer – auf dem Boden von zwei kahlen Räumen in seinem Haus, das er seinen Schützlingen zuwies. Jeden Tag gingen sie mit ihm auf die Place Victor Gélu, wohin die Schiffskapitäne auf der Suche nach Arbeitern kamen. Er war mit einer fetten, schlampigen Amerikanerin verheiratet, die durch weiß Gott was für erniedrigende Umstände in diese Lage gekommen war; jeden Tag halfen ihr die Kostgänger abwechselnd bei der Hausarbeit. Captain Nichols fand es bewundernswert, daß Strickland sich dem entzogen hatte, indem er ein Porträt von Tough Bill malte. Tough Bill bezahlte nicht nur die Leinwand, Farben und Pinsel, sondern gab Strickland noch obendrein ein Pfund geschmuggelten Tabaks. Soviel ich weiß, schmückt dieses Bild noch immer das Wohnzimmer des baufälligen Hauses irgendwo in der Nähe des Quai de la Joliette, und ich glaube, das es heute wohl fünfzehnhundert Pfund einbrächte. Stricklands Plan war es, sich auf einem Schiff, das nach Australien oder Neuseeland fuhr, zu verdingen, und von dort nach Samoa oder Tahiti zu reisen. Ich weiß nicht, wie er auf die Idee gekommen war, in die Südsee zu fahren, obwohl ich mich erinnere, daß in seinem Kopf schon lange eine grüne, sonnige Insel herumgespukt hatte, umgeben von einem Meer, blauer, als man es in nördlichen Breiten findet. Ich vermute, er schloß sich an Captain Nichols an, weil dieser jene Gegenden kannte und ihn davon überzeugte, daß er sich auf Tahiti wohler fühlen würde.

»Wissen Sie, Tahiti ist französisch«, erklärte er mir. »Und die Franzosen sind nicht so verdammt genau.«

Ich glaubte ihn zu verstehen.

Strickland hatte keine Papiere, aber das war nichts, was

Tough Bill aus der Fassung brachte, wenn dabei für ihn ein Profit herausschaute (er nahm den ersten Monatslohn des Seemanns, für den er eine Stelle fand), und so versorgte er Strickland mit dem Paß eines englischen Heizers, den die Vorsehung in seinem Hause hatte sterben lassen. Aber sowohl Captain Nichols als auch Strickland wollten nach dem Osten, und zufälligerweise gab es nur auf Schiffen, die nach dem Westen fuhren, Gelegenheit, sich anheuern zu lassen. Zweimal lehnte Strickland eine Stelle auf Frachtern ab, die nach den Vereinigten Staaten fuhren, und einmal eine Stelle auf einem Kohlenschiff, das nach Newcastle ging. Tough Bill brachte für solchen Eigensinn, der ihn nur schädigte, keine Geduld auf und warf Strickland und Captain Nichols schließlich ohne weitere Umstände hinaus. Wieder sahen sie sich dem Schicksal preisgegeben.

Tough Bills Kost war selten üppig, und man stand von seinem Tisch fast ebenso hungrig auf, wie man sich niedergesetzt hatte, aber einige Tage lang hatten sie guten Grund, ihr nachzutrauern. Sie erfuhren, was Hunger war. Sowohl die Cuillère de Soupe als auch das Nachtasyl war ihnen verschlossen, und ihre einzige Nahrung war das Brot, das die Bouchée de Pain zur Verfügung stellte. Sie schliefen, wo sie konnten, manchmal in einem leeren Güterwaggon auf einem Abstellgleis in der Nähe des Bahnhofs, manchmal in einem Lieferwagen hinter einem Warenhaus; aber es war bitter kalt, und nach ein oder zwei Stunden unruhigen Halbschlafs wanderten sie wieder durch die Straßen. Am meisten fehlte ihnen Tabak, und Captain Nichols konnte ohne ihn nicht auskommen; er ging auf der ›Can o' Beer‹ auf die Jagd nach Zigaretten- und Zigarrenstummeln, welche die Spaziergänger am Abend vorher weggeworfen hatten.

»Ich habe schon schlechtere Tabakmischungen in einer Pfeife geraucht«, meinte er mit stoischem Achselzucken, während er aus dem Etui, das ich ihm reichte, zwei Zigarren nahm, von denen er eine in den Mund, die andere in seine Tasche steckte.

Ab und zu verdienten sie ein wenig Geld. Zuweilen lief ein Postdampfer ein, und Captain Nichols gelang es, nachdem er mit dem Aufseher bekannt geworden war, für beide einen Job als Lader zu bekommen. Wenn es sich um ein englisches Schiff handelte, schlüpften sie auf das Vorderdeck und bekamen von der Mannschaft ein kräftiges Frühstück. Sie setzten sich der Gefahr aus, einem der Schiffsoffiziere in die Hände zu laufen und mit einem Fußtritt das Fallreep hinuntergeworfen zu werden.

»Ein Tritt in den Hintern ist nichts Schlimmes, wenn man den Bauch voll hat«, sagte Captain Nichols, »und ich persönlich habe es nie übelgenommen. Ein Offizier muß an Disziplin denken.«

Ich sah lebhaft vor mir, wie Captain Nichols vor dem erhobenen Fuß eines zornigen Maats kopfüber über ein schmales Fallreep hinunterstürzte und sich als echter Engländer noch über den Geist der Handelsmarine freute.

In der Nähe des Fischmarkts konnte man öfters kleine Gelegenheitsarbeiten bekommen. Einmal verdiente jeder der beiden einen Franc mit dem Verladen von Orangenkisten vom Hafendamm in Waggons. Eines Tags hatten sie Glück: einer der Quartiergeber bekam den Auftrag, einen Frachter, der um das Kap der Guten Hoffnung herum aus Madagaskar gekommen war, zu streichen, und die beiden verbrachten mehrere Tage auf einem über der Seitenwand schwebenden Brett und überzogen den rostigen Schiffsrumpf mit Farbe. Es war eine Situation, die Stricklands bitterem Humor entsprochen haben mußte. Ich fragte Captain Nichols, wie Strickland diese Mühen ausgehalten hatte.

»Wüßte nicht, daß er je ein mürrisches Wort gesagt hat«, antwortete der Captain. »Manchmal war er ein bißchen verdrossen, aber wenn wir seit dem Morgen keinen Bissen im Magen und nicht einmal das Geld für ein Nachtlager beim Chinesen beisammen hatten, war er so munter wie ein Spatz.«

Das überraschte mich nicht. Strickland war genau der Mensch, der über der Lage steht, wenn sie wirklich zum Verzweifeln ist; aber ob dies auf Gleichmut oder Widerspruchsgeist zurückzuführen war, läßt sich schwer sagen.

Den Namen ›Chinesenkopf‹ hatten die Hafenvagabunden einem armseligen Gasthof hinter der Rue Bouterie gegeben, der von einem einäugigen Chinesen geführt wurde, bei dem man für sechs Sous in einer Hängematte und für drei Sous auf dem Fußboden schlafen konnte. Hier freundeten sie sich mit anderen an, die in einer ähnlich verzweifelten Lage waren wie sie, und wenn sie kein Geld hatten und die Nacht bitter kalt war, waren sie froh, von jemandem, der während des Tages einen armseligen Franc verdient hatte, das Geld für ein Dach überm

Kopf borgen zu können. Diese Vagabunden waren nicht geizig, und wer Geld hatte, zögerte nicht, es mit den übrigen zu teilen. Sie kamen aus allen Ländern der Welt, aber das war kein Hindernis für gute Kameradschaft, denn sie fühlten sich als freie Bürger eines Landes, dessen Grenzen sie alle einschloß, des großen Schlaraffenlandes.

»Aber Strickland konnte auch gefährlich werden, wenn er erregt war«, sagte Captain Nichols nachdenklich. »Eines Tages trafen wir auf dem Platz zufällig Tough Bill, und dieser bat ihn um die Papiere, die er ihm gegeben hatte.

›Wenn du sie haben willst, dann komm und hol sie dir‹, sagte Charlie.

Tough Bill war ein kräftiger Bursche, aber Charlies Miene gefiel ihm ganz und gar nicht, daher begann er ihn zu beschimpfen. Er gab ihm so ziemlich alle Namen, die ihm einfielen, und wenn Tough Bill zu fluchen anfing, lohnte es sich, zuzuhören. Nun, Charlie hörte es sich kurze Zeit an, dann trat er vor und sagte nur: ›Mach, daß du wegkommst, verfluchtes Schwein!‹ Es war nicht so sehr, was er sagte, sondern wie er es sagte. Tough Bill sprach kein Wort mehr; man konnte sehen, wie er gelb wurde, und er ging weg, als hätte er sich an eine Verabredung erinnert.«

Strickland gebrauchte – laut Captain Nichols – nicht genau die Worte, die ich verwendet habe, aber da dieses Buch für die Familienlektüre bestimmt ist, hielt ich es für besser, ihm, wenn auch auf Kosten der Wahrheit, Ausdrücke in den Mund zu legen, die im Kreise der Familie gebräuchlich sind.

Nun war Tough Bill nicht der Mann, der sich eine Demütigung von seiten eines gewöhnlichen Seemanns gefallen ließ. Seine Macht hing von seinem Prestige ab, und bald erzählte einer, dann auch andere von den Seeleuten, die in seinem Haus wohnten, daß er geschworen habe, Strickland um die Ecke zu bringen.

Eines Abends saßen Captain Nichols und Strickland in einer der Bars der Rue Bouterie. Die Rue Bouterie ist eine Straße mit lauter ebenerdigen Häusern; jedes Haus besteht aus nur einem Raum; sie wirken wie Buden auf einem belebten Jahrmarkt oder wie Tierkäfige in einem Zirkus. In jeder Tür lehnt eine Frau. Manche lehnen träge an den Türpfosten, summen vor sich hin oder rufen mit heiserer Stimme die Vorübergehenden an;

manche lesen teilnahmslos. Es sind Französinnen, Italienerinnen, Spanierinnen, Japanerinnen und Farbige; einige sind dick, andere dünn; und unter der starken Schminke auf ihren Gesichtern, der dicken Fettschicht auf ihren Augenbrauen und dem Scharlachrot ihrer Lippen sieht man die Furchen des Alters und die Spuren der Ausschweifung. Einige tragen schwarze Hemden und fleischfarbene Strümpfe; andere, mit gekräuseltem, gelbgefärbtem Haar, haben wie kleine Mädchen Musselinkleidchen an. Durch die offene Tür sieht man einen rotgekachelten Fußboden, ein großes hölzernes Bett und auf einem Holztisch eine Wasserkanne und ein Becken. Ein buntes Volk schlendert durch die Straße – indische Matrosen von der italienisch-orientalischen Dampfschiffahrtsgesellschaft, blonde Nordländer von einem schwedischen Frachter, Japaner von einem Kriegsschiff, englische Seeleute, Spanier, gutaussehende Burschen von einem französischen Kreuzer, Neger von einem amerikanischen Frachtdampfer. Bei Tag ist die Straße schmutzig, aber in der Nacht, wenn sie nur von den Lampen in den kleinen Hütten erleuchtet wird, hat sie eine unheimliche Schönheit. Die gräßliche Wollust, welche die Luft erfüllt, ist bedrückend und grausig, und doch hat das Schauspiel, das einen quält und beunruhigt, etwas Geheimnisvolles. Man fühlt ich weiß nicht welche ursprüngliche Kraft, die abstößt und zugleich fasziniert. Hier sind alle Anstandsregeln der zivilisierten Welt beseitigt, und man hat das Gefühl, einer grausigen Wirklichkeit gegenüberzustehen. Es ist eine Atmosphäre, die zugleich voll Leben und voller Unheil ist.

In der Bar, in der Strickland und Nichols saßen, dröhnte Tanzmusik aus einem mechanischen Klavier. Ringsherum saßen Leute an Tischen, hier ein halbes Dutzend lärmender betrunkener Matrosen, dort eine Gruppe Soldaten, und in der Mitte tanzten zusammengedrängt die Paare. Bärtige Seemänner mit braunen Gesichtern und großen schwieligen Händen drückten ihre Partnerinnen eng an sich. Die Frauen trugen nichts als ein Hemd. Ab und zu standen zwei Matrosen auf und tanzten miteinander. Der Lärm war ohrenbetäubend. Das Volk sang, schrie, lachte; und wenn ein Mann dem Mädchen, das auf seinen Knien saß, einen langen Kuß gab, vergrößerte das Pfeifen der englischen Matrosen das Getöse. Die Luft war voll Staub, den die schweren Stiefel der Männer aufwirbelten, und grau vor

Rauch. Es war sehr heiß. Hinter der Theke saß eine Frau und säugte ihr Baby. Der Kellner, ein im Wachstum zurückgebliebener Jüngling mit einem flachen pickeligen Gesicht, eilte mit einem Tablett mit Gläsern voll Bier hin und her.

Wenig später kam Tough Bill herein, begleitet von zwei riesigen Negern, und es war leicht zu erkennen, daß er schon dreiviertel betrunken war. Er suchte Händel. Er taumelte gegen einen Tisch, an dem drei Soldaten saßen, und stieß ein Glas Bier um. Es kam zu einem heftigen Wortwechsel, und der Besitzer der Bar befahl Tough Bill zu gehen. Er war ein kräftiger Bursche, der nicht mit sich spaßen ließ. Tough Bill zögerte. Der Wirt war kein Mann, mit dem er sich anlegen wollte, denn der hatte die Polizei auf seiner Seite, und fluchend machte er kehrt. Plötzlich erblickte er Strickland. Er stellte sich vor ihm auf. Er sagte nichts. Er sammelte den Speichel in seinem Mund und spuckte Strickland mitten ins Gesicht. Strickland ergriff sein Glas und warf es nach ihm. Die Tanzenden hielten plötzlich inne. Einen Augenblick lang war es vollkommen still; aber als sich Tough Bill auf Strickland warf, wurden alle von Rauflust ergriffen, und im Nu gab es eine wüste Balgerei. Tische wurden umgestoßen, Gläser fielen auf den Boden. Es war ein höllischer Lärm. Die Frauen liefen zur Tür oder hinter die Theke. Von der Straße stürzten Passanten herein. Man hörte Flüche in allen Sprachen, das Geräusch von Schlägen, Schreie, und in der Mitte des Raumes kämpften mit heftiger Wut etwa ein Dutzend Männer. Plötzlich stürzte die Polizei herein, und jeder, der konnte, eilte zur Tür. Als die Bar mehr oder minder geleert war, lag Tough Bill mit einer großen Wunde am Kopf bewußtlos auf dem Boden. Captain Nichols schleppte Strickland, der aus einer Wunde am Arm blutete und dessen Kleider zerfetzt waren, auf die Straße. Er selbst hatte einen Schlag auf die Nase bekommen und war ganz voller Blut.

»Ich denke, du solltest aus Marseille verschwinden, bevor Tough Bill aus dem Krankenhaus herauskommt«, sagte er zu Strickland, als sie in den Chinesenkopf zurückgekommen waren und sich wuschen.

»Das war noch besser als Hahnenkämpfe«, sagte Strickland. Ich sah sein spöttisches Lächeln vor mir.

Captain Nichols war besorgt. Er kannte Tough Bills Rachsucht. Strickland hatte den Mulatten zweimal bezwungen, und der Mulatte war in nüchternem Zustand ein Mann, mit dem man rechnen mußte. Er würde sich nicht beeilen, aber eines Nachts würde Strickland ein Messer im Rücken stecken haben, und ein paar Tage später würde die Leiche eines unbekannten Hafenvagabunden aus dem schmutzigen Wasser des Hafens gefischt werden. Am nächsten Abend ging Nichols in Tough Bills Haus und zog Erkundigungen ein. Er war noch im Spital, aber seine Frau, die ihn besucht hatte, sagte, er habe geschworen, Strickland umzubringen, sobald er herausgelassen würde.

Eine Woche verging.

»Sehen Sie, das war schon immer meine Meinung«, sagte Captain Nichols vorwurfsvoll. »Wenn man einen Menschen verletzt, muß man ihn anständig verletzen. Das gibt einem Zeit, sich umzusehen und nachzudenken, was man weiter tun wird.«

Dann hatte Strickland Glück. Ein Schiff mit Kurs nach Australien forderte im Seemannsheim einen Heizer für einen, der auf der Höhe von Gibraltar in einem Anfall von Delirium tremens über Bord gesprungen war.

»Lauf zum Hafen hinunter, alter Knabe«, sagte der Captain zu Strickland, »und laß dich anheuern. Deine Papiere hast du ja.«

Strickland ging auf der Stelle, und das war das letzte, was Captain Nichols von ihm sah. Das Schiff blieb nur sechs Stunden im Hafen; und am Abend beobachtete Captain Nichols den dahinschwindenden Rauch, der aus seinen Schornsteinen kam, während es durch das winterliche Meer seinen Weg nach Osten nahm.

Ich habe dies, so gut ich konnte, erzählt, weil mir der Kontrast zwischen diesen Episoden und dem bürgerlichen Leben gefiel, das ich Strickland in Ashley Garden hatte führen sehen, als er sich mit Staatsanleihen und Aktien beschäftigte; aber ich bin mir dessen bewußt, daß Captain Nichols ein schamloser Lügner war, und es könnte sein, daß an allem, was er mir erzählte, kein wahres Wort ist. Es würde mich nicht überraschen zu erfahren, daß er Strickland nie in seinem Leben gesehen hat und seine Kenntnis von Marseille einer Zeitschrift verdankt.

48

Hier beabsichtigte ich mein Buch zu beenden. Meine ursprüngliche Idee war, mit dem Bericht über Stricklands letzte Jahre auf Tahiti und seinem schrecklichen Tod zu beginnen und dann zurückzublenden und zu erzählen, was ich von seinen Anfängen wußte. Ich wollte das nicht aus Eigensinn tun, sondern weil ich Strickland verlassen wollte, als er sich mit Gott weiß was für Hoffnungen in seiner einsamen Seele auf den Weg nach den unbekannten Inseln machte, die ihn mit Begeisterung erfüllten. Mir gefiel die Vorstellung, daß er mit siebenundvierzig Jahren, wenn die meisten Männer sich bereits ein für allemal etabliert haben, in eine neue Welt aufbrach. Ich sah ihn – das Meer grau unter dem Mistral und schaumgekrönt – die entschwindende Küste Frankreichs betrachten, die er nie wiedersehen sollte; und ich war der Meinung, daß sein Verhalten tapfer und seine Seele unerschrocken war. Ich wollte mit einem Hoffnungsschimmer schließen. Die Betonung sollte auf dem unbesiegbaren Geist des Menschen liegen. Aber es gelang mir nicht. Irgendwie bekam ich die Geschichte nicht in den Griff, und nach ein paar Versuchen mußte ich es aufgeben; ich begann auf die übliche Weise mit dem Anfang und kam zu dem Schluß, daß ich das, was ich von Stricklands Leben wußte, nur in der Reihenfolge erzählen konnte, in der ich es erfahren hatte.

Das, was ich jetzt zur Verfügung habe, ist fragmentarisch. Ich bin in der Lage eines Biologen, der aus einem einzelnen Knochen nicht nur die äußere Erscheinung eines ausgestorbenen Tieres, sondern auch seine Gewohnheiten rekonstruieren muß. Strickland machte auf die Leute, die auf Tahiti mit ihm in Berührung kamen, keinen besonderen Eindruck. Er war für sie nichts als ein Hafenvagabund in ständiger Geldnot, bemerkenswert nur dadurch, daß er Bilder malte, die ihnen lächerlich vorkamen; und erst nachdem er einige Jahre tot war und Agenten von Kunsthändlern aus Paris und Berlin kamen, um sich nach Bildern umzusehen, die möglicherweise noch auf der Insel waren, ahnten sie, daß unter ihnen ein Mann von Bedeutung gelebt hatte. Dann hielten sie sich vor Augen, daß sie spottbillig Gemälde hätten kaufen können, die nun riesige Summen wert waren, und konnten sich nicht verzeihen, daß sie sich die Gelegenheit hatten entgehen lassen. Es gab einen jüdischen Händler namens Cohen, der auf sonderbare Art zu einem von Stricklands Bildern gekommen war. Es war ein kleiner alter Franzose mit sanften, gütigen Augen und einem freundlichen Lächeln, halb Händler, halb Seemann, der einen Kutter besaß, in dem er kühn zwischen den Paumotus und den Marquesas hin- und herfuhr, wobei er Handelswaren mit hinausnahm und Kopra, Muscheln und Perlen zurückbrachte. Ich suchte ihn auf, weil mir erzählt worden war, daß er eine große schwarze Perle hätte, die er billig verkaufen wolle, und als ich entdeckte, daß sie meine Mittel überstieg, begann ich mit ihm über Strickland zu plaudern. Er hatte ihn gut gekannt.

»Wissen Sie, er interessierte mich, weil er Maler war«, sagte er mir. »Wir haben auf den Inseln nicht viele Maler, und er tat mir leid, weil er ein so schlechter war. Ich gab ihm als erster Arbeit. Ich hatte auf der Halbinsel eine Plantage, und ich wollte einen weißen Aufseher haben. Die Eingeborenen arbeiten nicht, wenn kein Weißer über ihnen steht. Ich sagte zu ihm: ›Sie werden viel Zeit zum Malen haben, und Sie können etwas Geld verdienen.‹ Ich wußte, daß er erbärmlich lebte, aber ich bot ihm eine gute Bezahlung.

»Ich kann mir nicht vorstellen, daß er ein sehr gewissenhafter Aufseher war«, sagte ich lächelnd.

»Ich war nachsichtig. Ich hatte immer Sympathie für Künstler. Das liegt uns nun einmal im Blut. Aber er blieb nur wenige Monate. Als er genug Geld besaß, um Farben und Leinwand zu kaufen, verließ er mich. Die Insel hatte ihn gefangengenommen, und er wollte in den Busch gehen. Aber ich sah ihn weiterhin dann und wann. Alle paar Monate tauchte er plötzlich in Papeete auf und blieb eine Zeitlang; er pumpte den einen oder anderen um Geld an und verschwand dann wieder. Anläßlich eines dieser Besuche kam er zu mir und bat mich, ihm zweihundert Francs zu leihen. Er sah aus, als hätte er seit einer Woche nichts zu essen gehabt, und ich hatte nicht das Herz, ihm die Bitte abzuschlagen. Natürlich erwartete ich nicht, mein Geld jemals wiederzusehen. Nun, ein Jahr später kam er noch einmal zu mir und brachte ein Bild mit. Das Geld, das er mir schuldete, erwähnte er nicht, sondern sagte: ›Hier ist ein Bild Ihrer Plantage, das ich für Sie gemalt habe.‹ Ich sah es an. Ich wußte nicht, was ich sagen sollte, aber natürlich bedankte ich mich bei ihm, und nachdem er gegangen war, zeigte ich es meiner Frau.«

»Wie war es?« fragte ich.

»Fragen Sie mich nicht. Ich konnte daraus nicht klug werden. Ich habe so etwas in meinem ganzen Leben noch nicht gesehen. ›Was werden wir damit machen?‹ sagte ich zu meiner Frau. ›Wir können es doch nicht aufhängen‹, sagte sie. ›Die Leute würden uns auslachen.‹ Sie trug es also auf den Dachboden, stellte es unter allerlei Gerümpel, denn meine Frau kann nichts wegwerfen. Das ist eine Manie von ihr. Dann, stellen Sie sich vor, kurz vor dem Krieg schrieb mir mein Bruder aus Paris: ›Weißt du etwas von einem englischen Maler, der auf Tahiti gelebt hat? Er soll ein Genie gewesen sein, und seine Bilder erzielen hohe Preise. Schau, ob du eins bekommen kannst, und schick es mir. Damit ist Geld zu verdienen.‹ Also sagte ich zu meiner Frau: ›Was ist mit dem Bild, das Strickland mir gegeben hat? Ist es möglich, daß es noch auf dem Dachboden ist?‹ ›Ohne Zweifel‹, antwortete sie, ›du weißt doch, daß ich nichts wegwerfe. Das ist meine Manie.‹ Wir gingen auf den Dachboden hinauf, und dort war das Bild unter all dem Gerümpel, das sich in den dreißig Jahren, die wir das Haus bewohnten, angesammelt hatte. Ich schaute es wieder an und sagte: ›Wer hätte je gedacht, daß der Aufseher meiner Plantage auf der Halbinsel, dem ich zweihundert Francs borgte, ein Genie ist? Merkst du dem Bild etwas an?‹ ›Nein‹, sagte sie, ›es sieht unserer Plantage nicht ähnlich, und ich habe nie Kokospalmen mit blauen Blättern gesehen; aber die Leute in Paris sind verrückt, und möglicherweise kann es dein Bruder für die zweihundert Francs verkaufen, die du Strickland geliehen hast.‹ Wir packten es jedenfalls ein und schickten es meinem Bruder. Und schließlich erhielt ich von ihm einen Brief. Was, glauben Sie, stand darin? ›Ich habe Dein Bild erhalten‹, schrieb er, ›und ich gestehe, ich glaubte zuerst, Du hättest mir einen Streich gespielt. Das Bild schien mir nicht einmal das Porto wert zu sein. Ich scheute mich fast, es dem Herrn zu zeigen, der mit mir darüber gesprochen hatte. Stell Dir meine Überraschung vor, als er sagte, es sei ein Meisterwerk, und mir dreißigtausend Francs bot. Ich glaube wohl, er hätte noch mehr bezahlt, aber, offen gesagt, ich war so verblüfft, daß ich den Kopf verlor und sein Angebot annahm, bevor ich imstande war, mich zu fassen.‹«

Dann sagte Monsieur Cohen etwas Bewundernswertes.

»Ich wollte, der arme Strickland wäre noch am Leben gewesen. Ich frage mich, was er gesagt hätte, wenn ich ihm für sein Bild neunundzwanzigtausendachthundert Francs gegeben hätte.«

49

Ich wohnte im Hôtel de la Fleur, und Mrs. Johnson, die Besitzerin, hatte eine traurige Geschichte von verpaßter Gelegenheit zu erzählen. Nach Stricklands Tod wurde ein Teil seiner Habe auf dem Marktplatz von Papeete versteigert, und sie ging selbst hin, weil unter dem Plunder ein amerikanischer Ofen war, den sie haben wollte. Sie zahlte siebenundzwanzig Francs dafür.

»Es gab auch ein Dutzend Bilder«, erzählte sie mir, »aber sie waren ungerahmt, und niemand wollte sie haben. Einige von ihnen wurden für zehn Francs verkauft, aber die meisten gingen für fünf oder sechs weg. Denken Sie nur, wenn ich sie gekauft hätte, wäre ich heute eine reiche Frau.«

Aber Tiaré Johnson wäre wohl nie eine reiche Frau geworden. Sie konnte das Geld nicht halten. Sie war die Tochter einer Eingeborenen und eines englischen Schiffskapitäns, der sich auf Tahiti niedergelassen hatte, und als ich sie kennenlernte, war sie ungefähr fünfzig, sah aber älter aus und war ungeheuer dick. Groß und dick, wie sie war, wäre sie eine achtunggebietende Erscheinung gewesen, wenn die ungeheure Gutmütigkeit ihres Gesichts es ihr nicht unmöglich gemacht hätte, etwas anderes als Freundlichkeit auszudrücken. Ihre Arme waren wie Hammelkeulen, ihre Brüste wie riesige Kohlköpfe; ihr Gesicht, breit und fleischig, vermittelte den Eindruck fast unanständiger Nacktheit, und ein gewaltiges Kinn folgte dem anderen. Ich weiß nicht, wie viele es waren. Sie gingen kaskadenartig in die Weite ihres Busens über. Meistens trug sie einen losen rosa Kittel und den ganzen Tag über einen großen Strohhut. Aber wenn sie ihr Haar herunterließ, was sie ab und zu tat, denn sie war stolz darauf, sah man, daß es lang, dunkel und gelockt war; und ihre Augen waren jung und munter geblieben. Ihr Lachen war das ansteckendste, das ich je gehört habe; es begann mit einem leisen Gurren in der Kehle und wurde lauter und lauter, bis sich ihr ganzer gewaltiger Körper schüttelte. Sie liebte drei Dinge – einen Scherz, ein Glas Wein und einen hübschen Mann. Sie gekannt zu haben ist ein Privileg.

Sie war die beste Köchin auf der Insel, und sie liebte gutes Essen. Vom Morgen bis zum Abend sah man sie auf einem niedrigen Sessel in der Küche sitzen und, umgeben von einem chinesischen Koch und zwei oder drei eingeborenen Mädchen, Befehle erteilen, mit allen und jedem ungezwungen plaudern und die schmackhaften Gerichte kosten, die sie erfand. Wenn sie einem Freund eine Ehre erweisen wollte, kochte sie das Essen eigenhändig. Gastfreundschaft war eine Leidenschaft von ihr, und auf der Insel gab es niemanden, der hungern mußte, wenn es im Hôtel de la Fleur etwas zum Essen gab. Nie warf sie Gäste aus ihrem Haus, weil sie ihre Rechnung nicht bezahlten. Sie hoffte immer, sie würden zahlen, sobald sie könnten. Einem Mann, der in Not geraten war, hatte sie einige Monate lang Kost und Quartier gegeben. Als sich der chinesische Wäscher weigerte, ohne Bezahlung für ihn zu waschen, hatte sie seine Sachen zusammen mit ihren waschen lassen. Sie könne es nicht zulassen, daß der arme Kerl in einem schmutzigen Hemd herumgehe, sagte sie, und da er ein Mann war und Männer rauchen müssen, gab sie ihm täglich einen Franc für Zigaretten. Sie behandelte ihn mit der gleichen Freundlichkeit wie jene ihrer Gäste, die ihre Rechnung jede Woche pünktlich bezahlten.

»Ich war noch nicht fünfzehn, als mein Vater entdeckte, daß ich einen Geliebten hatte«, sagte sie. »Er war Dritter Maat auf der *Tropic Bird*. Ein gut aussehender Junge.«

Sie seufzte ein bißchen. Man sagt, daß sich eine Frau an ihren ersten Geliebten immer mit Zärtlichkeit erinnert; aber vielleicht erinnert sie sich nicht immer an ihn.

»Mein Vater war ein vernünftiger Mann.«

»Was tat er?« fragte ich.

»Er prügelte mich fast zu Tode, und dann verheiratete er mich mit Captain Johnson. Es machte mir nichts aus. Er war natürlich älter, aber er sah auch gut aus.«

Tiaré – ihr Vater hatte sie nach jener weißen wohlriechenden Blume genannt, von der man sagt, daß ihr Duft jeden nach Tahiti zurückzieht, der einmal an ihr gerochen hat – Tiaré erinnerte sich an Strickland sehr gut.

»Er kam manchmal hierher, und ich sah ihn in Papeete herumlaufen. Er tat mir leid, er war so dünn, und er hatte nie Geld. Wenn ich hörte, daß er in der Stadt war, ließ ich ihn durch einen Jungen ausfindig machen und einladen, zu mir zum Essen zu kommen. Ein- oder zweimal verschaffte ich ihm eine Stelle, aber er konnte bei keiner Sache bleiben. Nach einer kleinen Weile wollte er wieder in den Busch zurückkehren, und eines Morgens war er weg.«

Strickland erreichte Tahiti ungefähr sechs Monate nachdem er Marseille verlassen hatte. Er verdiente sich seine Überfahrt auf einem Segelschiff, das von Auckland nach San Francisco fuhr, und er kam mit einem Farbenkasten, einer Staffelei und einem Dutzend Leinwänden an. Er hatte einige Pfund in der Tasche, da er in Sydney Arbeit gefunden hatte, und er nahm in einem Eingeborenenhaus außerhalb der Stadt ein kleines Zimmer. Ich glaube, daß er sich von dem Augenblick an, wo er in Tahiti ankam, zu Hause fühlte. Tiaré erzählte mir, daß er zu ihr einmal gesagt hatte:

»Ich scheuerte gerade das Deck, da sagte plötzlich ein Junge zu mir: ›Wahrhaftig, dort ist sie.‹ Und ich blickte auf und sah den Umriß der Insel. Ich wußte sofort, daß dies der Ort war, nach dem ich mein ganzes Leben lang gesucht hatte. Dann kamen wir näher, und ich glaubte ihn wiederzuerkennen. Manchmal, wenn ich herumlaufe, kommt mir alles vertraut vor. Ich könnte schwören, daß ich früher hier gelebt habe.«

»Manchmal werden sie so gepackt«, sagte Tiaré. »Ich habe Männer gekannt, die für ein paar Stunden an Land kamen, während ihr Schiff aus- und einlud, und niemals zurückfuhren. Und ich habe Männer gekannt, die kamen, um hier ein Jahr lang in einem Büro zu arbeiten, und die den Ort verfluchten, und als sie wegfuhren, schworen sie bei Tod und Teufel, sich lieber aufzuhängen, als jemals zurückzukommen, und sechs Monate später waren sie wieder da und sagten, sie könnten anderswo nicht leben.«

50

Ich glaube, daß manche Menschen fern von ihrer wahren Heimat geboren werden. Der Zufall hat sie in eine bestimmte Umgebung gestellt, aber sie haben immer Heimweh nach einem unbekannten Land. Sie sind Fremde in ihrem Geburtsort, und die grünen Heckenwege, die sie seit ihrer Kindheit kennen, oder die belebten Straßen, auf denen sie gespielt haben, bleiben nur ein Durchzugsort. Sie können ihr ganzes Leben als Fremde inmitten ihrer Verwandtschaft verbringen und den einzigen Schauplätzen, die sie immer gekannt haben, fernbleiben. Vielleicht ist es dieses Gefühl der Fremdheit, das Männer in die Ferne treibt, auf der Suche nach etwas Bleibendem, an das sie sich halten können. Vielleicht treibt ein tiefverwurzelter Atavismus den Wanderer zurück in Länder, die seine Ahnen in den dunklen Anfängen der Geschichte verlassen haben. Bisweilen stößt ein Mensch auf einen Ort, dem er sich geheimnisvoll verbunden fühlt. Hier ist die Heimat, die er sucht, und er wird sich niederlassen in Gegenden, die er nie zuvor gesehen, unter Menschen, die er nie gekannt hat, und doch ist es ihm, als wären sie ihm von Geburt an vertraut. Hier findet er endlich Ruhe.

Ich erzählte Tiaré die Geschichte von einem Mann, den ich im St. Thomas-Hospital kennengelernt hatte. Es war ein Jude namens Abraham, ein blonder, ziemlich dicker junger Mann, der schüchtern und sehr bescheiden wirkte, aber er war außerordentlich begabt. Er trat mit einem Stipendium in das Krankenhaus ein und gewann während des fünfjährigen Studienganges alle Preise. Er wurde sowohl Chefarzt für innere Krankheiten als auch für Chirurgie. Sein Scharfsinn wurde von allen anerkannt. Schließlich wurde er in den Ärztestab gewählt, und seine Karriere war gesichert. Soweit sich im menschlichen Leben etwas vorhersagen läßt, war es sicher, daß er in die höchsten Positionen seines Berufs aufsteigen würde. Ehren und Reichtum erwarteten ihn. Bevor er seine neuen Pflichten auf sich nahm, wollte er Urlaub nehmen und fuhr, da er nicht die nötigen finanziellen Mittel hatte, als Schiffsarzt auf einem Frachtdampfer in die Levante. Für gewöhnlich führte dieses Schiff keinen Arzt mit, aber einer der älteren Chirurgen an dem Krankenhaus kannte einen Direktor der Linie, und Abraham wurde aus Gefälligkeit mitgenommen.

Nach einigen Wochen erhielt die Verwaltung sein Rücktrittsgesuch bezüglich der begehrten Stelle im Ärztestab. Das erregte großes Aufsehen, und wilde Gerüchte waren im Umlauf. Immer wenn ein Mensch etwas Unerwartetes tut, unterschieben ihm seine Mitmenschen die schimpflichsten Motive. Aber es fand sich ein Mann, der bereit war, Abrahams Stelle zu übernehmen, und Abraham geriet in Vergessenheit. Man hörte nichts mehr von ihm. Er verschwand.

Etwa zehn Jahre später, wurde ich an Bord eines Schiffes, das im Begriffe war, in Alexandrien zu landen, gebeten, mit den übrigen Passagieren zur ärztlichen Untersuchung anzutreten. Der Arzt war ein dicker Mann in einem schäbigen Anzug, und als er den Hut abnahm, sah ich, daß er fast kahl war. Ich hatte das Gefühl, ihn schon einmal gesehen zu haben. Plötzlich erinnerte ich mich.

»Abraham«, sagte ich.

Er wandte sich mir mit einem verdutzten Blick zu und ergriff dann, als er mich erkannte, meine Hand. Nachdem wir unserer Überraschung Ausdruck verliehen und er gehört hatte, daß ich eine Nacht in Alexandrien verbringen wollte, lud er mich ein, mit ihm im English Club zu Abend zu essen. Als wir uns wieder trafen, gab ich meiner Verwunderung Ausdruck, ihn hier zu finden. Es war eine äußerst bescheidene Stellung, die er bekleidete, und man merkte, daß er in beschränkten Verhältnissen lebte. Dann erzählte er mir seine Geschichte. Als er seine Ferienreise durchs Mittelmeer antrat, hatte er durchaus die Absicht, nach London und an seinen Posten am St. Thomas-Hospital zurückzukehren. Eines Morgens legte der Dampfer in Alexandrien an, und vom Deck aus sah er die Stadt im weißen Sonnenlicht und das Gedränge am Landungsplatz; er sah die Eingeborenen in ihren schäbigen Kaftanen, die Schwarzen aus dem Sudan, die lärmende Schar der Griechen und Italiener, die ernsten Türken mit ihren Tarbuschen, den Sonnenschein und den blauen Himmel; und da geschah etwas mit ihm. Er konnte es nicht beschreiben. Es war wie ein Donnerschlag, sagte er, und dann, fügte er hinzu, da dies ihm ungenügend schien: es war wie eine Offenbarung. Irgend etwas schien sein Herz zusammenzupressen, und plötzlich überkam ihn ein Gefühl von Jubel und herrlicher Freiheit. Er fühlte sich zu Hause, und er beschloß auf der Stelle, innerhalb einer Minute, den Rest seines Lebens in Alexandrien zu verbringen. Er hatte keine große Schwierigkeit, das Schiff zu verlassen, und vierundzwanzig Stunden später war er mit seinen Habseligkeiten an Land.

»Der Kapitän muß Sie für völlig verrückt gehalten haben«, sagte ich lächelnd.

»Es kümmerte mich nicht, was andere von mir dachten. Nicht ich habe gehandelt, sondern etwas in mir, das stärker war als ich. Ich wollte in ein kleines griechisches Hotel gehen, und während ich um mich blickte, hatte ich das Gefühl, ich wüßte, wo eines zu finden sei. Und wissen Sie, ich ging geradewegs darauf zu, und als ich es sah, erkannte ich es sofort.«

»Waren Sie schon früher einmal in Alexandrien?«

»Nein, ich hatte England mein ganzes Leben nicht verlassen.«

Bald darauf trat er in den Regierungsdienst, und dort ist er heute noch.

»Haben Sie es nie bereut?«

»Nie auch nur einen Augenblick. Ich verdiene gerade so viel, um davon leben zu können, und bin zufrieden. Ich will nichts anderes als so weiterleben können, bis ich sterbe. Dann hatte ich ein herrliches Leben.«

Ich verließ Alexandrien am folgenden Tag und vergaß Abraham, bis ich vor kurzem bei einem anderen alten Bekannten mit dem gleichen Beruf, Alec Carmichael, der in England einen kurzen Urlaub verbrachte, zum Abendessen eingeladen war. Ich traf ihn zufällig auf der Straße und beglückwünschte ihn zur Erhebung in den Adelsstand, mit der seine hervorragenden Verdienste während des Krieges belohnt worden waren. Wir vereinbarten, zur Erinnerung an alte Zeiten einen Abend miteinander zu verbringen, und als ich einwilligte, nahm er sich vor, niemand anderen einzuladen, damit wir ungestört plaudern könnten. Er hatte in der Queen Anne Street ein prächtiges altes Haus, und da er ein Mann von Geschmack war, hatte er es vortrefflich ausgestattet. An den Wänden des Eßzimmers bemerkte ich einen bezaubernden Bellotto, zwei Zoffanys, um die ich ihn beneidete. Nachdem seine Frau, ein hochgewachsenes, reizendes Geschöpf in goldenem Kleid, uns verlassen hatte, erwähnte ich lachend, wie sehr sich doch seine Lebensumstände seit der Zeit, da wir beide Medizinstudenten gewesen waren, verändert hatten. Damals hatten wir es für Verschwendung gehalten, in einem schäbigen italienischen Restaurant in der Westminster Bridge Road zu Abend zu essen. Nun gehörte Alec Carmichael dem Stab von einem halben Dutzend Krankenhäusern an. Ich glaube, er verdiente zehntausend im Jahr, und seine Erhebung in den Adelsstand war nur die erste der Ehren, die ihm unweigerlich zufallen müssen. »Ich hatte ganz schönen Erfolg«, sagte er, »aber das Seltsame ist, daß ich all dies einem glücklichen Zufall verdanke.«

»Was meinst du damit?«

»Erinnerst du dich noch an Abraham? Er war derjenige, der die große Zukunft vor sich hatte. Als wir Studenten waren, schlug er mich auf der ganzen Linie. Er bekam die Preise und die Stipendien, um die ich mich bewarb. Neben ihm spielte ich immer die zweite Geige. Wäre er dabeigeblieben, wäre er in der Stellung, in der ich nun bin. Dieser Mensch hatte eine ungeheure Begabung für die Chirurgie. Niemand hatte eine Chance neben ihm. Als er im St. Thomas-Hospital zum Registrator ernannt wurde, hatte ich keine Aussicht, in den Stab zu kommen. Ich hätte praktischer Arzt werden müssen, und du weißt, wie gering die Wahrscheinlichkeit für einen praktischen Arzt ist, aus dem üblichen Gleis herauszukommen. Aber Abraham fiel aus, und ich bekam die Stelle. Das war meine Chance.«

»Das ist freilich wahr.«

»Es war eben Glück. Vermutlich war es ein närrischer Einfall von Abraham. Der arme Teufel, er ist vor die Hunde gegangen. Er hat einen unbedeutenden Posten als Arzt in Alexandrien – Sanitätsbeamter oder so etwas. Ich habe gehört, er lebe mit einer häßlichen alten Griechin und habe ein halbes Dutzend skrofulöser Kinder. Meiner Ansicht nach genügt es nicht, Verstand zu haben. Was zählt, ist Charakter. Abraham fehlte es an Charakter.«

Charakter? Ich möchte meinen, es bedarf einer großen Charakterstärke, um nach einer halbstündigen Überlegung eine Karriere aufzugeben, weil einem eine andere Art zu leben sinnvoller erscheint. Und es erfordert noch mehr Charakterstärke, diesen plötzlichen Schritt nie zu bereuen. Aber ich sagte nichts, und Alec Carmichael fuhr nachdenklich fort:

»Natürlich wäre es Heuchelei von mir, so zu tun, als bedauerte ich, was Abraham getan hat. Schließlich war es mein Glück.« Er paffte genüßlich an der langen Havanna, die er rauchte. »Aber wenn es mich nicht persönlich beträfe, würde mich dieser Abstieg betrüben. Es ist scheußlich, wenn ein Mensch sein Leben so verpfuscht.«

Ich fragte mich, ob Abraham sein Leben wirklich verpfuscht hatte. Verpfuscht man sein Leben, wenn man das tut, was man sich am meisten wünscht, wenn man unter den Bedingungen lebt, die einem zusagen, in Einklang mit sich selbst? Und ist es das große Glück, ein angesehener Arzt mit zehntausend Pfund im Jahr zu sein? Ich vermute, es hängt davon ab, welchen Sinn man dem Leben gibt, ob man der Gesellschaft den größeren Anspruch einräumt oder dem Individuum. Aber ich erwiderte wieder nichts, denn wer bin ich, daß ich mit einem Adeligen streiten könnte?

51

Als ich Tiaré diese Geschichte erzählte, lobte sie meine Bedachtsamkeit, und wir arbeiteten einige Minuten lang schweigend weiter, denn wir waren dabei, Erbsen auszulösen. Dann fiel ihr Blick, der die Küchenarbeit immer überwachte, auf irgendeine Tätigkeit des chinesischen Kochs, die ihr heftiges Mißfallen erregte. Sie ließ eine Flut von Beschimpfungen auf ihn los. Der Chinese verteidigte sich, und es folgte ein äußerst lebhafter Streit. Die beiden sprachen in der Eingeborenensprache, von der ich nur ein halbes Dutzend Wörter gelernt hatte, und es klang, als würde die Welt in Kürze untergehen; aber bald darauf war der Friede wiederhergestellt, und Tiaré gab dem Koch eine Zigarette. Beide rauchten sie behaglich.

»Wissen Sie, daß er mir seine Frau verdankt?« sagte Tiaré plötzlich mit einem Lächeln, das sich über ihr ganzes riesiges Gesicht breitete.

»Der Koch?«

»Nein, Strickland.«

»Aber er hatte schon eine.«

»Das hat er erzählt, aber ich habe ihm gesagt, daß sie in England wäre und England am anderen Ende der Welt sei.«

»Stimmt«, erwiderte ich.

»Er kam alle zwei bis drei Monate nach Papeete, wenn er Farben, Tabak oder Geld brauchte, und lief dann herum wie ein streunender Hund. Er tat mir leid. Ich hatte damals ein Mädchen namens Ata hier, das die Zimmer aufräumte; sie war eine entfernte Verwandte von mir. Ihre Eltern waren tot, und daher ließ ich sie bei mir wohnen. Strickland kam ab und zu hierher, um anständig zu essen oder um mit einem der Boys

Schach zu spielen. Ich merkte, daß sie ihn ansah, wenn er kam, und fragte sie, ob er ihr gefalle. Sie sagte, er gefalle ihr recht gut. Sie wissen doch, wie diese Mädchen sind; alle wollen sie gern mit einem weißen Mann gehen.«

»War sie eine Eingeborene?« fragte ich.

»Ja. Sie hatte keinen Tropfen anderes Blut in ihren Adern. Nachdem ich also mit ihr gesprochen hatte, ließ ich Strickland holen und sagte zu ihm: ›Strickland, es ist höchste Zeit, daß Sie heiraten. Ein Mann in Ihrem Alter sollte nicht mit den Mädchen unten am Strand herumspielen. Das sind schlechte Menschen, und dabei kommt nichts Gutes heraus. Sie haben kein Geld und bleiben an keiner Stelle länger als ein oder zwei Monate. Niemand will Sie mehr nehmen. Sie sagen, Sie können im Busch immer mit irgendeiner Eingeborenen leben, und die sind froh, Sie zu haben, weil Sie ein Weißer sind. Aber so etwas schickt sich nicht für einen weißen Mann. Passen Sie auf, Strickland!‹«

Tiaré mischte in ihren Reden Französisch und Englisch durcheinander, denn sie verwendete die beiden Sprachen mit gleicher Leichtigkeit. Sie sprach sie mit einem singenden Akzent, der nicht unangenehm war. Könnte ein Vogel Englisch sprechen, es würde sich sicher so anhören.

»›Nun, was halten Sie davon, Ata zu heiraten? Sie ist ein gutes Mädchen, und sie ist erst siebzehn. Sie hat sich nie wahllos mit Männern abgegeben wie manch anderes Mädchen – mit einem Kapitän oder einem Ersten Offizier, ja, aber von einem Eingeborenen wurde sie nie berührt. *Elle se respecte, vois-tu.* Der Proviantmeister von der *Oahu* hat mir letzthin gesagt, daß er kein netteres Mädchen auf den Inseln kenne. Auch für sie ist es Zeit zu heiraten, und außerdem haben die Herren Kapitäne und Ersten Offiziere gern hie und da eine Abwechslung. Ich behalte meine Mädchen nie zu lange. Ata hat bei Taravao unten, kurz bevor man auf die Halbinsel kommt, einen kleinen Besitz, und bei dem Preis, den man jetzt für Kopra erhält, könnten Sie ganz gut leben. Es steht dort ein Haus, und Sie würden so viel Zeit zum Malen haben, wie Sie nur wollen. Was sagen Sie dazu?‹«

Tiaré machte eine Pause, um Atem zu schöpfen.

»Damals erzählte er mir von seiner Frau in England. ›Lieber Strickland‹, sagte ich zu ihm, ›alle haben sie irgendwo eine Frau; deshalb kommen sie gewöhnlich auf die Inseln. Ata ist ein vernünftiges Mädchen, und sie erwartet nicht, daß Sie mit ihr aufs Standesamt gehen. Sie ist Protestantin, und die sehen diese Dinge, wie Sie wissen, mit anderen Augen an als die Katholiken.‹

Dann sagte er: ›Aber was sagt Ata dazu?‹ ›Sie scheint einen *béguin* für Sie zu haben‹, sagte ich. ›Sie ist einverstanden, wenn Sie es sind. Soll ich sie rufen?‹ Er kicherte in seiner sonderbaren trockenen Art, und ich rief sie. Sie wußte, worüber ich sprach, das Luder, und aus meinen Augenwinkeln heraus sah ich, daß sie ganz Ohr war, während sie tat, als bügelte sie eine Bluse, die sie für mich gewaschen hatte. Sie kam. Sie lachte, aber ich merkte, daß sie ein bißchen befangen war, und Strickland schaute sie an, ohne zu sprechen.«

»War sie hübsch?« fragte ich.

»Nicht übel. Aber Sie haben sicher Bilder von ihr gesehen. Er hat sie immer und immer wieder gemalt; manchmal hatte sie einen *pareo* an, manchmal gar nichts. Ja, sie war recht hübsch. Und sie konnte kochen. Ich habe es ihr selbst beigebracht. Da ich sah, daß Strickland darüber nachdachte, sagte ich zu ihm: ›Ich habe ihr immer einen guten Lohn gegeben, und sie hat ihn gespart, und die Kapitäne und Ersten Schiffsoffiziere, die sie gekannt hat, haben ihr dann und wann etwas gegeben. Sie hat einige hundert Francs gespart.‹

Er zog an seinem langen roten Bart und lächelte.

›Na, Ata‹, sagte er, ›willst du mich zum Mann haben?‹

Sie sagte nichts, sondern kicherte nur.

›Aber ich sage Ihnen doch, mein lieber Strickland, das Mädchen hat einen *béguin* für Sie‹, sagte ich.

›Ich werde dich schlagen‹, sagte er und sah sie an.

›Wie könnte ich sonst erkennen, daß du mich liebst?‹ antwortete sie.«

Tiaré unterbrach ihre Erzählung und wandte sich nachdenklich an mich.

»Mein erster Gatte, Captain Johnson, prügelte mich regelmäßig. Er war ein Mann. Er sah gut aus, war sechs Fuß drei Zoll groß, und wenn er betrunken war, hielt ihn nichts. Manchmal war ich tagelang grün und blau am ganzen Körper. Was habe ich geweint, als er starb. Ich glaubte, ich würde nicht darüber hinwegkommen. Aber erst als ich George Rainey heiratete, wußte ich, was ich an ihm verloren hatte. Man weiß nie, wie man mit einem Mann dran ist, bevor man mit ihm zusammenlebt. Noch nie habe ich mich in einem Mann so getäuscht wie in George Rainey. Auch er war ein hübscher, kräftiger Bursche. Er war beinahe so groß wie Captain Johnson und sah recht stark aus. Aber es war alles nur Schein. Er trank nie. Er hob nie die Hand gegen mich. Er hätte Missionar sein können. Ich ließ mich mit den Offizieren jedes Schiffes ein, das zur Insel kam, und George Rainey merkte nie etwas. Schließlich hatte ich genug und ließ mich von ihm scheiden. Was hat man von einem solchen Gatten? Es ist schrecklich, wie manche Männer die Frauen behandeln.«

Ich drückte Tiaré mein Beileid aus und bemerkte mitfühlend, daß Männer schon immer Betrüger waren. Dann bat ich sie, mir mehr über Strickland zu erzählen.

»›Mein Gott‹, sagte ich zu ihm, ›es hat keine Eile. Nehmen Sie sich Zeit und überlegen Sie sich's. Ata hat ein sehr nettes Zimmer im Nebengebäude. Leben Sie einen Monat mit ihr, und sehen Sie, wie sie Ihnen gefällt. Essen können Sie hier. Und wenn der Monat um ist und Sie sich entschlossen haben, sie zu heiraten, brauchen Sie nur zu gehen und sich auf ihrem Besitz niederzulassen.‹

Nun, damit war er einverstanden. Ata machte weiterhin die Hausarbeit, und ich gab ihm Essen, wie ich versprochen hatte. Ich lehrte Ata einige Gerichte kochen, von denen ich wußte, daß er sie gern hatte. Er malte nicht viel. Er streifte durchs Hügelland und badete im Fluß. Und er saß am Strand und blickte auf die Lagune oder ging bei Sonnenuntergang hinunter und blickte auf Murea. Er ging aufs Riff fischen. Er lungerte gern am Hafen herum und plauderte mit den Eingeborenen. Er war ein ruhiger, netter Kerl. Und jeden Abend, nach dem Essen, ging er mit Ata zum Nebengebäude hinunter. Ich sah, daß er sich danach sehnte, in den Busch zurückzukehren, und am Ende des Monats fragte ich ihn, was er zu tun beabsichtige. Er sagte, wenn Ata gehen wolle, würde er mit ihr gehen. Ich gab also für die beiden ein Hochzeitsessen. Ich kochte es eigenhändig. Es gab Erbsensuppe, Hummer *à la portugaise*, ein Currygericht und Kokosnußsalat – Sie haben noch nie meinen Kokosnußsalat probiert, nicht wahr? Ich muß Ihnen einen machen, bevor Sie uns verlassen –, und zum

Schluß gab es Eis. Wir hatten so viel Champagner, wie wir nur trinken konnten, und anschließend Likör. Ich war entschlossen gewesen, alles aufs beste zu machen. Und nachher tanzten wir im Salon. Damals war ich nicht so dick, und ich habe immer gern getanzt.«

Der Salon des Hôtel de la Fleur war ein kleines Zimmer mit einem Piano und einer mit bedrucktem Samt bezogenen Mahagonigarnitur, die hübsch angeordnet an den Wänden stand. Auf runden Tischchen lagen Fotoalben, und an den Wänden hingen vergrößerte Fotografien von Tiaré und ihrem ersten Gatten, Captain Johnson. Obwohl Tiaré alt und fett war, rollten wir dennoch gelegentlich den Brüsseler Teppich zurück, holten die Mägde und einige Freunde von Tiaré und tanzten zu der krächzenden Musik eines Grammophons. Auf der Veranda war die Luft vom schweren Duft der Tiaré erfüllt, und über uns leuchtete das Kreuz des Südens am wolkenlosen Himmel.

Tiaré lächelte nachsichtig, als sie sich der Fröhlichkeit einer längst vergangenen Zeit erinnerte.

»Wir feierten bis drei durch, und als wir zu Bett gingen, wahr wohl keiner mehr ganz nüchtern. Ich hatte den beiden gesagt, sie könnten mit meinem Wagen fahren, so weit die Straße reicht, denn dann hatten sie noch einen langen Weg. Atas Besitz lag weit entfernt in einer Senkung des Berges. Sie brachen in der Morgendämmerung auf, und der Boy, den ich ihnen mitgab, kam erst am nächsten Tag zurück.

Ja, so wurde Strickland verheiratet.«

52

Ich vermute, daß die folgenden drei Jahre die glücklichsten in Stricklands Leben waren. Atas Haus lag ungefähr acht Kilometer von der Straße entfernt, die rund um die Insel läuft, und man erreichte es auf einem kurvenreichen Pfad im Schatten prachtvoller Tropenbäume. Es war ein Bungalow aus ungestrichenem Holz, bestehend aus zwei kleinen Räumen, und daneben befand sich ein kleiner Schuppen, der als Küche diente. Es gab keine Einrichtung außer den Matten, die sie als Betten benützten, und einem Schaukelstuhl, der auf der Veranda stand. Nahe beim Haus wuchsen Bananenstauden, die mit ihren großen zerfetzten Blättern der schäbigen Kleidung einer in Not geratenen Kaiserin glichen. Dicht dahinter stand ein Baum, der Avocadobirnen trug, und überall standen die Kokospalmen, die dem Land seine Einnahmen brachten. Atas Vater hatte rund um sein Grundstück Krotonbäume gepflanzt, die heiter und strahlend in bunter Überfülle wuchsen, sie umzäunten das Gelände wie ein Flammenwall. Vor dem Haus wuchs ein Mangobaum, und am Rande der Lichtung standen zwei völlig gleiche Flamboyants, deren scharlachrote Blüten mit dem Gold der Kokosnüsse in Wettstreit traten.

Hier lebte Strickland, der nur noch selten nach Papeete kam, von den Produkten des Landes. In der Nähe des Hauses gab es einen Bach, in dem er badete, und gelegentlich kam ein Fischschwarm. Dann versammelten sich die Eingeborenen mit viel Geschrei, und mit Speeren durchbohrten sie die erschreckten großen Tiere, die dem Meer zueilten. Manchmal ging Strickland zum Riff hinunter und kam mit einem Hummer oder einem Korb kleiner bunter Fische zurück, die Ata in Kokosöl briet; und zuweilen bereitete sie ihm ein wohlschmeckendes Gericht aus den großen Landkrabben, die einem immer unter den Füßen umherkrochen. Höher oben am Berg gab es wilde Orangenbäume, und ab und zu ging Ata mit einigen anderen Frauen aus dem Dorf hinauf und kam beladen mit köstlichen, süßen grünen Früchten zurück. Dann waren die Kokosnüsse reif zum Pflücken; und ihre Vettern (wie alle Eingeborenen hatte Ata eine Unmenge von Verwandten) kletterten auf die Bäume und warfen die großen reifen Nüsse herunter. Sie brachen sie auf und legten sie zum Trocknen in die Sonne. Dann schnitten sie die Kopra heraus und füllten sie in Säcke, und die Frauen trugen sie zum Kaufmann ins Dorf bei der Lagune hinunter, und er gab ihnen dafür Reis, Seife, Konservenfleisch und etwas Geld. Manchmal war ein Fest in der Nachbarschaft, und ein Schwein wurde geschlachtet. Dann gingen sie hin und aßen, bis sie nicht mehr konnten, tanzten und sangen Lieder.

Aber das Haus war vom Dorf weit entfernt, und die Bewohner von Tahiti sind faul. Sie reisen und schwatzen gern, aber sie haben keine Lust, zu Fuß zu gehen; und zuweilen lebten Strickland und Ata wochenlang allein. Er malte und las, und am Abend, wenn es dunkel war, saßen sie zusammen auf der Veranda, rauchten und sahen in die Nacht hinaus. Dann bekam Ata ein Kind, und die alte Frau, die heraufgekommen war, um ihr in ihren Nöten zu helfen, blieb da. Bald darauf kam die Enkelin der alten Frau, um bei ihr zu bleiben, und dann tauchte ein Jüngling auf – niemand wußte ganz genau, woher er kam und zu wem er gehörte –, aber er ließ sich unbekümmert bei ihnen nieder, und sie lebten alle zusammen.

53

»*Tenez, voilà le Capitaine Brunot*«, sagte Tiaré eines Tages, als ich gerade dabei war, zu ordnen, was sie mir von Strickland erzählte. »Er kannte Strickland gut; er besuchte ihn in seinem Haus.«

Ich sah einen Franzosen mittleren Alters mit einem großen schwarzen, schon etwas angegrauten Bart, sonnengebräuntem Gesicht und großen, glänzenden Augen. Er trug einen sauberen Anzug aus Segeltuch. Er war mir schon beim Mittagessen aufgefallen, und Ah Lin, der chinesische Boy, sagte mir, er sei heute mit einem Schiff von den Paumotus gekommen. Tiaré stellte mich ihm vor, und er überreichte mir seine Karte. Es war eine große Karte, auf der *René Brunot* und darunter *Capitaine au Long Cours* gedruckt war. Wir saßen auf einer kleinen Veranda vor der Küche, und Tiaré schnitt ein Kleid zu, das sie für eines der Mädchen im Haus machen wollte. Er setzte sich zu uns.

»Ja, ich habe Strickland gut gekannt«, sagte er. »Ich spiele sehr gerne Schach, und er freute sich immer über ein Spiel. Ich komme beruflich drei- oder viermal im Jahr nach Tahiti, und wenn er in Papeete war, kam er her und wir spielten. Als er heiratete« – Kapitän Brunot lächelte und zuckte die Achseln –, »*enfin*, als er sich anschickte, mit diesem Mädchen zusammenzuleben, das ihm Tiaré vermittelt hatte, lud er mich ein, ihn zu besuchen. Ich war einer der Gäste bei dem Hochzeitsfest.« Er blickte Tiaré an, und beide lachten sie. »Danach kam er nur noch selten nach Papeete, und als ich etwa ein Jahr später, ich weiß nicht mehr aus welchem Grund, in jenen Teil der Insel kam und meine Geschäfte erledigt hatte, sagte ich mir: ›*Voyons,* warum sollte ich den guten Strickland nicht aufsuchen?‹ Ich fragte einige Eingeborene, ob sie etwas von ihm wüßten, und erfuhr, daß er nicht weiter als fünf Kilometer von dem Ort, wo ich war, wohnte. Also machte ich mich auf den Weg. Ich werde den Eindruck, den der Besuch auf mich machte, nie vergessen. Ich lebe auf einem Atoll, einer niedrigen Insel; es ist ein Landstreifen, der eine Lagune einschließt, und seine Schönheit ist die Schönheit des Meeres und des Himmels, der verschiedenen Farbtöne der Lagune und die Anmut der Kokospalmen. Aber der Ort, wo Strickland wohnte, hatte die Schönheit des Gartens Eden. Ich wollte, ich könnte Ihnen den Zauber dieses Fleckens vor Augen führen, diesen verborgenen Winkel mit dem blauen Himmel darüber und den reichen üppigen Bäumen. Es war ein Fest der Farben. Und es duftete und war kühl. Worte vermögen dieses Paradies nicht zu beschreiben. Und hier lebte er, vergaß die Welt und wurde vergessen. Ich vermute, einem Europäer muß alles fürchterlich armselig vorgekommen sein. Das Haus war baufällig und nicht allzu sauber. Als ich mich näherte, sah ich drei oder vier Eingeborene auf der Veranda liegen. Sie wissen ja, wie gern sich Eingeborene zusammenscharen. Ein junger Mann lag der Länge nach da, rauchte eine Zigarette und trug nichts als einen *pareo.*«

Der *pareo* ist ein langer Streifen roter oder blauer Baumwolle, mit weißen Mustern bedruckt. Er wird um die Hüften geschlungen und hängt bis zu den Knien.

»Ein Mädchen von vielleicht fünfzehn Jahren flocht Pandanenblätter zu einem Hut, und eine alte Frau hockte da und rauchte eine Pfeife. Dann sah ich Ata. Sie säugte ein neugeborenes Kind, ein anderes spielte splitternackt zu ihren Füßen. Als sie mich sah, rief sie Strickland, und er kam zur Tür. Auch er trug nichts als einen *pareo.* Mit seinem roten Bart, dem wirren Haar und seiner breiten, behaarten Brust war er eine außergewöhnliche Erscheinung. Er hatte Hornhaut und Narben auf den Füßen, so daß ich wußte, daß er immer barfuß ging. Er hatte sich ganz und gar in einen Eingeborenen verwandelt. Er schien darüber erfreut zu sein, mich zu sehen, und sagte Ata, sie solle für unser Essen ein Huhn schlachten. Er führte mich in das Haus, um mir das Bild zu zeigen, an dem er, als ich kam, gearbeitet hatte. In einer Ecke des Zimmers war das Lager, und in der Mitte stand eine Staffelei mit dem Bild. Weil er mir leid tat, hatte ich für eine geringe Summe zwei Bilder von ihm gekauft und andere an Freunde von mir in Frankreich geschickt. Und obwohl ich sie aus Mitleid gekauft hatte, begann ich sie zu lieben, während ich mit ihnen lebte. Tatsächlich entdeckte ich eine seltsame Schönheit in ihnen. Alle dachten, ich sei verrückt, aber es stellte sich heraus, daß ich recht hatte. Ich war sein erster Bewunderer auf den Inseln.«

Er lächelte Tiaré maliziös an, und sie erzählte wieder mit großem Lamento die Geschichte, wie sie bei der Versteigerung von Stricklands Habe die Bilder außer acht gelassen, aber einen amerikanischen Ofen für siebenundzwanzig Francs gekauft hatte.

»Haben Sie die Bilder noch?« fragte ich.

»Ja. Ich behalte sie, bis meine Tochter in heiratsfähigem Alter ist, und dann werde ich sie verkaufen. Der Erlös soll ihre Mitgift sein.«

Dann fuhr er fort mit dem Bericht über seinen Besuch bei Strickland.

»Nie werde ich den Abend vergessen, den ich bei ihm verbrachte. Ich hatte nicht vorgehabt, länger als eine Stunde zu bleiben, aber er bestand darauf, daß ich die Nacht bei ihm verbrachte. Ich zögerte, denn ich gestehe, das Aussehen der Matten, auf denen ich schlafen sollte, gefiel mir nicht sehr; aber schließlich gab ich nach. Als ich mein Haus auf den Paumotus baute, hatte ich wochenlang auf einem noch härteren Lager geschlafen, und mein Obdach waren die Sträucher der Wildnis gewesen; und was das Ungeziefer betrifft, so ist meine derbe Haut gegen ihre Angriffe gefeit.

Wir gingen zum Bach hinunter, um zu baden, während Ata das Essen vorbereitete, und nachdem wir gegessen hatten, setzten wir uns auf die Veranda, rauchten und plauderten. Der junge Mann hatte eine Ziehharmonika und spielte Melodien, die in den Varietés vor einem Dutzend Jahren populär gewesen waren. Sie klangen seltsam in dieser Tropennacht, viele tausend Meilen von der Zivilisation entfernt. Ich fragte Strickland, ob es ihn nicht störe, in diesem Durcheinander zu leben. Nein, sagte er; er habe seine Modelle gern bei der Hand. Bald darauf gingen die Eingeborenen mit lautem Gähnen schlafen, und Strickland und ich waren allein. Ich kann Ihnen die tiefe

Ruhe der Nacht nicht beschreiben. Auf meiner Insel in den Paumotus ist es des Nachts nie so vollkommen still, wie es hier war. Man hört die Geräusche der unzähligen Tiere am Strand, all der kleinen Schalentiere, die unaufhörlich umherkriechen, und das geräuschvolle Laufen der Landkrabben. Dann und wann hört man in der Lagune einen Fisch hervorschnellen und ein hastiges, lautes Plätschern, wenn ein brauner Hai alle anderen Fische um ihr Leben schwimmen läßt. Und über allem liegt, unaufhörlich wie die Zeit, das dumpfe Getöse der Brandung am Riff. Aber hier war kein Laut zu vernehmen, und die Luft war erfüllt vom Duft der weißen Nachtblumen. Es war eine Nacht, so schön, daß die Seele das Gefängnis des Körpers kaum zu ertragen vermochte. Es war, als wolle sie in überirdische Sphären entschweben und als trüge der Tod die Züge eines geliebten Freundes.«

Tiaré seufzte.

»Ach, ich möchte noch einmal fünfzehn sein.«

Dann sah sie, wie eine Katze versuchte, sich an ein Garnelengericht auf dem Küchentisch heranzumachen, und schleuderte mit einer geschickten Bewegung und einem Schwall von Schimpfworten ein Buch auf deren entschwindenden Schwanz.

»Ich fragte ihn, ob er mit Ata glücklich sei.

›Sie läßt mich in Ruhe‹, sagte er. ›Sie kocht mein Essen und kümmert sich um ihre Kinder. Sie tut, was ich ihr sage. Sie gibt mir, was ich von einer Frau will.‹

›Und denken Sie nie mit Bedauern an Europa? Sehnen Sie sich nicht manchmal nach den Lichtern der Straßen von Paris oder London, nach der Gesellschaft von Ihren Freunden und Ihresgleichen, *que sais-je*? Nach Theatern und Zeitungen, nach dem Rumpeln der Omnibusse auf dem Kopfsteinpflaster?‹

Er schwieg eine Weile. Dann sagte er:

›Ich werde hierbleiben, bis ich sterbe.‹

›Aber langweilen Sie sich nie? Fühlen Sie sich nie einsam?‹ fragte ich.

Er kicherte.

›Mon pauvre ami‹, sagte er. ›Offenbar wissen Sie nicht, was es heißt, Künstler zu sein.‹«

Capitaine Brunot wandte sich mir mit einem milden Lächeln zu, und seine dunklen, freundlichen Augen glänzten.

»Er tat mir unrecht, denn auch ich weiß, was es heißt,

Träume zu haben. Auch ich habe Visionen. Auf meine Weise bin ich ebenfalls Künstler.«

Wir schwiegen alle eine Weile, und Tiaré fischte aus ihrer geräumigen Tasche eine Handvoll Zigaretten heraus. Sie gab jedem von uns eine, und wir rauchten alle drei. Schließlich sagte sie:

»Warum nehmen Sie *ce monsieur* nicht zu Dr. Coutras mit, da er sich für Strickland interessiert? Er kann ihm etwas über seine Krankheit und seinen Tod erzählen.«

»Volontiers«, sagte der Kapitän und sah mich an.

Ich dankte ihm, und er schaute auf seine Uhr.

»Es ist sechs Uhr vorbei. Wir müßten ihn zu Hause antreffen, falls Sie Lust haben, jetzt mitzukommen.«

Ich stand sofort auf, und wir gingen die Straße hinauf, die zum Haus des Arztes führte. Er wohnte außerhalb der Stadt, aber das Hôtel de la Fleur lag am Stadtrand, und wir waren schnell draußen. Die breite Straße war von Pfeffersträuchern eingesäumt, und zu beiden Seiten lagen die Kokosnuß- und Vanilleplantagen. Raubvögel kreischten zwischen den Blättern der Palmen. Als wir zu einer Steinbrücke kamen, die über einen seichten Fluß führte, blieben wir ein paar Minuten stehen, um den eingeborenen Jungen beim Baden zuzusehen. Sie jagten einander mit lautem Geschrei und Gelächter, und ihre braunen, nassen Körper glänzten im Sonnenlicht.

54

Als wir weitergingen, dachte ich über einen Umstand nach, auf den ich durch all das, was ich in letzter Zeit über Strickland gehört hatte, aufmerksam geworden war. Hier auf dieser abgelegenen Insel schien er keineswegs den Abscheu erweckt zu haben, mit dem man ihn daheim betrachtete, sondern eher Mitleid; und seine Eigenheiten wurden mit Nachsicht hingenommen. Für diese Leute, Eingeborene wie Europäer, war er ein komischer Kauz, aber sie waren an komische Käuze gewöhnt und nahmen ihn, wie er war; die Welt war voll von seltsamen Personen, die seltsame Dinge taten; und vielleicht wußten sie, daß ein Mensch nicht das ist, was er sein möchte, sondern das, was er sein muß. In England und Frankreich war er der vierkantige Bolzen in einem runden Loch; aber hier hatten die Löcher alle Arten von Formen, und kein Bolzen war ganz fehl am Platz. Ich glaube nicht, daß er hier sanfter, weniger egoistisch oder weniger brutal war, aber die Umstände waren günstiger. Wenn er sein Leben in dieser Umgebung verbracht hätte, hätte man ihn möglicherweise nicht für schlechter gehalten als andere. Hier wurde ihm das entgegengebracht, was er von seinen Landsleuten weder erwartete noch wünschte, nämlich – Sympathie.

Ich sprach mit Kapitän Brunot über diese Tatsache und gab meinem Erstaunen Ausdruck, und er antwortete nicht gleich.

»Es ist nicht verwunderlich, daß gerade ich Sympathie für ihn empfunden habe«, sagte er schließlich, »denn obwohl sich vielleicht keiner von uns beiden dessen bewußt war, strebten wir nach dem gleichen Ziel.«

»Was auf Erden kann es sein, das zwei so grundverschiedene Menschen wie Sie und Strickland anstreben konnten?« fragte ich lächelnd.

»Schönheit.«

»Ein weites Gebiet«, murmelte ich.

»Wissen Sie, daß Menschen von der Liebe so besessen sein können, daß sie für alles andere auf der Welt taub und blind sind? Sie sind ebensowenig ihr eigener Herr, wie es die an die Bänke einer Galeere gefesselten Sklaven sind. Die Leidenschaft, die Strickland gefangenhielt, war nicht weniger tyrannisch als die Liebe.«

»Wie seltsam, daß Sie das sagen!« antwortete ich. »Schon vor langer Zeit kam mir der Gedanke, daß er vom Teufel besessen sei.«

»Und die Leidenschaft, die ihn erfüllte, war die Leidenschaft, Schönheit zu schaffen. Sie ließ ihm keine Ruhe. Sie trieb ihn hin und her. Er war ein ewiger Pilger, von einem überirdischen Heimweh gequält, und der Dämon in ihm war unbarmherzig. Es gibt Menschen, deren Sehnsucht nach Wahrheit so groß ist, daß sie ihre Welt in ihren Grundfesten erschüttern, um sie zu erreichen. Ein solcher war Strickland, nur daß bei ihm Schönheit an die Stelle von Wahrheit trat. Ich konnte ihm gegenüber nur tiefes Mitleid empfinden.«

»Auch das ist seltsam. Ein Mann, den er ins Unglück gestürzt hat, sagte mir, daß er großes Mitleid mit ihm habe.« Ich war einen Augenblick lang still. »Ich frage mich, ob Sie damit die Erklärung für einen Charakter gefunden haben, der mir stets unerklärlich erschienen ist. Wie kamen Sie darauf?«

Er wandte sich mir lächelnd zu.

»Habe ich Ihnen nicht gesagt, daß auch ich in meiner Art ein Künstler war? Ich erkannte in mir die gleiche Sehnsucht, die ihn beseelte. Aber während sein Medium Farbe war, war meines das Leben.«

Dann erzählte mir Kapitän Brunot eine Geschichte, die ich wiedergeben muß, denn sie ergänzt sozusagen als Gegensatz den Eindruck, den ich von Strickland hatte. Auch hat sie für mein Gefühl eine eigene Schönheit.

Kapitän Brunot war Bretone und hatte in der französischen Flotte gedient. Bei seiner Verheiratung verließ er sie und ließ sich auf einem kleinen Grundstück in der Nähe von Quimper nieder, um den Rest seines Lebens in Frieden zu verbringen. Aber durch die Schuld eines Anwaltes war er plötzlich mittellos, und weder er noch seine Frau wollten dort, wo sie Ansehen genossen hatten, in Armut weiterleben. Während seiner Seefahrerzeit hatte er in der Südsee gekreuzt, und jetzt beschloß er, dort sein Glück zu suchen. Er verbrachte einige Monate in Papeete, um Pläne zu machen und Erfahrungen zu sammeln; dann kaufte er mit dem Geld, das er sich von einem Freund in Frankreich borgte, eine Insel in den Paumotus. Sie bestand aus einem völlig unbewohnten ringförmigen Stück Land, das eine tiefe Lagune umschloß und nur von Gestrüpp und wilden Myrten bedeckt war. Mit seiner unerschrockenen Frau und einigen Eingeborenen landete er dort und machte sich daran, ein Haus zu bauen und das Gestrüpp abzuholzen, so daß er Kokospalmen pflanzen konnte. Das war vor zwanzig Jahren, und heute hatte sich die unfruchtbare Insel in einen Garten verwandelt.

»Anfangs war es eine harte und schwierige Arbeit, und beide arbeiteten wir unentwegt. Täglich stand ich bei Morgengrauen auf, rodete, pflanzte, arbeitete an meinem Haus, und wenn ich mich am Abend auf mein Lager warf, schlief ich wie ein Sack bis zum Morgen. Meine Frau arbeitete ebenso hart wie ich. Dann wurden unsere beiden Kinder geboren, zuerst ein Sohn und dann eine Tochter. Meine Frau und ich haben sie alles gelehrt, was sie wissen. Wir ließen uns aus Frankreich ein

Klavier schicken, und meine Frau lehrte sie Klavier spielen und Englisch sprechen, und ich unterrichtete sie in Latein und Mathematik, und zusammen lasen wir Geschichtsbücher. Sie können segeln. Sie können ebenso gut schwimmen wie die Eingeborenen. Sie wissen alles über das Land. Unsere Bäume sind gediehen, und auf meinem Riff gibt es Muscheln. Jetzt bin ich nach Tahiti gekommen, um einen Schoner zu kaufen. Es gibt genug Muscheln, daß es sich lohnt, sie zu fischen, und wer weiß, vielleicht finde ich Perlen. Ich habe etwas geschaffen, wo vorher nichts war. Auch ich habe Schönheit geschaffen. Oh, Sie wissen nicht, was es heißt, jene hohen, gesunden Bäume anzusehen und sich sagen zu können, daß man jeden einzelnen selbst gepflanzt hat.«

»Darf ich Ihnen die Frage stellen, die Sie Strickland gestellt haben? Denken Sie nie mit Bedauern an Frankreich und an Ihre alte Heimat in der Bretagne?«

»Eines Tages, wenn meine Tochter verheiratet ist und mein Sohn eine Frau hat und imstande ist, meinen Platz auf der Insel einzunehmen, werden wir zurückkehren und unsere Tage in dem alten Haus beenden, in dem ich geboren bin.«

»Sie werden auf ein glückliches Leben zurückblicken können«, sagte ich.

»*Évidemment*, es ist nicht aufregend auf meiner Insel, und wir leben sehr weit weg von der Welt – stellen Sie sich vor, ich brauche vier Tage, um nach Tahiti zu kommen –, aber wir sind glücklich dort. Wenigen Menschen ist es vergönnt, eine Arbeit in Angriff zu nehmen und zu vollenden. Unser Leben ist einfach und unschuldig. Wir sind nicht von Ehrgeiz besessen, und wir sind nur stolz auf unserer Hände Arbeit. Weder Bosheit noch Neid können uns etwas anhaben. Ach, *mon cher monsieur*, die Leute sprechen vom Segen der Arbeit, und es ist eine sinnlose Phrase für sie, aber für mich hat sie die allergrößte Bedeutung. Ich bin ein glücklicher Mann.«

»Ich bin sicher, daß Sie es verdient haben«, sagte ich lächelnd.

»Ich wollte, ich könnte es glauben. Ich weiß nicht, wie ich es verdient habe, eine Frau zu haben, die die ideale Freundin und Gefährtin, die ideale Hausfrau und die ideale Mutter ist.«

Ich dachte eine Weile über das Leben nach, von dem mir der Kapitän erzählt hatte.

»Es ist klar, daß Sie beide, um ein solches Leben zu führen und es zu einem solchen Erfolg zu machen, große Willensstärke und einen entschlossenen Charakter besitzen müssen.«

»Vielleicht. Aber wir hätten bestimmt nichts erreicht, wäre nicht noch eine andere Hilfe hinzugekommen.«

»Und die wäre?«

Er hielt ein wenig dramatisch inne und streckte seinen Arm aus.

»Der Glaube an Gott. Ohne ihn wären wir verloren gewesen.«

Dann kamen wir beim Haus von Dr. Coutras an.

55

Dr. Coutras war ein alter hochgewachsener und ungemein beleibter Franzose. Sein Körper hatte die Form eines riesigen Enteneis, und seine Augen, scharf, blau und gutmütig, ruhten dann und wann selbstzufrieden auf seinem ungeheuer dicken Wanst. Sein Gesicht war gerötet und sein Haar weiß. Er war ein Mann, der sofort Sympathie weckte. Er empfing uns in einem Zimmer, das genausogut in einem Haus in einer französischen Provinzstadt hätte stehen können, und die paar polynesischen Kuriositäten wirkten unangebracht. Er nahm meine Hand zwischen seine Hände – sie waren riesig – und blickte mich mit freundlichen und zugleich klugen Augen an. Als er Kapitän Brunot die Hand schüttelte, erkundigte er sich höflich nach *Madame et les enfants*. Einige Minuten vergingen mit dem Austausch von Höflichkeiten, dem neuesten Klatsch über die Insel, den Aussichten auf die Kopra- und die Vanilleernte; dann kamen wir auf den Grund meines Besuches zu sprechen.

Ich werde das, was Dr. Coutras mir berichtete, nicht mit seinen Worten erzählen, sondern mit meinen eigenen, da ich nicht hoffen kann, aus zweiter Hand den Eindruck seiner lebhaften Rede wiedergeben zu können. Er hatte eine tiefe, laute Stimme, die zu seiner massigen Gestalt paßte, und einen ausgeprägten Sinn fürs Dramatische. Ihm zuzuhören war ein größerer Genuß als ein Theaterstück anzusehen.

Dr. Coutras war eines Tages nach Taravao gefahren, um eine

alte, kranke Häuptlingsfrau zu besuchen, und er vermittelte uns ein anschauliches Bild von der beleibten alten Dame, die umgeben von einer Schar dunkelhäutiger Diener, in einem riesigen Bett lag und Zigaretten rauchte. Nachdem er sie untersucht hatte, führte man ihn in einen anderen Raum und gab ihm zu essen – rohen Fisch, gebratene Bananen und Huhn – *que sais-je?*, das typische Essen der *indigènes* –, und während er aß, sah er, wie ein weinendes junges Mädchen von der Tür weggetrieben wurde. Er dachte sich nichts dabei, aber als er hinausging und in seinen Wagen steigen wollte, um nach Hause zu fahren, sah er sie wieder ein wenig abseits stehen; sie blickte ihn mit kummervoller Miene an, und Tränen strömten über ihre Wangen. Er fragte, was mit ihr los sei, und erfuhr, daß sie von den Hügeln heruntergekommen war, um ihn zu bitten, einen kranken weißen Mann zu besuchen. Sie hatten ihr gesagt, der Arzt dürfe nicht gestört werden. Er rief sie heran und fragte sie selbst, was sie wünsche. Sie sagte, daß Ata, die früher im Hôtel de la Fleur gewesen war, sie geschickt habe und daß der Rote krank sei. Sie schob ihm ein zerknittertes Stück Zeitungspapier in die Hand, und als er es öffnete, fand er darin einen Hundert-Francs-Schein.

»Wer ist denn der Rote?« fragte er einen der Umstehenden.

Er erfuhr, daß ein Maler, den sie den Engländer nannten, sieben Kilometer entfernt mit Ata oben im Tal wohnte. Er wußte aufgrund der Beschreibung, um wen es sich handelte. Aber man müsse zu Fuß gehen. Er selbst könne unmöglich gehen; deshalb hätten sie das Mädchen weggeschickt.

»Ich gestehe«, sagte der Arzt, indem er sich an mich wandte, »daß ich zögerte. Ich fand keinen Gefallen an einem kilometerlangen Marsch auf einem schlechten Pfad; zumal ich keine Gelegenheit hatte, am selben Abend nach Papeete zurückzukommen. Übrigens war mir Strickland nicht sympathisch. Ich hielt ihn für einen faulen unbrauchbaren Halunken, der lieber mit seiner Eingeborenenfrau lebte, statt wie alle anderen für seinen Lebensunterhalt zu arbeiten. *Mon Dieu*, wie konnte ich wissen, daß die Welt eines Tages in ihm ein Genie entdecken würde? Ich fragte das Mädchen, ob er gesund genug sei, um zu mir herunterzukommen. Ich fragte sie, was ihrer Meinung nach mit ihm los sei. Sie wollte nicht antworten. Ich drang in sie, aber sie blickte zu Boden und begann zu weinen. Dann zuckte ich die Schultern; schließlich war es meine Pflicht zu gehen, und schlecht gelaunt bat ich sie, mir den Weg zu zeigen.«

Seine Laune war bestimmt nicht besser, als er stark schwitzend und durstig ankam. Ata hielt Ausschau nach ihm und kam ihm ein Stück Weges entgegen.

»Bevor ich irgend jemanden untersuchen kann, muß ich was zu trinken haben, oder ich sterbe vor Durst«, rief er aus. »*Pour l'amour de Dieu,* bring mir eine Kokosnuß!«

Sie rief, und ein Junge kam herbeigelaufen. Er kletterte auf eine Palme und warf eine reife Nuß herunter. Ata bohrte ein Loch hinein, und der Arzt nahm einen langen, erfrischenden Schluck. Dann drehte er sich eine Zigarette und fühlte sich etwas besser.

»Nun, wo ist der Rote?« fragte er.

»Er ist im Hause und malt. Ich habe ihm nicht gesagt, daß Sie kommen. Gehen Sie hinein und sehen Sie ihn an.«

»Aber worüber klagt er? Wenn er gesund genug ist, um zu malen, wäre er auch gesund genug gewesen, um nach Taravao hinunterzukommen und mir diesen verfluchten Gang zu ersparen. Ich glaube, meine Zeit ist nicht weniger wertvoll als seine.«

Ata sagte nichts, sondern begleitete ihn mit dem Jungen zum Haus. Das Mädchen, das ihn geholt hatte, saß jetzt auf der Veranda, und dort hockte auch eine alte Frau mit dem Rücken gegen die Wand und drehte Zigaretten. Ata zeigte auf die Tür. Der Arzt, der sich gereizt fragte, warum sie sich so merkwürdig benahmen, trat ein und erblickte Strickland, der seine Palette reinigte. Auf der Staffelei stand ein Bild. Strickland, nur mit einem *pareo* bekleidet, stand mit dem Rücken zur Tür, drehte sich aber um, als er das Geräusch von Stiefeln hörte. Er blickte den Arzt verärgert an. Er war überrascht, ihn zu sehen, und nahm ihm das Eindringen übel. Aber der Arzt rang nach Atem, blieb wie angewurzelt stehen und starrte ihn mit weit aufgerissenen Augen an. Das hatte er nicht erwartet. Grauen erfaßte ihn.

»Sie kommen hier einfach so herein«, sagte Strickland. »Was kann ich für Sie tun?«

Der Arzt faßte sich, aber es kostete ihn große Anstrengung, einige Worte hervorzubringen. All seine Gereiztheit war verschwunden, und er empfand – *eh bien oui, je ne le nie pas* – er empfand ein überwältigendes Mitleid.

»Ich bin Dr. Coutras. Als ich unten in Taravao war, um nach der Häuptlingsfrau zu sehen, hat Ata mich zu Ihnen holen lassen.«

»Sie ist eine dumme Gans. Ich habe in der letzten Zeit ein bißchen Fieber und ein wenig Schmerzen gehabt, aber das hat nichts zu sagen; es wird vergehen. Wenn demnächst jemand nach Papeete gegangen wäre, hätte ich mir Chinin mitbringen lassen.«

»Sehen Sie in den Spiegel.«

Strickland blickte ihn lächelnd an und ging zu einem billigen Spiegel hin, der in einem kleinen Holzrahmen an der Wand hing.

»Nun?«

»Bemerken Sie nicht eine seltsame Veränderung in Ihrem Gesicht? Eine Vergröberung Ihrer Züge und ein Aussehen – ich weiß nicht, wie ich es beschreiben soll –, die Bücher bezeichnen es als Löwengesicht. *Mon pauvre ami*, muß ich Ihnen erst sagen, daß Sie eine furchtbare Krankheit haben?«

»Ich?«

»Wenn Sie in den Spiegel schauen, sehen Sie das typische Bild eines Aussätzigen.«

»Sie scherzen«, sagte Strickland.

»Wollte Gott, es wäre so!«

»Wollen Sie mir sagen, daß ich Aussatz habe?«

»Leider gibt es darüber keinen Zweifel.«

Dr. Coutras hatte schon vielen Menschen das Todesurteil verkündet, und doch konnte er das Grauen nicht überwinden, mit dem es ihn erfüllte. Er fühlte immer den rasenden Haß, der einen aufgegebenen Menschen ergreifen mußte, wenn er sich mit dem Arzt verglich, der heil und gesund war und sich des unschätzbaren Privilegiums des Lebens erfreute. Strickland blickte ihn schweigend an. Auf seinem von der abscheulichen Krankheit bereits entstellten Gesicht war keine Spur von Erregung zu sehen.

»Wissen sie es?« fragte er schließlich und deutete auf die Personen, die in ungewohntem Schweigen auf der Veranda wie erstarrt dasaßen.

»Die Eingeborenen kennen die Symptome sehr wohl«, sagte der Arzt. »Sie hatten Angst, es Ihnen zu sagen.«

Strickland ging zur Tür und blickte hinaus. In seinem Gesichtsausdruck muß etwas Schreckenerregendes gewesen sein, denn plötzlich brachen sie alle in lautes Schreien und Klagen aus. Sie erhoben ihre Stimmen und weinten. Strickland sagte nichts. Nachdem er sie einen Augenblick lang angesehen hatte, kam er in das Zimmer zurück.

»Wie lange, glauben Sie, kann es dauern?«

»Wer weiß? Manchmal dauert die Krankheit zwanzig Jahre. Es ist eine Gnade, wenn sie einen schnellen Verlauf nimmt.«

Strickland ging zu seiner Staffelei und blickte nachdenklich auf das Bild, das darauf stand.

»Sie haben einen weiten Weg hinter sich. Es gehört sich, den Überbringer einer wichtigen Botschaft zu belohnen. Nehmen Sie dieses Bild. Es bedeutet heute nichts für Sie, aber es mag sein, daß Sie eines Tages froh sein werden, es zu besitzen.«

Dr. Coutras versicherte, daß er keine Bezahlung für den Weg brauche; er hatte Ata bereits den Hundert-Francs-Schein zurückgegeben, aber Strickland bestand darauf, daß er das Bild nahm. Dann gingen sie zusammen auf die Veranda hinaus. Die Eingeborenen schluchzten laut.

»Sei ruhig, Frau. Trockne deine Tränen«, sagte Strickland zu Ata. »Es ist nicht so schlimm. Ich werde dich sehr bald verlassen.«

»Werden sie dich nicht wegbringen?« sagte sie weinend.

Damals gab es auf den Inseln keine strenge Absonderung, und Leprakranke durften, wenn sie wollten, frei herumlaufen.

»Ich werde hinauf in die Berge gehen«, sagte Strickland.

Dann stand Ata auf und sah ihn an.

»Laß die andern gehen, wenn sie wollen, ich aber werde dich nicht verlassen. Du bist mein Mann, und ich bin deine Frau. Wenn du mich verläßt, werde ich mich an dem Baum hinter dem Haus aufhängen. Das schwöre ich bei Gott.«

In der Art, wie sie sprach, lag etwas ungeheuer Zwingendes. Sie war nicht länger das sanfte, nachgiebige eingeborene Mädchen, sondern eine entschlossene Frau. Sie war völlig verwandelt.

»Warum solltest du bei mir bleiben? Du kannst nach Papeete zurückkehren und wirst bald einen anderen weißen Mann finden. Die alte Frau kann für deine Kinder sorgen, und Tiaré wird sich freuen, dich wiederzuhaben.«

»Du bist mein Mann, und ich bin deine Frau. Wohin du gehst, werde auch ich gehen.«

Einen Augenblick lang war Strickland erschüttert, in seine Augen traten Tränen, die langsam über seine Wangen herabrollten. Dann erschien wieder das ihm eigene zynische Lächeln auf seinem Gesicht.

»Frauen sind merkwürdige kleine Biester«, sagte er zu Dr. Coutras. »Man kann sie wie Hunde behandeln, man kann sie schlagen, bis einen der Arm schmerzt, und dennoch lieben sie einen.« Er zuckte die Achseln. »Es ist eine der absurdesten Illusionen des Christentums, daß sie eine Seele haben sollen.«

»Was sagst du zu dem Arzt?« fragte Ata argwöhnisch. »Du wirst nicht gehen?«

»Wenn du willst, werde ich bleiben, mein armes Kind.«

Ata warf sich vor ihm auf die Knie, umschlang seine Beine mit ihren Armen und küßte sie. Strickland blickte Dr. Coutras mit einem leisen Lächeln an.

»Am Ende kriegen sie einen doch, und man ist ihnen hilflos ausgeliefert. Weiß oder braun, sie sind alle gleich.«

Dr. Coutras fühlte, daß es sinnlos war, bei einer so furchtbaren Krankheit Worte des Bedauerns vorzubringen, und verabschiedete sich. Strickland befahl Tané, dem Jungen, ihn ins Dorf zu führen. Dr. Coutras schwieg einen Augenblick lang und wandte sich dann an mich.

»Ich mochte ihn nicht, ich habe Ihnen schon gesagt, daß er mir nicht sympathisch war, aber als ich langsam nach Taravao hinunterging, konnte ich – ob ich wollte oder nicht – nicht verhindern, daß ich die stoische Ruhe, mit der er die vielleicht grauenhafteste aller menschlichen Krankheiten auf sich nahm, bewunderte. Als Tané mich verließ, versprach ich ihm, Strickland eine Medizin zu schicken, die von Nutzen sein könnte. Aber meine Hoffnung war gering, daß Strickland bereit sein würde, sie einzunehmen, und noch geringer, daß sie ihm helfen würde, falls er es täte. Ich ließ Ata durch den Jungen sagen, daß ich immer kommen würde, wenn sie nach mir schickte. Das Leben ist hart, und Mutter Natur findet manchmal ein schreckliches Vergnügen daran, ihre Kinder zu quälen. Schweren Herzens fuhr ich zu meinem behaglichen Heim in Papeete zurück.«

Lange Zeit sprach keiner von uns.

»Aber Ata schickte nicht nach mir«, fuhr der Arzt endlich fort, »und der Zufall wollte es, daß ich für längere Zeit nicht in jenen Teil der Insel kam. Von Strickland hörte ich nichts. Gelegentlich kam mir zu Ohren, daß Ata in Papeete gewesen war, um Malutensilien zu kaufen, aber ich traf sie nie. Mehr als zwei Jahre vergingen, bis ich wieder nach Taravao kam, und zwar wieder, um nach der alten Häuptlingsfrau zu sehen. Ich fragte dort, ob sie etwas von Strickland gehört hätten. Inzwischen war es überall bekannt, daß er Aussatz hatte. Zuerst hatte Tané, der Junge, das Haus verlassen, und dann, kurze Zeit danach, die alte Frau mit ihrem Enkelkind. Strickland und Ata blieben allein mit ihren Kindern. Niemand wagte sich mehr in die Nähe ihrer Pflanzung, denn wie Sie wissen, haben die Eingeborenen ein entsetzliches Grauen vor dieser Krankheit, und in früheren Zeiten wurden Aussätzige, wenn man sie entdeckte, getötet; aber manchmal sahen die Dorfjungen, die in den Hügeln umherkletterten, von weitem den weißen Mann mit dem großen roten Bart umherwandern. Sie flohen vor Schreck. Manchmal kam Ata nachts in das Dorf herunter und weckte den Kaufmann, um die nötigsten Dinge zum Leben zu kaufen. Sie wußte, daß die Eingeborenen sie mit dem gleichen Entsetzen und Abscheu betrachteten wie Strickland, und sie ging ihnen aus dem Weg. Einmal sahen Frauen, die sich näher an die Pflanzung herangewagt hatten als gewöhnlich, wie sie im Bach Wäsche wusch, und warfen mit Steinen nach ihr. Danach wurde dem Kaufmann gesagt, er solle ihr ausrichten, daß, wenn sie den Bach noch einmal benütze, Männer kommen und ihr Haus niederbrennen würden.«

»Was für Unmenschen«, sagte ich.

»*Mais non, mon cher Monsieur,* die Menschen sind immer die gleichen. Die Angst läßt sie grausam werden ... Ich beschloß, Strickland aufzusuchen, und als ich mit der Häuptlingsfrau fertig war, bat ich, mir einen Jungen als Führer mitzugeben. Aber keiner wollte mich begleiten, und ich mußte den Weg allein finden.«

Als Dr. Coutras bei der Pflanzung ankam, erfaßte ihn ein Unbehagen. Obwohl ihm vom Gehen heiß geworden war, fröstelte ihn. Etwas Feindseliges lag in der Luft, das ihn zögern ließ, und er hatte das Gefühl, daß unsichtbare Kräfte ihm den Weg versperrten. Unsichtbare Hände schienen ihn zurückzuziehen. Niemand kam nun in die Nähe und sammelte Kokosnüsse; sie lagen faulend am Boden. Alles war verödet. Der Busch drang vor, und es sah aus, als ob der Urwald sehr bald wieder von dem Streifen Land Besitz ergreifen würde, das ihm mit so viel Mühe entrissen worden war. Er hatte das Gefühl, an einer Stätte des Schmerzes zu sein. Als er sich dem Haus näherte, fiel ihm die unheimliche Stille auf, und zuerst dachte er, es sei verlassen. Dann sah er Ata. Sie hockte in dem Anbau, der ihr als Küche diente, und achtete auf irgendeine Speise, die in einem Topf kochte. Nicht weit von ihr spielte ein kleiner Junge schweigend im Schmutz. Sie lächelte nicht, als sie ihn sah.

»Ich bin gekommen, um nach Strickland zu sehen«, sagte er.

Sie ging zum Haus, stieg die wenigen Stufen hinauf, die auf die Veranda führten, und trat ein. Dr. Coutras folgte ihr, wartete aber draußen, wie sie ihm bedeutet hatte. Als sie die Tür öffnete, schlug ihm der ekelerregende, süßliche Geruch entgegen, der die Nähe eines Aussätzigen so widerlich macht. Er hörte sie sprechen, und dann hörte er Stricklands Antwort, aber er erkannte die Stimme nicht. Sie war heiser und undeutlich. Dr. Coutras zog die Augenbrauen hoch. Er schloß, daß die Krankheit bereits die Stimmbänder angegriffen hatte. Dann kam Ata wieder heraus.

»Er will Sie nicht sehen. Gehen Sie.«

Dr. Coutras bestand darauf, aber sie ließ ihn nicht hineingehen. Schließlich zuckte er die Achseln und wandte sich nach kurzem Nachdenken zum Gehen. Sie ging mit ihm. Er fühlte, daß auch sie ihn loswerden wollte.

»Kann ich überhaupt nichts für ihn tun?« fragte er.

»Sie können ihm Farben schicken«, sagte sie. »Er will nichts anderes.«

»Kann er noch malen?«

»Er bemalt die Wände des Hauses.«

»Das ist ein furchtbares Leben für dich, mein armes Kind.«

Jetzt endlich lächelte sie, und in ihren Augen war ein Blick übermenschlicher Liebe, der Dr. Coutras erschreckte und überraschte. Und er flößte ihm Furcht ein. Er fand keine Worte.

»Er ist mein Mann«, sagte sie.

»Wo ist dein anderes Kind?« fragte er. »Als ich das letzte Mal hier war, hattest du zwei.«

»Ja, es ist gestorben. Wir haben es unter dem Mangobaum begraben.«

Nachdem Ata ein Stück mit ihm gegangen war, sagte sie, sie müsse umkehren. Dr. Coutras vermutete, daß sie Angst hatte weiterzugehen, da sie Leute aus dem Dorf treffen könnte. Wieder versicherte er ihr, daß sie, wenn sie wolle, nur nach ihm schicken brauche und er sofort kommen würde.

56

Dann vergingen zwei weitere Jahre oder vielleicht auch drei, denn auf Tahiti rinnt die Zeit unmerklich dahin, und man verliert leicht das Zeitgefühl; aber schließlich erhielt Dr. Coutras die Botschaft, daß Strickland im Sterben liege. Ata hatte den Wagen abgepaßt, der die Post nach Papeete mitnahm, und den Mann, der ihn lenkte, angefleht, sofort zum Arzt zu gehen. Aber der Arzt war nicht zu Hause, und es wurde Abend, bevor er sie erhielt. Es war unmöglich, zu so später Stunde aufzubrechen, und daher machte er sich erst am nächsten Morgen in aller Frühe auf den Weg. Er erreichte Taravao und wanderte zum letztenmal die sieben Kilometer zu Atas Haus hinauf. Der Pfad war verwachsen, und es war klar, daß er seit Jahren nicht mehr betreten worden war. Es war nicht leicht, den Weg zu finden. Zuweilen stolperte er das Bachbett entlang, und manchmal mußte er sich durch dichtes, dorniges Gestrüpp zwängen; oft sah er sich genötigt, über Felsen zu klettern, um den Hornissennestern auszuweichen, die über seinem Kopf an den Bäumen hingen. Es herrschte tiefe Stille.

Als er endlich völlig verschmutzt das kleine, ungestrichene Haus erreichte, seufzte er erleichtert auf; aber auch hier herrschte die gleiche unerträgliche Stille. Er ging hinauf, und ein kleiner Junge, der sorglos im Sonnenschein spielte, sprang auf, als er näher kam, und lief schnell davon; für ihn war der Fremde ein Feind. Dr. Coutras hatte das Gefühl, daß das Kind hinter einem Baum stand und ihn heimlich beobachtete. Die Tür stand weit offen. Er rief, aber niemand antwortete. Er ging hin. Er klopfte an eine Tür, aber wieder kam keine Antwort. Er drückte die Klinke und trat ein. Bei dem Gestank, der ihm entgegenkam, wurde ihm furchtbar übel. Er hielt sein Taschentuch vor die Nase und zwang sich weiterzugehen. Es war düster, und nach dem grellen Sonnenschein draußen konnte er eine Weile lang nichts sehen. Dann erschrak er. Er wußte nicht, wo er war. Er schien plötzlich in eine Zauberwelt geraten zu sein. Er hatte den undeutlichen Eindruck eines großen Urwaldes und nackter Gestalten, die unter Bäumen wandelten. Dann sah er, daß es Malereien an den Wänden waren.

»*Mon Dieu,* hoffentlich habe ich keinen Sonnenstich«, murmelte er.

Eine schwache Bewegung erregte seine Aufmerksamkeit, und er sah, daß Ata auf dem Boden lag und leise schluchzte.

»Ata«, rief er, »Ata!«

Sie beachtete ihn nicht. Wieder wurde er von dem bestialischen Gestank fast ohnmächtig, und er zündete sich eine Zigarre an.

Allmählich gewöhnten sich seine Augen an die Dunkelheit, und jetzt erfaßte ihn ein überwältigendes Gefühl, als er die bemalten Wände anstarrte. Er verstand nichts von Bildern, aber in diesen war etwas, das ihn außerordentlich beeindruckte. Vom Fußboden bis zur Decke waren die Wände mit einem seltsamen vollendeten Werk bedeckt. Es war unbeschreiblich schön und geheimnisvoll. Es nahm ihm den Atem. Es erfüllte ihn mit einer Erregung, die er weder begreifen noch analysieren konnte. Er fühlte die Ehrfurcht und die Freude, die ein Mensch fühlen mag, der den Beginn einer neuen Welt sieht. Es war großartig, sinnlich, leidenschaftlich, und doch war auch etwas Grauenhaftes darin, etwas, das ihn erschreckte. Es war das Werk eines Mannes, der bis in die tiefsten Tiefen der Natur vorgedrungen war. Es war etwas Ursprüngliches und Schreckliches darin. Es war nicht menschlich. Es erinnerte ihn dunkel an schwarze Magie. Es war schön und obszön.

»*Mon Dieu,* das ist Genie.«

Die Worte entrangen sich seiner Brust, und er wußte nicht, daß er gesprochen hatte.

Dann fiel sein Blick auf das Mattenlager in der Ecke, und

er ging hin und sah das entsetzliche, verstümmelte, gräßliche Etwas, das einmal Strickland gewesen war. Er war tot. Dr. Coutras nahm seine Kraft zusammen und beugte sich über den Gegenstand des Grauens. Dann fuhr er plötzlich in die Höhe, und vor Schreck krampfte sich sein Herz zusammen, denn er fühlte, daß jemand hinter ihm stand. Es war Ata. Er hatte sie nicht aufstehen hören. Sie stand nahe bei ihm und betrachtete dasselbe, das auch er betrachtete.

»Du lieber Himmel, meine Nerven sind vollkommen zerrüttet«, sagte er. »Du hast mich zu Tode erschreckt.«

Er blickte noch einmal auf das arme tote Etwas, das ein Mensch gewesen war, und prallte entsetzt zurück.

»Aber er war ja blind.«

»Ja. Er war seit beinahe einem Jahr blind.«

57

In diesem Augenblick wurden wir durch das Erscheinen von Madame Coutras unterbrochen, die Besuche gemacht hatte. Gleich einem Schiff mit vollen Segeln kam sie herein, eine imposante Gestalt, groß und kräftig, mit einer üppigen Büste und einer Körperfülle, die von einem enganliegenden Korsett beängstigend zusammengehalten wurde. Sie hatte eine kühne Hakennase und ein dreifaches Kinn. Sie hielt sich sehr gerade. Sie war nicht einen Augenblick lang dem entnervenden Zauber der Tropen erlegen, sondern war im Gegenteil aktiver, energischer und entschlossener, als es ein Mensch in einem gemäßigten Klima für möglich gehalten hätte. Offensichtlich war sie ein redseliger Mensch, und so ergoß sich jetzt ein Schwall von Anekdoten und Erläuterungen über uns. Durch sie wurde das Gespräch, das wir soeben geführt hatten, in unwirkliche Ferne gerückt.

Bald darauf wandte sich Dr. Coutras an mich.

»In meinem Ordinationszimmer habe ich noch das Bild, das Strickland mir geschenkt hat«, sagte er. »Möchten Sie es sehen?«

»Gern.«

Wir standen auf, und er führte mich auf die Veranda, die das Haus umgab. Wir blieben stehen, um die bunten Blumen anzuschauen, die in seinem Garten wucherten.

»Lange Zeit konnte ich die außergewöhnliche Dekoration, mit der Strickland die Wände seines Hauses bedeckt hatte, nicht vergessen«, sagte er nachdenklich.

Auch ich hatte an sie gedacht. Mir schien, als hätte Strickland hier schließlich den vollkommenen Ausdruck seines Ich gefunden. Mit dem Wissen, daß dies seine letzte Gelegenheit war, hatte er hier in schweigender Arbeit alles ausgedrückt, was er vom Leben wußte und ahnte. Und ich stellte mir vor, daß er hier vielleicht endlich Frieden gefunden hatte. Von dem Dämon, von dem er besessen war, war er endlich befreit, und mit der Vollendung des Werkes, für das sein ganzes Leben eine qualvolle Vorbereitung gewesen war, senkte sich die Ruhe auf seine einsame, gequälte Seele. Er starb gern, denn er hatte sein Ziel erreicht.

»Was war das Thema?« fragte ich.

»Ich weiß es nicht. Es war seltsam und phantastisch. Es war eine Vision vom Anfang der Welt, dem Garten Eden mit Adam und Eva – *que sais-je?* –, ein Hymnus auf die Schönheit der menschlichen Gestalt, der männlichen und der weiblichen, ein Lob der Natur, die erhaben und gleichgültig, lieblich und grausam ist. Es vermittelte das Gefühl von der Grenzenlosigkeit des Raums und der Unendlichkeit der Zeit. Weil er die Bäume, die ich jeden Tag um mich herum sehe, gemalt hat, die Kokospalmen, die indischen Feigenbäume, die Flamboyants, die Avocadobirnbäume, sehe ich sie seither mit anderen Augen an, als wäre in ihnen eine Seele und ein Geheimnis, das ich immer im Begriff bin zu erfassen und das mir immer wieder entgleitet. Die Farben waren die Farben, die mir vertraut waren, und doch waren sie anders. Sie hatten eine Bedeutsamkeit, die nur ihnen eigen war. Und diese nackten Männer und Frauen waren von dieser Erde, aus deren Staub sie gemacht waren, und hatten zugleich etwas Göttliches. Man sah den Menschen in der Nacktheit seiner ursprünglichen Instinkte, und man erschrak, denn man sah sich selbst.«

Dr. Coutras zuckte die Achseln und lächelte.

»Sie werden mich auslachen. Ich bin Materialist, ich bin ein dicker, fetter Mann – ein Falstaff, nicht wahr? –, die gefühlvolle Art paßt nicht zu mir. Ich mache mich lächerlich. Aber ich habe nie eine Malerei gesehen, die einen solch tiefen Eindruck auf mich gemacht hat. *Tenez,* ich hatte genau das gleiche Gefühl wie in der Sixtinischen Kapelle in Rom. Auch dort flößte mir die Größe des Mannes, der diese Decke gemalt hatte, Ehrfurcht ein. Sie ist genial und überwältigend. Ich fühlte mich klein und unbedeutend. Auf die Größe eines Michelangelo aber ist man vorbereitet. Nichts jedoch hatte mich auf die ungeheure Überraschung vorbereitet, in einer Eingeborenenhütte, weit entfernt von jeder Zivilisation, in einem Bergtal über Taravao solche Bilder zu finden. Und Michelangelo ist geistig und körperlich gesund. Seine großen Werke haben die Ruhe des Erhabenen; aber hier war trotz der Schönheit etwas Beunruhigendes. Ich wußte nicht, was es war. Es ängstigte mich. Es war so, wie wenn man neben der Tür sitzt, die in ein Zimmer führt, von dem man weiß, daß es leer ist, und von dem man doch aus einem unerfindlichen Grund das schauerliche Gefühl hat, daß jemand dort ist. Man ist ärgerlich über sich; man weiß, daß es nur die Nerven sind – und doch, und doch ... Nach einiger Zeit ist man nicht mehr imstande, der Angst, die einen erfaßt, Widerstand zu leisten, und ist dem unsichtbaren Grauen hilflos ausgeliefert. Jawohl, ich gestehe, daß es mir ganz und gar nicht leid tat, als ich hörte, daß jene seltsamen Meisterwerke vernichtet waren.«

»Vernichtet?« rief ich aus.

»*Mais oui.* Wußten Sie das nicht?«

»Wie sollte ich es wissen? Allerdings hatte ich von diesem Werk nie gehört; aber ich dachte, daß es sich vielleicht im Besitz eines Privatmannes befindet. Selbst heute gibt es kein zuverlässiges Verzeichnis von Stricklands Bildern.«

»Als er völlig erblindet war, saß er Stunde um Stunde in jenen beiden Räumen, die er bemalt hatte, und blickte mit erstorbenen Augen auf seine Werke und sah vielleicht mehr, als er in seinem früheren Leben je gesehen hatte. Ata erzählte mir, daß er sich nie über sein Los beklagte, daß er nie den Mut verlor. Bis zum Ende blieb er gelassen und bei klarem Bewußtsein. Aber er ließ sich von ihr das Versprechen geben, daß sie, nachdem sie ihn begraben hatte – habe ich Ihnen erzählt, daß ich mit eigenen Händen sein Grab aushob, denn keiner von den Eingeborenen wollte sich dem verseuchten Haus nähern, und daß wir, sie und ich, ihn, eingenäht in drei *pareos,* unter dem Mangobaum begruben? –, er ließ sich das Versprechen geben, daß sie das Haus anzünden und nicht verlassen würde, bis es auf den Grund niedergebrannt und nichts mehr übrig wäre.«

Ich schwieg eine Weile, denn ich dachte nach. Dann sagte ich: »Er blieb also bis zum Ende der gleiche.«

»Verstehen Sie mich? Ich hielt es für meine Pflicht, ihr abzuraten.«

»Selbst nach dem, was Sie soeben gesagt haben?«

»Ja, denn ich wußte, daß es das Werk eines Genies war, und meiner Meinung nach hatten wir nicht das Recht, der Welt dieses Werk vorzuenthalten. Aber Ata wollte nicht auf mich hören. Sie hatte es versprochen. Ich wollte nicht bleiben und Zeuge dieser barbarischen Tat sein, und erst nachher hörte ich, was sie getan hatte. Sie hatte Petroleum auf die trockenen Fußböden und die Pandanenmatten gegossen und es angezündet. Nach kurzer Zeit war nichts übrig als glimmende Asche, und ein großes Meisterwerk existierte nicht mehr.«

»Ich glaube, Strickland wußte, daß es ein Meisterwerk war. Er hatte erreicht, was er wollte. Sein Leben war vollendet. Er hatte eine Welt erschaffen und sah, daß sie gut war. Aus Stolz und Verachtung vernichtete er sie dann.«

»Aber ich muß Ihnen mein Bild zeigen«, sagte Dr. Coutras und setzte sich in Bewegung.

»Was ist aus Ata und ihrem Kind geworden?«

»Sie gingen auf die Marquesas. Sie hatte dort Verwandte. Ich habe gehört, daß der Junge auf einem Schoner arbeitet. Es heißt, daß er seinem Vater sehr ähnlich sieht.«

An der Tür, die von der Veranda in das Ordinationszimmer führte, blieb er stehen und lächelte.

»Es ist ein Stilleben mit Früchten. Sie werden sagen, daß das kein passendes Bild für das Ordinationszimmer eines Arztes ist, aber meine Frau will es nicht im Salon haben. Sie sagt, es sei geradezu obszön.«

»Obszön. Ein Stilleben mit Früchten?« rief ich verwundert aus.

Wir betraten das Zimmer, und mein Blick fiel sofort auf das Bild. Ich betrachtete es lange Zeit.

Es waren Mangos, Bananen, Orangen und ich weiß nicht was noch alles darauf; beim ersten Hinsehen war es ein recht harmloses Bild. Ein oberflächlicher Betrachter hätte es in einer Ausstellung der Nachimpressionisten als vortreffliches, aber nicht weiter bemerkenswertes Beispiel dieser Schule abgetan; später aber würde er sich vielleicht wieder daran erinnern, und er würde sich fragen, warum. Ich glaube nicht, daß er es jemals völlig vergessen könnte.

Die Farben waren so seltsam, daß Worte kaum sagen können, welch beunruhigendes Gefühl sie vermittelten. Da gab es dunkle Blautöne, lichtdurchlässig wie eine schön geschnittene Lapislazulischale, und doch mit einem zitternden Glanz, der das Pulsieren geheimnisvollen Lebens verriet; da gab es Violettöne, grausig wie verfaultes rohes Fleisch und doch von einer glühenden sinnlichen Leidenschaft, die dunkle Erinnerungen an das römische Reich des Heliogabalus wachriefen; da waren Rottöne, grell wie die Beeren der Stechpalme – man dachte an Weihnachten in England und an Schnee, an gutes Essen und an die Freude der Kinder –, und doch waren sie durch irgendeinen Zauber gemildert, bis sie die schillernde Zartheit einer Taubenbrust hatten; da waren tiefe Gelbtöne, die mit einer unnatürlichen Leidenschaft in ein Grün übergingen, das so lieblich wie ein Frühling und so klar wie das schäumende Wasser eines Gebirgsbaches war. Wer vermag zu sagen, welcher gepeinigten Phantasie diese Früchte entstammten? Sie gehörten zu einem polynesischen Garten der Hesperiden. Es war etwas seltsam Lebendiges in ihnen, als seien sie in einem frühen Entwicklungsstadium der Erde geschaffen worden, als die Dinge noch nicht unwiderruflich an ihre Gestalt gebunden waren. Sie waren außerordentlich üppig. Sie waren voller tropischer Gerüche. Sie schienen eine eigentümliche dunkle Leidenschaft zu besitzen. Es war Zauberobst, das zu kosten das Tor zu Gott weiß welchen Geheimnissen der Seele und rätselhaften Palästen der Phantasie erschloß. Sie waren voll unerwarteter Gefahren, und sie zu essen mochte einen Menschen in ein Tier oder einen Gott verwandeln. Alles, was gesund und natürlich war, jeder, der sich an glückliche Verhältnisse und an die einfachen Freuden einfacher Menschen klammerte, fuhr erschreckt vor ihnen zurück; und doch hatten sie einen furchtbaren Reiz, und wie die Frucht vom Baume der Erkenntnis waren sie fürchterlich, da sie alle Schrecken des Unbekannten in sich bargen.

Endlich wandte ich mich ab. Ich fühlte, daß Strickland sein Geheimnis mit ins Grab genommen hatte.

»Voyons, René, mon ami«, ertönte die laute, fröhliche Stimme von Madame Coutras, »was machst du die ganze Zeit? Hier ist der Aperitif. Frag *Monsieur*, ob er nicht ein Gläschen *Quinquina Dubonnet* trinken will.«

»Volontiers, Madame«, sagte ich und ging auf die Veranda hinaus. Der Bann war gebrochen.

58

Es kam die Zeit meiner Abreise von Tahiti. Wie es auf der Insel Sitte war, wurden mir von den Personen, mit denen ich in Berührung gekommen war, Geschenke überreicht – Körbe, die aus den Blättern der Kokospalme geflochten waren, Pandanenmatten, Fächer; Tiaré schenkte mir drei kleine Perlen und drei Töpfe mit Myrtengelee, das sie mit ihren dicken Händen eigenhändig eingemacht hatte. Als das Postschiff, das auf seiner Fahrt von Wellington nach San Francisco vierundzwanzig Stunden hielt, das Pfeifsignal gab, das die Passagiere mahnte, an Bord zu gehen, drückte mich Tiaré an ihren riesigen Busen, so daß ich in einer wogenden See zu versinken glaubte, und preßte ihre roten Lippen auf die meinen. In ihren Augen glitzerten Tränen. Und als wir unseren Weg vorsichtig durch die Öffnung im Riff bahnten und langsam aus der Lagune hinausfuhren und dann in das offene Meer steuerten, überfiel mich eine gewisse Melancholie. Noch war die Brise beladen mit den angenehmen Gerüchen des Landes. Tahiti ist sehr weit entfernt von England, und ich wußte, daß ich es nie wiedersehen würde. Ein Kapitel meines Lebens war abgeschlossen, und ich fühlte mich dem unumgänglichen Tod ein wenig näher.

Kaum einen Monat später war ich wieder in London; und nachdem ich einige wichtige Angelegenheiten erledigt hatte, kam mir der Gedanke, daß Mrs. Strickland vielleicht hören wollte, was ich über die letzten Jahre ihres Gatten wußte, und ich schrieb ihr. Ich hatte sie lange vor dem Krieg zuletzt gesehen und mußte ihre Adresse aus dem Telefonbuch heraussuchen. Sie schlug einen Termin vor, und ich besuchte sie in dem hübschen kleinen Haus am Campden Hill, das sie jetzt bewohnte. Sie war damals schon fast sechzig, aber sie hielt sich gut für ihr Alter, und niemand hätte sie für mehr als fünfzig gehalten. Sie hatte ein Gesicht, zart und ohne viele Falten, das in Anmut alterte, so daß man meinte, sie müßte in ihrer Jugend eine viel schönere Frau gewesen sein, als sie es tatsächlich war. Ihr Haar, noch nicht sehr grau, war gefällig frisiert, und ihr schwarzes Kleid entsprach der Mode. Ich erinnerte mich, gehört zu haben, daß ihre Schwester, Mrs. MacAndrew, die ihren Gemahl nur um wenige Jahre überlebt hatte, Mrs. Strickland Geld hinterlassen hatte; und nach dem Aussehen des Hauses und des hübschen Dienstmädchens, das die Tür öffnete, schloß ich, daß es eine Summe war, die ausreichte, um der Witwe einen bescheidenen Wohlstand zu sichern.

Als ich in den Salon geführt wurde, bemerkte ich, daß Mrs. Strickland Besuch hatte, und als ich herausfand, wer es war, war ich sicher, daß ich nicht ohne Absicht gerade um diese Zeit eingeladen worden war. Der Besucher war Mr. Van Busche Taylor, ein Amerikaner, und Mrs. Strickland erzählte mir einiges über ihn, wobei sie sich mit einem charmanten Lächeln bei ihm entschuldigte.

»Sie wissen, wir Engländer sind schrecklich ungebildet. Sie müssen mir verzeihen, wenn eine Erklärung nötig ist.« Dann wandte sie sich an mich. »Mr. Van Busche Taylor ist der berühmte amerikanische Kritiker. Falls Sie sein Buch nicht gelesen haben, ist das ein schändliches Versäumnis, und Sie müssen es sofort nachholen. Er schreibt etwas über den lieben Charlie, und er ist gekommen, um mich zu fragen, ob ich ihm helfen kann.«

Mr. Van Busche Taylor war ein sehr hagerer Mann mit einem großen knöchernen Kopf und einer glänzenden Glatze; und unter der mächtigen Wölbung seines Schädels sah sein Gesicht, gelb und mit tiefen Falten, sehr klein aus. Er war ruhig und überaus höflich. Er sprach mit dem Akzent von Neu-England, und sein Benehmen hatte etwas von einer blutleeren Kälte an sich, so daß ich mich fragte, warum um alles in der Welt er sich mit Strickland beschäftigte. Die Sanftheit, mit der Mrs. Strickland den Namen ihres Gatten erwähnt hatte, hatte mich ein wenig belustigt; und während sich die beiden miteinander unterhielten, betrachtete ich das Zimmer, in dem wir saßen. Mrs. Strickland war mit der Zeit gegangen. Verschwunden waren die Morris-Tapeten, und verschwunden waren die strengen Kretonnebezüge, verschwunden waren die Arundel-Drucke, welche die Wände des Salons in Ashley Gardens geschmückt hatten; das Zimmer leuchtete in phantastischen Farben, und ich fragte mich, ob sie wußte, daß sie diese bunten Farben, die ihr die Mode diktiert hatte, den Träumen eines armen Malers auf einer Südseeinsel verdankte. Sie gab mir selbst die Antwort.

»Was für wundervolle Kissen Sie haben«, sagte Mr. Van Busche Taylor.

»Gefallen sie Ihnen?« sagte sie lächelnd. »Bakst, wissen Sie.«

Und doch gab es an den Wänden farbige Reproduktionen von einigen der besten Bilder Stricklands, die auf die Initiative eines Berliner Verlegers zurückgingen.

»Sie sehen meine Bilder an«, sagte sie, meinem Blick folgend. »Die Originale sind für mich natürlich unerschwinglich, aber es ist eine Freude, wenigstens diese zu haben. Der Verleger hat sie mir selbst geschickt. Sie sind ein großer Trost für mich.«

»Es muß angenehm sein, mit ihnen zu leben«, meinte Mr. Van Busche Taylor.

»Ja. Sie sind so überaus dekorativ.«

»Davon bin ich zutiefst überzeugt«, sagte Mr. Van Busche Taylor. »Große Kunst ist immer dekorativ.«

Ihre Blicke ruhten auf einer nackten Frau, die ein Baby säugte, während ein Mädchen neben ihr kniete und dem teilnahmslosen Kind eine Blume hinhielt. Ein dürres, runzliges altes Weib musterte sie. Es war Stricklands Version der Heiligen Familie. Ich nahm an, daß ihm zu den Figuren seine Familie oberhalb von Taravao Modell gestanden hatte, und die Frau und das Baby Ata und sein erster Sohn waren. Ich fragte mich, ob Mrs. Strickland die leiseste Ahnung davon hatte.

Die Unterhaltung ging weiter, und ich staunte über das Taktgefühl, mit dem Mr. Van Busche Taylor alle Themen vermied, die sie auch nur im geringsten in Verlegenheit bringen konnten, und über die Geschicklichkeit, mit der Mrs. Strickland, ohne ein unwahres Wort zu sagen, zu verstehen gab, daß die Beziehungen zwischen ihr und ihrem Gatten immer die besten gewesen waren. Endlich erhob sich Mr. Van Busche Taylor, um zu gehen. Als er die Hand seiner Gastgeberin ergriff, hielt er ihr eine reizende, wenn vielleicht auch zu ausführliche Dankesrede und verließ uns.

»Ich hoffe, er hat Sie nicht gelangweilt«, sagte sie, nachdem sich die Tür hinter ihm geschlossen hatte. »Natürlich ist es manchmal lästig, aber es ist nur recht und billig, den Leuten jede nur mögliche Auskunft über Charlie zu geben. Die Frau eines Genies gewesen zu sein, bringt eine gewisse Verantwortung mit sich.«

Sie schaute mich mit ihren freundlichen Augen an, die so aufrichtig und sympathisch geblieben waren, wie sie vor mehr als zwanzig Jahren gewesen waren. Ich fragte mich, ob sie mich zum Narren hielt.

»Selbstverständlich haben Sie Ihr Geschäft aufgegeben?« sagte ich.

»Gewiß«, antwortete sie leichthin. »Ich habe es immer eher als eine Art Liebhaberei betrieben, und meine Kinder haben mich überredet, es zu verkaufen. Sie meinten, ich würde mich übernehmen.«

Ich erkannte, daß Mrs. Strickland vergessen hatte, daß sie jemals etwas so Schändliches getan hatte, wie ihren Lebensunterhalt zu verdienen. Sie hatte den untrüglichen Instinkt der hübschen Frau, der ihr sagt, daß es ihrem Wesen entspricht, von anderer Leute Geld zu leben.

»Die Kinder sind jetzt hier«, sagte sie. »Ich glaube, sie würden gern hören, was Sie über ihren Vater zu sagen haben. Sie erinnern sich doch noch an Robert? Ich freue mich, Ihnen sagen zu können, daß er für das Militärverdienstkreuz vorgeschlagen worden ist.«

Sie ging zur Tür und rief die beiden. Herein trat ein großer gutaussehender Mann in einer Khaki-Uniform, mit dem Kollar des Geistlichen, mit einem gewichtigen Gehaben, aber mit dem offenen Blick, den ich noch von seiner Kindheit her in Erinnerung hatte. Seine Schwester folgte ihm. Sie mußte das gleiche Alter haben wie ihre Mutter damals, als ich sie kennenlernte, und sah ihr sehr ähnlich. Auch sie machte den Eindruck, daß sie als Mädchen hübscher gewesen sein mußte, als sie in Wirklichkeit war.

»Vermutlich erkennen Sie die beiden überhaupt nicht wieder«, sagte Mrs. Strickland mit stolzem Lächeln. »Meine Tochter ist jetzt Mrs. Ronaldson. Ihr Mann ist Major der Artillerie.«

»Er ist dabei, ein erstklassiger Soldat zu werden, wissen Sie«, sagte Mrs. Ronaldson fröhlich. »Deshalb ist er erst Major.« Ich erinnerte mich, daß ich vor langer Zeit geahnt hatte, daß sie einen Soldaten heiraten würde. Es war unvermeidlich. Sie besaß alle Tugenden einer Soldatenfrau. Sie war höflich und freundlich, konnte aber ihre innerste Überzeugung, daß sie etwas Besseres war als die anderen, kaum verbergen. Robert gab sich schmissig.

»Das trifft sich gut, daß ich gerade in London bin, wenn Sie auftauchen«, sagte er. »Ich habe nur drei Tage Urlaub bekommen.«

»Er sehnt sich zurück«, sagte seine Mutter.

»Nun, ich gebe ohne weiteres zu, daß es mir an der Front an nichts fehlt. Ich habe dort eine Menge guter Kameraden gefunden. Es ist ein erstklassiges Leben. Natürlich ist der Krieg etwas Furchtbares und so weiter; aber er bringt die besten Eigenschaften eines Mannes ans Licht, das läßt sich nicht leugnen.«

Darauf erzählte ich ihnen, was ich über Charles Strickland auf Tahiti erfahren hatte. Ich hielt es für überflüssig, etwas von Ata und ihrem Sohn zu sagen, aber im übrigen war ich so genau wie möglich. Ich schloß mit der Erzählung von seinem elenden Tod. Ein paar Minuten lang schwiegen wir alle. Dann zündete sich Robert Strickland eine Zigarette an.

»Gottes Mühlen mahlen langsam, aber sicher«, sagte er mit einem gewissen Nachdruck.

Mrs. Strickland und Mrs. Ronaldson blickten mit einem beinahe frommen Gesichtsausdruck zu Boden, was darauf hindeutete, daß sie, dessen war ich sicher, meinten, das Zitat sei aus der Heiligen Schrift. Ich bin nicht ganz sicher, ob sich Robert Strickland nicht in derselben Illusion wiegte. Ich weiß nicht, warum ich plötzlich an Stricklands Sohn von Ata dachte. Man hatte mir erzählt, er sei ein lustiger, fröhlicher junger Mann.

Ich sah ihn im Geiste vor mir auf dem Schoner, auf dem er arbeitete, nur mit Arbeitshosen bekleidet, und nachts, wenn das Schiff vor einer leichten Brise mühelos dahinglitt und sich die Matrosen auf dem Oberdeck versammelten, während es sich der Kapitän und der Superkargo in Liegestühlen bequem machten und ihre Pfeifen rauchten; ich sah ihn zu der krächzenden Musik der Ziehharmonika mit einem anderen

Burschen wild tanzen. Darüber waren der blaue Himmel und die Sterne und rundum die Weite des Pazifischen Ozeans.

Ein Zitat aus der Bibel kam mir in den Sinn, aber ich hielt meinen Mund, denn ich weiß, daß Geistliche es beinahe für eine Gotteslästerung halten, wenn Laien in ihrem Revier jagen. Mein Onkel Henry, der siebenundzwanzig Jahre lang Vikar von Whitstable war, pflegte bei solchen Gelegenheiten zu sagen, daß der Teufel die Bibel immer in seinem Sinn zitieren könne. Er erinnerte sich noch an die Zeit, wo man für einen Shilling dreizehn englische Austern bekommen konnte.